说英雄·谁是英雄 朝天一棍 第壹卷

◎著 温瑞安

作家出版社

"四大名捕"故事系列，到底有多少部书呢？坦白说，作为作者的我，一时也未能统计清楚。以大家比较熟悉的《四大名捕会京师》为例，目前至少有五十七种不同地区、国家的版本，改编为影视漫画等作品也逾十五次。如此换算，"四大名捕"故事至少已写了五十卷以上，字数不少于千万，版本恐也不少于二百种。

可是，其实《会京师》只是二十岁前后的"少作"，只是四位捕头的"开头"前戏。"四大名捕"往后延伸的故事，才是比较能代表这四位似侠非侠、为民除害，当官非官、锄强扶弱，身在庙堂心在野的夹缝人物和他们的遭遇。

比较精悍短小但故事情节也较完整浓缩的，首推《大对决》收录的《谈亭会》《碎梦刀》《大阵仗》《开谢花》。一气呵成，悬念惊悚、推理破案，都在八万至十万字内结束，最适合小品电影的架构。至于《逆水寒》，则是"四大名捕"故事里长篇架构已完成也较完整的一部，约七八十万字，起承转合，从一个惊变开始，全篇流亡中侠道逆处见情义，最适合影视剧改编。如今内地作家出版社推出全新修订版，便自这两个系列作为一个从头迈进的开始，实在是出版社侠友的明见，而且也应该是最符合作者和读者共鸣的一个版本。

至于"四大名捕"其他系列，已成名的还有几个很为读者所津津乐道或扼腕叹息的故事，例如：《四大名捕破神枪》（《妖红》《惨绿》等），是尝试以文学诗化的笔触，来写"四大名捕"另一段逸事；《四大名捕战天王》系列，则重回武侠小说文本描叙的法则，去探讨侠骨柔情的试验；《四大名捕外传：方邪真故事》（《杀楚》《破阵》等），则以正统公案悬念言情的程式，融入反映现代社会中朝野斗争的现实象征里；《四大名捕走龙蛇》

全新修订版总序：预支五百年新意

温瑞安

系列故事，则是把一些武侠的特质，还有一些本非武侠的元素，从惊悚、超能、念力、穿越、鬼魅、魔幻到怪力乱神，一一都在二十年前的这些作品里乍浮乍沉地显现。还有最具争议性的《四大名捕斗将军》（即"少年四大名捕"：《少年冷血》《少年追命》《少年铁手》和《少年无情》），更成了所谓超新派或新世代武侠小说试炼的兵工厂，什么题材和元素都融会其间，结果读者的反应也很激烈：爱之欲其生，恨之欲其死。不论生死，都大死大活着，使我认为这一番心血，值了。

一九八三年我初赴北京，在金台路书市里，跟几位工作室的侠友，至少找到我没见过或未拜读过的温书版本一百三十七种。一九九四年，沈庆均兄带我去五四书店，那儿有温瑞安小说的专柜，书店老板跟我说："一讲'四大名捕'，人人都嗑得，很著名，至少比原作者温瑞安还著名。"

我笑了。

书生爱国非易事，提笔方知人世艰。预支五百年新意，到了千年又觉陈。阿西莫夫说："一个人必须博学、聪明、有直觉、有勇气、有运气，才有可能发明前所未有的创见。"我觉得，别的我没有，在写作武侠小说上，我借力于前辈的肩膀，还有扎根于读者的步子，总算预支了数十年新意，且不管过了多年是否变陈酿。

二〇一二年六月三十日

目录・第壹卷

国家不幸诗人幸，因为有写好诗的题材。有难，才有关。有劫，才有度。有绝境，才见出人性。有悲剧，才见英雄出。有不平，才作侠客行。笑比哭好，但有时候哭比笑过瘾。文字看厌了，可以去看电影。文艺写闷了，只好写起武侠来。武侠小说是其中一样令我丰衣足食的手艺，使我和同道们安身立命多年，但我始终没当它是我的职业，而看作是我的志趣，也是我的"有位佳人，在水一方"。我始终为兴趣而写，武侠是我当年的少负奇志，也成了我如今的千禧游戏。稿费、版税、名气和一切附带的都是"花红"和"奖金"，算起来不但一本万利，有时简直是无本生意。我用了那么多年去写武侠，其间被迫断断续续，且故事多未写完，例如"四大名捕"故事，但四十几年来一直有人追看，锲而不舍，且江山代有知音出，看来我的读友，不但长情，而且长寿。所以，我是为他们祝愿而写的，为兴趣而坚持的。小说，只是茶余饭后事尔；大说，却是要用一生去历练。

我的作品版本极多，种类繁复，翻版盗版夹杂，伪作假书也不少，加起来，现在手上存有的至少有一千八百种。

必须说明，这些版本还真非刻意找人搜寻查找的，而是多在旅游路过时巧遇偶得之，或由读者、侠友顺手购下寄赠为念的，沧海遗珠的，肯定要比存档列案者多，而且还多出很多很多。很多版本，跟我这个原作者，不是素昧平生，就是缘悭一面。

我确是写了不少书，根据我的助手和编辑统计，不少于九百本，那已可以说是相当"多产"的了，不过，怎么说也未臻近两千本那么"可怕"。我之所以会有那么多部作品，当然是因为自己还算写得相当勤奋。勤奋，是因为投入。当然，投入的动力，

是来自兴趣。不管如何，能有近两千万字的作品，出书逾九百部（版本计算），题材包括武侠、侦探、文评、杂文、社论、剧本、言情、魔幻、新诗、散文、札记、访谈、传记、影评、书评、乐评、术数、相学、心理、现代、技击、历史、象征、意识流，甚至反小说……也算是相当杂芜了。拿这样的篇幅，还有这般的字数，比照我的年龄（我是一九五四年元月一日出生，普天同庆），平均一下，还算是笔耕维勤，夙夜匪懈。肯定是吃草挤奶，望天打卦。既然世道维艰，人情多变，我只八风不动，一心不乱。一支尖笔也许走不了龙但总遛得了蛇，成不了大事但也成得几首小诗，万一吃不了总可以兜着走，没法描出个惊天动地的大时代，绘出锦绣万里的大前程，但在方格与方寸之间，拿捏沉吟，总还能在穷山恶水之地扒搔出一幅黑山白水的诗与剑的江湖来（我是仍坚持用笔写在纸上的那类作者，别的事可一向坚持与时俱进，惟摇笔杆子跟狗摇尾巴一样更能表白心情，更为直接且有共鸣）。这点我总尽了点力，点亮了几盏荷灯，迎风放舞了几盏孔明灯。也许，有人在星云外用超级望远放大镜一瞄，这也能幻化成一道侠义银河来。

可是，多是读者读得快，不知写者创得苦，作者作者，是一字一笔地去寸土必争地创作出一个小小世界、漫漫苍穹、漠漠江湖来的独行者。所以，嫌我写得太慢、出书太缓、续作太久，等得太心急者多。急起来难免催，催起来难免有气。前文已说过，我写得绝不算少，更不算慢，近年来虽然养未"尊"但下笔已然"悠"了些，加上还有自己的投资和生意、事业要料理，最重要的是版权给夺，或出版社停业，或刊物转型，不再连载小说，有者更加直接，拿了你的书，没签合约就印出来了，或给友好发上网了，然后转头反咬一口，告你侵权。结果，给骂不填坑的又是作者自己，难免有点心灰意冷，如此大环境下，对发表出书，也就没那么兴致勃勃了。而今写下去只为了"要给读者续完"这个强烈的使命，还有不因岁月流逝而泯灭的对武侠和创作的兴趣与热情。人生在世，红尘有梦，余情未了，续稿可期。我用此心志来续完我所创作的江湖人物、民间侠客的大结局。

我的作品之所以如此多而庞杂，不仅是因为文类多，连非文字出版的种类也多。如果加上二十部以上的影视作品，还有相关的衍生作品和事物，例如电玩、cosplay漫画、连环画、评点、网站、论坛等等，还有即将推出的动画、网游、公仔人形、信笺图像、兵器模型、形象扑克牌、匙扣等相关新鲜玩意儿，种类之多、衍生之奇，大部分我自己都未曾看过、翻过或玩过。光是这些同道戏称为"温派衍生的事物"，加上千百计的不同书版，使得我几住处书柜和摆设橱，已突破爆满，难以承受，拥挤不堪。不过，从而又扩大、提升了读者的范围与层面，寰宇频生新事物，心随鼎故速转移，那是随遇而安的温瑞安了。

一个人一支笔（当然换了无数支新笔）占了真假伪盗翻近两千本书，当然写得早也很重要。我早在大马小学时期已发表创作，初中已开始编期刊，中学毕业时已出书三册，虽然当时那儿的华文出版气氛、环境绝说不上太风调雨顺，乃至举步维艰。不过，也因为个人早年辗转各处，浪迹天涯，结缘下来，文字加图像特别是连环图版的"四大名捕"，也从泰文到韩文、法文、英文，再到西班牙文、日文、巫文、越南文以及新马、港澳

台等不同版本，光是中国台湾，推出过我书的就有三十几家出版社，在港也有近二十五家。由于港台、新马等地出版风格和读者口味、销售方式并不一致，所以，在包装、行销和分册上很有些不同，例如台出书大可六至八万字为厚厚一大册，在港有时专供书报摊、地铁店的每月小书，则三四万字亦可独立成书，像《少年四大名捕》（一九八九年）就是占激流之先，日后效仿者众。因此在计算书本数字上，也占了不少便宜。不过，港台两处加起来，还不到我在内地的翻盗版本的五分之一。

问题就在这儿。

大概在一九八七年的"四大名捕"故事系列在内地推出以来，翻版、盗版数不胜数，版本良莠不齐，哪怕是授权正版的也未予作者或本人任命的编辑修订更正，盗版假书，错漏百出，更惨不忍睹。就算是授权版本，也是一九九四年校订的，之后有的作品曾经五六次修订，因部分出版成品罔顾作品的重要性，而又蓄意省去作者那区区版税之故，作品绝大部分已是十余年前的版本，使近年我多次修订和增删，尤其对在作品背景和创作人物秩序上的颠倒、错讹作大幅度更正的心血，完全白费。而且，近年来发到网络上去的版本，就是根据这些错舛百出的版本，以讹传讹，变本加厉，以致一些涉猎比较不广泛，未与港台版本比较过的有心但没耐性又并不熟悉各地实际出书行销运作的读者与论者，指斥百般错舛，然而实则大抵已修正，于作者而言更是有苦难言。那种所谓"温瑞安武侠全集"（通常还加上"亲自授权""最新""修订"等字眼），不时在每个地区，每隔段时间，在不同的书市，冠以每一个响亮但可能并不存在的出版社名目，都忽如其来地呈献一套，每每一套十几二十部到三十来部，久之蔚为大观，就算不刻意收集，手上也存有近八百册，终于使我那座连营屈伸折叠大书架柜子，都再也挤不下了。中华锦绣，地大物博，人才济济，扬扬自得，卧虎藏龙，十面埋伏，书山字海，皓首穷经，想出正版，大抵勿搏。

一直有出版商催问重出"温书全集""温瑞安武侠精品"一事，也一直有"未经授权"但言明版权在握的，继续翻印盗版个日月换新天，使我还真有点兴味索然了，因大气候号称确是文化古国，重视原创版权、精神文明，但小气候依然盗版气盛，我还是消极作风云笑看，新书写了也不拟出关。

直至遇上了作家出版社。

我到今天，依然为读者而撰写，为知音而创作。有读者认为我高深，其实我只愿曲妙和众。有读者以为我通俗，但我一向以为能善用通俗就是一种不俗。有人觉得我的内容有点残酷，但我只借武侠反映现实，而现实明显要比武侠世界残酷。有人觉得我的语言太诗化，但我本就是想把诗与剑结合，化佛道为禅，融儒墨为侠，况且，诗本来就是文学最珍贵的血液。有这么多深情的读友，甚至是四代同堂的读友一致维护我的作品，那是我的殊荣；也有新生代的读者，建立了那么多的网站和在杂志上发表那么多精彩的文章来砥砺我，这是我的荣幸。但哪怕无人肯定，像我这种人，写这种作品，走这种路，坚持这么多年，哪怕没有掌声，没有喝彩，我也一定会天荒地老地走下去，我的坚持依然如不动明王，我的信念仍然是似地藏菩萨，我的武侠依然似那知其不可为而为的止戈一舞。

时空流转，金石不灭，收拾怀抱，打点精神。一天笑他三五六七次，百年须笑三万六千场。武侠于我是"不管东南西北风，咬定青山不放松"。作为作者的我，当年因敬金庸而慕古龙，始书武侠著小说，已历经七次成败起落，人生在我，不过是河里有冰，冰箱有鱼，余情未了，有缘再续而已。

稿于二〇〇三年六月四日端午，重校于二〇〇四年七月中旬"小楼温派会京师"大聚之时。

修订于二〇一二年出席电影《四大名捕》上海发布会后。

再校订于二〇一二年十一月下旬，作家出版社有系统推出温瑞安武侠小说系列之时。

"说英雄·谁是英雄"系列，肯定是我写作生命里漫长的小说，也是我的武侠作品中除"四大名捕"和"神州奇侠"两大系列外，最受读者关注和支持的小说。

我在一九八五年因香港《东方日报》社长周石先生约稿而开笔。《东方日报》是香港第一畅销大报，当时周先生就说过："创刊数十年来从不连载武侠小说，今向你约稿是一个'破例'。"所以我也用一个"破格"写法，结果反而建构了一个大家常称之为"温派江湖"来。

二十年来，此书断断续续、续续断断地写，断了再续，续了再断，持续写成了八部：

《温柔一刀》

《一怒拔剑》

《惊艳一枪》

《伤心小箭》

《朝天一棍》

《群龙之首》

《天下有敌》

《天下无敌》

加上计划中和撰写中的至少还有两部：

《天下第一》

《天敌》

约有十部，整体不少于五百万字。

一般侠友和读者多简称这十部书为"刀""剑""枪""箭""棍""首""有""无""天""敌"，相当简明好记，都是以手指

月、直见性情的要害字、关键词。

至于为什么写得欲断欲续，答案可以虚拟为：在这个时势里，一个自立于世、独立创作的自由作家，要完成自己一个宏大心愿，完成一部"巨构"（不等同"佳作"），难免要懂得以战养战，迂回作战，甚至要以退为进，且战且逃，有时还得用秣马厉兵、休生养息、敌进我退、敌逃我追的"战略"，方才可以"自力救济"，完成夙愿。总之，还得要斗志不死，遇挫不折，遇悲不伤，持志不懈。不是专业从事写作的人，不在海外华人地区度过二十世纪六十年代至二十一世纪的朋友可能无法理解，只能臆度。这过程当然不易，但个中别有激趣。更好玩的是，当有论者要过来牵着你鼻子走的时候，你只好伸给他一只拉不动的大象鼻子；当有评者看不懂你的意图之前就贸贸然上来努力表达你的作品今不如古，你只好装傻扮蒙告诉他：武侠各花入各眼，岂可一论盖棺"今不如古"！

只苦了真心诚意期盼的读者，着力期盼，漫长等待了这许久。

如今"说英雄·谁是英雄"这系列，已修订了五次，前后十数年，内地修订版，今交于作家出版社重新出书。与此同时，大概这故事系列的电影和电视剧也筹备开拍了。

熟悉我过去作品的朋友都知道，我是先写诗而后为文，一不小心终于合成了"诗剑江湖"。侠友告诉我在内地，"诗人"这名词与类群，基本上就是泛指泡妞、打架、流窜、无业游民一般的专有名词，有时还成了骂人的词，例如："你他妈的诗人，全家都是诗人。"看来，在内地，有时候，"诗人"就跟"流氓"差不多。不过我听了一点也不惊讶，甚至无动于衷。因为我在我家乡——马来西亚霹雳州美罗埠，在六十年代初中时就已是"诗人"了，在当地视同"傻"。到八十年代后香港，在金钱挂帅的社会，一向视"诗人"为"疯子"，或者是"失意的白痴"。我已习以为常。不过，诗人也有好处，爱其所爱，恶其所恶有恶报，总是七情上面，但又一意孤行，一以贯之，雷霆一击，进退如一，行军布阵，打牌打击，断背渡江，喝酒唱 K，乃至做生意玩股票炒楼盘，自由行和拍电影搞出版，也多如是，一是一、二是二，三是三山五岳不回头，是以意气相投，一触即发，一拍即合，一往无前。以诗写武侠，成了"武侠诗"；以侠写新诗，且让他成了刀丛里的诗吧！

诗和武侠，文学与江湖，两种"痴"融会贯通在一道，不管放不放光和热，仍意气相投，适合做些"情投意合"的事。

另外，谢谢前期对温书编校作过努力的曾付出莫大心力修补温书的陆破空、方梦石和铁跌蝶，以及二十年以来的多年实实在在真真正正有始有终地一直为温书执行编校修订的李宏伟、梁四和何包旦，还有我妻静飞如静中飞踢的支持激发力。

生命短暂而可贵。我大概不可能再写比这更长的小说。没有英雄的地方，是寂寞的地方。然而期待英雄写英雄故事，是因为爱憎英雄，看英雄小说，是因为期许和关爱英雄。时来天地皆同力，运去英雄不自由。年少就已立志，要为自己心目中的"英雄"写一部书。从多年前自己在生命中激扬奋发、大情大性时执笔，守到今日心境上的得意淡然、失意泰然，在命与运的体验中不断"体悟"与"追寻"，个中曲折，遭遇奇情，在在都历历记载于这部英雄小说里。怨去吹箫，狂来论剑；若无新意，不能代雄。

　　稿于二〇〇〇年六月十四日：静飞终于重临香江。同日"大猫"惨殁哀痛极。

　　校于二〇〇〇年四至七月：眼疾割切治疗期间。

　　修订于二〇一二年九月廿八：应邀赴深圳华为总部演讲，与温迷、侠友、读者欣心相聚。

我从一九八五年开始写"说英雄，谁是英雄"系列之第一部《温柔一刀》，一九九三年写到第五部《朝天一棍》，估计这部书停停写写，总共至少花个二十五年。

十年辛苦不寻常。

人生没几个十年。

更何况二十五年！

英雄见惯亦平常，何况是写了二十多年"说英雄，谁是英雄"的我，多少个白昼子夜、桌上灯下，故事里的"英雄人物"：王小石、苏梦枕、白愁飞、方应看、米苍穹、雷损、狄飞惊、温柔、唐宝牛、方恨少、雷纯、朱大块儿、张炭、雷媚、罗白乃、三姑大师、诸葛小花、天衣居士、元十三限……这些人分别在七情六欲、爱恨嗔痴的情节起伏中表现了自我自私，但也各有其"英雄"的一面。他们伴我多少次披星戴月地浪莽江湖行，陪我多少日子随缘即兴地任侠逍遥游。这些年来，我已从上一个"大惊变"中艰苦守候终不致落空，拥有了真正的"身心安定"。但不能"久安于室"却能安于现状的温瑞安，除却仍在白纸黑字间翻山越岭、寻章撷句地去写我的江湖闲话之外，在现实里也一样不放弃在白山黑水、天涯海角的长路上，呼朋唤友地去共谱我生命时空里的起落浮沉。故此，不但走遍千山路，也交了不少好朋友。其中亦有不少奇情乐、英雄事。也许这样，我更深刻地体会到：幸福和顺境时发现的美容易流于虚幻，不幸和苦难中寻获的美往往能够永恒——到头来，笔下"说英雄，谁是英雄"里最接近"英雄"的人物，只是个"布衣"（平民）英雄——小石头，他本身的愿望只想当个"小老百姓"，在写作期间，这意念上却

前言：英雄见惯亦平常

温瑞安

是十分"反英雄"的。

由于这"说英雄，谁是英雄"故事初写在香江，大约在一九九二、一九九三年开始在内地登场，引起热烈回响和反应。许多内地的读友迷惑不解，乃至追询出版社甚至提出谴责、抗议：作者为何不一口气把书写好、出齐？为何有的薄薄一册，有的却厚厚数部？为啥下集姗姗来迟？到底几时才肯写完一系列书？何时才有"大结局"？为何"版本"如此之多、杂、乱，叫读者无所适从！

其实这些疑问我早已在我作品的后记里作过解释，但以前我在内地版的书较少选刊我的"前言""后记"及"附录"式的文章，故而在这里再集中回答一次：

一、我的作品已成书的在各地版本（只就已出书的，每部计算）迄今约为九百多部，而至二○○四年年初为止，发现之翻版、盗印、冒名、伪作逾一千部（此乃根据"自成一派"合作社叶浩、何包且整理之《温瑞安著作各国各地正、伪版书目索引》一书里所提供的资料，由于版本太杂、数量太多，我自己也未曾详加统计过）。我的著作在港、台等地虽曾出现过假冒、盗版的事，但近年来已受到较好的控制，二○○○年前都由敦煌、万盛、皇冠等数家授权出版。唯在内地盗、假、翻、伪、冒名作品太多，不可胜数，且因现实环境殊异，难以成功做出法律制裁，所以多有假书、盗印、伪作出现，让读者蒙受损失，委实难安。有时一书数版，乃承蒙各出版负责人大度宽容，但也是形势上的"迫不得已"：否则，北方的出版社书未出厂，南方已有"盗印书"遍布书市；西部的书才付梓编审，东部已到处可见"伪作假书"，不但出版社、作者蒙受损失，读者也在时间、金钱、心智上受到损害。

二、我已开笔的系列书，例如"神州奇侠""白衣方振眉""布衣神相""四大名捕""六人帮""杀楚""游侠纳兰""七帮八会九联盟""说英雄，谁是英雄""七大寇""今之侠者""古之侠者""四大名捕斗将军"等故事，不是我拖沓不让它结束，而是因为现实上的因素致使它拖延未能竟笔终篇，兹举数项咄咄迫人的原因：

甲、武侠小说系列当然是篇幅较长，且不管是用一个或数个故事贯穿成全书，总要数十万到数百万甚至千万字（例如"四大名捕"故事系列，我从一九七〇年写起，写到今天已逾三十四年，尚未完篇——这当然绝非独我如是：例如日本江户后期通俗小说作家泷泽马琴，就费了二十八年的工夫才完成一百零六卷的同时也是日本文学史上规模最大的作品《南总里见八犬传》；阿森罗平、柯南道尔乃至卫斯理系列都写了几十年），一个人要独力写完这些书（何况不止一部），既不假手于人，也不肯粗制滥造，总是得费些时日，这只好请读者耐心等候，或者干脆不必苦候，我写一部算一部，读者请随缘即兴地看。

乙、现在不是平江不肖生、还珠楼主、金庸、梁羽生武侠小说全盛的时代。那时候，传媒少，娱乐种类也没到了今天的密集程度和白热化。以前，大家读报追武侠小说连载，租借追读武侠小说集，沉迷醉心，孜孜不倦。直至古龙年代，"追书"之余，还可以追看武侠电视剧、武侠电影、武侠录像带，影视与小说融为一体，互为奥援，乐此不疲。而今已没这等优厚的"生存

环境"。基本上，武侠小说读者在港、台地区及新、马等国家已然锐减，连武侠电影、电视、录影剧集也屡振反挫、一蹶不起。就算今天上述诸大师亲自执笔，一旦与各种新兴传媒娱乐争一席地，只怕也有今非昔比之果。发表、连载、出版武侠小说的"地盘"已然萎缩，绝少人还能以此"谋生"，更严重的是，缺乏了刊登、发表、连载武侠长篇的园地。笔者已属侥幸，作品多能在数地报刊同时发表连载，也可在近十个国家地区出版成书，近年稿约也算应接不暇，但对武侠长篇（若非长篇，亦不易表现出武侠小说的种种特质趣味，笔者当然也有从事大量的中、短篇创作，以适应吸引现代人紧急繁忙的阅读时空，同时也"化整为零"，以"每个故事独立，但每篇串连成为一个长篇"的婉转迂回方式来从事武侠长篇创作，三十余年来坚持不懈）能长期连载、发表亦难有稳定的把握。要知道一个长篇可能是数年连载下来，有时是编辑换了，有时是编辑方针变了，有时是改版割爱，有时是自己不愿写下去了，有时甚至是报刊停办倒闭了。种种变化，在所多有，可是数十、百、千万字的作品要花费数年以上的心血，不经发表、全无稿酬就贸然将之出版（对新晋作者而言，连发表都未曾则出版更不易了），则不是许多写作人都可以承担的——"苦衷"，"非写作界的"只一味心急要看完的读者可能"有所不知"，尚请见谅。

丙、每一处、次、份、种报纸杂志的约稿，难免都会要求新稿。这是可以理解的，对新一批读者也是较为公平的。可是人人都要"新"的作品，旧的系列如何"延续"呢？写作人的一支秃笔纵可笔分二路，总不能同时兵分八、九、十路吧？所以，许多作家仍然陆续有"新作"面世，却迟迟未见"续作"出现，这可急坏了也气坏了不明就里的读者了。其实最急的是作者自己。

丁、也有些特别的情形。不是不将作品续完，而是"时候未到"。例如，仍在一些地区的报刊连载中，虽已写完了，若急于推出单行本，对该未登完的报刊就太不公平了。有时候是出版、报刊所付出的"代价"和"诚意"不值得让你将这一部呕心沥血的完结篇交予之，又或在字数上有所制限，只好狠心忍气暂不把结局写完。遇上这种种"际遇"，是非内行人不能理解的，读者急着要看完全书而提出责问和催迫，声声填坑，其实是对作者最大的鼓舞，坑不是作者愿挖，更不是作者故意不填的，这些严令催迫都无助于克服这些现实里的"困境"，反而使有意且有责任作出"交代"的作者更陷"深坑"。

三、我个人的"情形"算好些，至少，在过去从事武侠创作逾五十年来，我几乎可以不理会生活、工作、稿费等现实"情势"而专心写我的作品，也从不急求发表与出书（兹举一例：我当年在马来西亚的乡间撰写《龙虎风云录》《大侠洛天池》和"四大名捕震关东"的前两集时，纯为自娱，或交知己友朋传阅，全不知武侠小说也可以发表、刊载这回事，更不晓得有日可有稿酬能取。一九八二年时，倪匡就在金庸面前指着我说："温瑞安写作跟我们不一样，他是先几十万字几百万字地写完了，出了书后，才有人看了喜欢，拿去发表刊登，跟我们先有约稿刊登才执笔并不一样。"），但也总有不遂意事、志未酬处，例如在一九八○年时，平白无故地在台蒙受一场冤狱，以致我的出版、写书计划全给"打散"了，需要许多时间心力始能"恢复"，但也一

度"元气大伤"。近年来，因有从事其他生意，实在忙不过来，也打算辍笔不写了，奈何对武侠仍有兴致与抱负，加上不想有始无终，又曾发生自己信任倚重的门生子弟谋私利争名夺权，几乎社内崩溃重组一事，所以不能愧对这许多年来一直予我大力支持和鼓舞的读者。我想，我就多写这几年，至少把已经开了笔的系列书完成了，希望能为新一代武侠作者做些铺路唱道的事，对读者作了回馈，那才有资格真的可以不写了，挂笔而去，就只偶尔写些自己喜欢写的想写的东西，做些自己喜欢做的和想做的事。

其实谁不是这样计划的呢！

是以，我还是以每部故事独立的"刀"、"剑"、"枪"、"箭"、"棍"、"首"、"有"（《天下有敌》）以及"无"（《天下无敌》）、"一"（《天下第一》）、"敌"（《天敌》）写完我"说英雄，谁是英雄"的"大目标"吧。

我只能以在大寂寞和大热闹中仍然坚持笔耕的诚意来报答真心读者的忍耐与等待。

不必刻意求工，只防弄巧反拙。我只求在每部作品里，反复强化"侠"的意义和行为，阐释一些新的理念，尝试一些新的写法。假如写出来的东西，还算有一丁点的新意、善意、真意和情意，那就已喜出望外，喜不自胜了。

稿于一九九三年十二月廿九日年底：与"下三滥"何家代表人及"太平门"梁家子弟首赴广州，遍游清远飞来寺和小三峡、东莞等地。

校于一九九四年一月初：首在广州市度过西历生

辰。尽游广州名胜、古庙，遍尝广州美食。巧遇气功大师奇石隐士。住酒店巧遇多位读者予以方便。发现翻版《四大名捕案中案》《寂寞高手》《闯荡江湖》《江山如画》《英雄好汉》《骷髅画》及冒名伪作《神剑魔女》《美女·霸刀》等。

修订于二〇〇四年九月：出席《逆水寒》首播发布会为主礼嘉宾，并接受《信息时报》《南方都市报》《新快报》《羊城晚报》《广州日报》访问及数十家电视传媒作现场报道。

重修于二〇一二年年中：北京自成一派八子会晤中文在线童之磊、谢广才、郑昊诸子。

总序诗

风虎云龙亦偶然
叹人青史话连篇
江山代有才人出
各苦生民数十年

【第壹篇】

他的掌

卷首诗

万山不许一溪奔，

拦得溪声日夜喧；

到得前头山脚尽，

堂前溪水出前村。

【第壹章】怕冷女子

第壹回

心不在焉

而在马

故人有许多种：相识的朋友是故人，深交的旧友是故人，记忆里的老友也是故人，连死了的友人也是故人。

在苏梦枕、白愁飞命丧风雨楼的当晚，也是"六分半堂"与"金风细雨楼"另一次对决对垒的夜晚，张炭就遇上了一个人。

故人。

故人有许多种：相识的朋友是故人，深交的旧友是故人，记忆里的老友也是故人，连死了的友人也是故人。

张炭跟这位"故人"可没有深交。

可是没有深交并不等于也没付出真情。

——你不一定对交得最久的朋友付出最深的感情，是不?

交情，毕竟不是以年岁计算的。

何况，张炭对这位"故人"的"感情"还非常微妙，十分复杂。

其微妙程度到了：自从王小石进入"天泉山"，入了"金风细雨楼"之后，张炭一直神不守舍，似有一个微弱的声音一直在哀哀呼唤着他。

那是个熟悉而陌生的声音。

那也是他自己心底里的声音。

那是个女子的声音。

若不是这事分了张炭的心，张炭还真不至于轻易让温柔闪扑向白愁飞与王小石、苏梦枕对垒的场中，以致温柔一度为白愁飞所制，用以胁持王小石和苏梦枕。

只不过，到头来，白愁飞还是没忍得下心杀掉温柔。

——这冷傲自负、桀骜不驯的人，大概也对温柔有点真情吧?

奇怪的是，张炭越来越把持不住了。

虽然大敌当前，端的是一番龙争虎斗，但他确是心神恍惚，

心不在焉。

心不在焉在哪儿？

在马。

他只想打马而去。

他甚至能辨别得出，那声音在那里（离此不远）如何急切地呼唤他，而这声音又对他如何重要（虽然他说不出所以然来），他真想立即骑上一匹快马，在这哀呼停止之前找到这个人。

但他不能说走就走。

今晚对决的是他的好友，至交，兄弟。

何况牺牲了的蔡水择，更是他的兄弟，至交，好友。

他要为这个兄弟报仇。

说也奇怪，他以前极瞧不起这个兄弟。他觉自己含辛茹苦，冒风冒霜，为"七大寇""桃花社"同时建立起声名地位，但蔡水择却自谋私利、坐享其成。

不过，一旦发现他为大义众利杀身成仁时，敬意便油然而生，甚至那种震佩之意，尤甚于对一般人，使张炭也不禁扪心自问：

一、他是不是一直对蔡水择都有极深的期许，极大的信任，以致他愈发容忍不了蔡的背弃，而对他有极大至深的误会，也致使蔡一旦不失所望时，他便分外愉悦呢？

二、是否一直以"反方"表现的人，一旦以"正方"姿态出现时，更易令人感动、珍惜？

三、这样说，岂不是一向为义鞠躬尽瘁的人，还比不上一向作恶但有朝一日忽而一念向善的人来得可珍可贵？

四、这样，公平吗？

不知道。

对想不通的事，张炭应对的方法是：暂时搁下了，不想了。

也许，过些时日，再回想这事的时候，已不成为问题了。

他不知道这方法也正是王小石应对问题的办法。

王小石应付解决不了的难题时，就把它写下来，记下来，放到抽屉里去，过些时日，再拿出问题来审察，发现大多数的问题，已给解决了。

给什么解决的？

光阴。

岁月。

时间。

所以说，岁月虽然无情，但却有义。

张炭一直要等到"金风细雨楼"里的风风雨雨告一段落之后：

白愁飞丧生。

苏梦枕死。

张炭却不重视这个：

他讨厌白愁飞。

他巴不得他死。

他敬重苏梦枕。

但他跟苏梦枕却没什么感情。

你对一个很知名也颇敬重的人物的生死反而不像身边亲友来得震撼；是以，人天天几乎都得悉自己所知的人物天逝，但都不如得知自己所熟悉的人殁亡来得感伤。

张炭对苏梦枕就是这样子。

　　等到局面一受（王小石）控后，他即行向唐七昧和温宝说了一声，马上打马而去。

　　去？去什么地方？

　　他也不知。

　　他只知有个地方（不远处）有个人（熟悉的人）在呼唤他。

　　他就去那儿。

　　孤树。

　　寂桥。

　　星灿烂。

　　在这风大雪小的寒夜里，河床隐约铺雪，酒旗远处招曳，还有暧昧温昵的梅香。

　　到了这儿，心底里那一种呼唤之声，可是更断续而急切了。

　　（谁在唤我？）

　　（是谁在唤我？）

　　张炭在发现那呼唤声竟似来自他内心的同时，正好发现桥墩那儿匍匐着一个人影。

　　他没有细虑。

　　立即过去。

　　——就像唯恐错过一场千里姻缘、万年约誓一样。

　　于是他就真的见到曾在他生命里十分特殊的人物：

　　一个女子。

　　一个曾在甜山老林寺里因特别的因缘际会而致一度"连为一体"的女子：

"无梦女"。

"冷啊……"

这是"无梦女"见着扶她的人，原来是一张半黑半白的俊脸满布胡楂子的张炭后，冻得发白的樱唇，所吐出来的第一句话。

仿佛，他来了，就可以给她温暖了。

"他抢走了我的《山字经》，""无梦女"头上和腕上的血原已凝固了，但只不过是动了一动，新的血又涌现流落，"不过……"

她的血好鲜。

好红。

十分红的血，跟雪光相映分明，分外怵目。

张炭见之心惊。

也心疼。

——心疼是怎么一种感觉？

心疼是不忍见所爱所惜的事物受到伤害的感受。

"无梦女"依然怕冷。

伤后的她，更怕寒。

她凄艳一笑。张炭不明白她说的是什么，说了什么，但他知道的是：

她右腕已断。

头上着了一掌。

要换着旁人，只怕早已香消玉殒。

要命的伤，不在手（但断腕的伤口却足以使她流血过多而殁），而在首。

那一击的确非常要命，使得"无梦女"的额顶发际也凹陷了

一块。

但"无梦女"却未死。

至少没马上死。

——这是什么原因？

难道是杀他的人手下留了情？

——看又不似。

要是"留情"，就不致一掌拍击她的"天灵盖"了。

——难道这女子的头骨，有特殊抵受重击的异能？

张炭不敢想那么多。

也不及细虑。

他先为她止血。

疗伤。

他毕竟是"天机组"张三爸的义子，对于敷伤止血，惯于行走江湖的人，自有一套。

（谁伤了她？）

（为什么要伤她？）

张炭不禁对那伤害这么一个失意而怕冷女子的凶手，感到莫名的切齿愤恨。

却听"无梦女"悠悠噩噩地又说："……神君……师父……无情……小侯爷……"

——神君？师父？无情？小侯爷？

张炭瞥见雪地上凝了一大摊的血，不觉也感到一阵寒意。

在他以自身功力灌注入"无梦女"体内，先护住她心脉之后，寒风一吹，他也不禁觉得很有点瑟缩。

——难道他也怕冷了起来？

忽然，奇特地，他也感到头痛欲裂起来了。

那感觉就像他也着了一掌。

　　稿于一九九三年四月二日：沈先生信（一）《惊艳一枪》《一怒拔剑》已发排；（二）《布衣神相》版权查究；（三）争取推出《大宗师》系列；（四）各地盗版出笼；（五）《'93中国书市预测》全国二十余次报刊发表；（六）《人民日报》刊出新业斋之《今年广州图书市场预测》特别推重我作品；（七）长江文艺出版《七大寇》；（八）友谊要推出《凄惨的刀口》《刀丛里的诗》；（九）《杀楚》将再版发行，并加印加版税；（十）中国友谊已拟为'94推出我新书作宣传及准备；（十一）庆均兄已公布我在港信箱予询及之读者群；（十二）转来美容院女读者来札。陈三旋风前来取《绿发》稿。舌疮烦。梁大镬愚人节玩出火。万声影视欲拍《小雪初晴》。三日：吴源祥欲拍大陆广州播映《今之侠者》影带。

　　校于一九九三年四月四日至五日："五虎将"拜祭父母；胡须猫灼伤我手；伤趾伤舌；冯时能入FAX。六日：李荣德欲邀我为"中国武侠小说学会"理事；北京批准成立"中国武侠小说学会"；中国筹办《中国武侠小说杂志》；江苏文艺出版社代表与江苏省出版局议定"温瑞安武侠小说奖"事；陈三旋风办联络访问事；太古商场"头钟钟"炮制扫兴游。

【第贰章】

一张弓和三支箭

第壹回

红楼梦
魇青楼怨

风雨楼：风风雨雨的一座楼！

人已散去。

王小石重掌"风雨楼"。

也不知怎的，他却没有成就、胜利、意气风发的感觉。

他只觉一片凄然。

还有惘然。

要不是他眼下还有当务之急，他真想从此撒手不理：

但这是苏大哥的基业——

他要保住它。

发扬它。

"风雨楼"。

曾经风风雨雨，而今仍是，独峙京师武林的"金风细雨楼"！

曾经楼起，曾经楼塌，但楼仍是楼，谁也抹煞不了这数十年来它在动乱江湖中无以取代、傲视同侪的贡献与地位，权威与气派！

"风雨楼"：风风雨雨的一座楼！

王小石的怅惘不仅是对历史烟雨楼台的万千感慨，也是对人事变迁的无限追回。

乃至于对到底不识愁滋味的温柔（白愁飞的死，温柔是最伤心的了，她始终不知白愁飞对她做过什么事——也许知道，就是一种莫大的幸福），以及完全不可捉摸的雷纯（对王小石而言，她既是恩人——不是她配合率同苏梦枕楼主攻入"金风细雨楼"，王小石此役必凶多吉少；但如不是她意图钳制苏大哥，苏梦枕也绝不会自求一死——这使得她又成为王小石的仇人），他都有一种极为深刻难以言诠的迷思。

但此际，他都得把一切困惑暂时放下来。

因为他有急务亟须解决。

有大事要做。

因为他是领袖。

京城里第一大帮（"金风细雨楼"已与"象鼻塔"合一，此际在声势、实力上，绝对是城里第一大帮会）的首领。

首领该怎么当？

人人都有不同的说法：有的说要有魅力，有的说要有人缘；有的说要有勇气，有的说要有骨气；有人认为得不怕杀头，有人认为要有靠山；有的说要武功好，有的讲智谋高……都莫衷一是，人人说法不同。

但当领袖的，首先得要有肩膀：敢担当。

当然，不管怎么说，天下间还是有太多的"领袖"没有"肩膀"，不敢"担当"，不过，作为一个真正的好领袖，首要的还是得要有承担责任的勇气。

要做大事，若连面对担待的勇气也付诸阙如，那一定是个误人误己的"领袖"。

甚至连"喽啰"都不如。

王小石现刻，就在担当一件事。

大事。

——而且是要命的大事。

王小石正在"红楼"。

对他而言，红楼是一场梦魇。

青楼是一阕怨曲。

而今青楼已毁……

只剩红楼和当年的梦。

——只是而今梦醒未？

未？

人生本就是一场梦。

不死不休的梦。

至少，是一日不死，一日不休。

因而，王小石正在开会。

开会的目的很简单。

"唐宝牛和方恨少因为殴打天子和宰相，明天就要押瓦子巷前菜市口斩首，我们该怎么办？"

——"怎么办"的意思就是：不是该不该救他们（因为一定应该），而是要不要、能不能救他们？

开会还有另一个重大论题：

"苏梦枕死了，白愁飞也死了，'象鼻塔'与'金风细雨楼'两大势力合并，势所必然，如果现在为了出兵去救唐、方二人，会不会坏了大事？毁了大好形势？着了蔡京的阴谋？中了雷纯之计？"

——这本来就是京城两大势力大整合期间，而两大帮派势力都听命于王小石，王小石应抓紧这千载难逢的时机，去巩固侠道实力，壮大成一股足可"外抗敌寇、内除奸恶"的力量才是。

与会的人都很沉重。

因为无论决定是什么，都有牺牲的成分：救唐、方就得牺牲不少兄弟的性命，还有"金风细雨楼"及"象鼻塔"的大好前程。

不救方、唐会给江湖人唾为不义，而且，就算武林人士能够谅解，"风雨楼"和"象鼻塔"的众兄弟们自己心里头也过不了自己这一关！

怪只怪方恨少和唐宝牛为何要在这节骨眼上，干出这等荒唐事来！

但话说回来：唐宝牛与方恨少这一番按着人揍，揪着人擂，却是大快江湖好汉心、人人拍案叫绝的逞意事！

怪得了谁？

怨得了哪个？

哪个不表态的，都可能成为日后正道武林的罪人。

同样地，哪个表示态度的，也一样可能成为他日江湖中予人詈骂的不义之徒。

但总是要担当。

总要有人担当。

——江湖好汉，尤其是要担当。

与会的人虽不多，但都经精挑细选，而且，都极为重要（无论是在"象鼻塔"还是"风雨楼"），极受信重，极有代表性。

其中包括何小河。

王小石仍信任她，仍待她当自己人，依然邀她参与极高机密的会议，她极为错愕。

几乎有点不敢置信。

王小石却只是问了她一句："你已还清雷姑娘的情未？"

何小河答："还清了。"

王小石再问了她一句："你还当自己是'象鼻塔'的人不是?"

这次何小河没答。

她（眼眶汪着泪盈着）咬着唇反问："——不知道还有没有兄弟姊妹当我是自己人?"

"既然是兄弟姊妹，怎么不是自己人，说笑了!"王小石啐道，揽着何小河的肩把她推拥直上红楼专开重大会议的"高云轩"，"快来开会，给我意见，否则才是见外呢!"

你说，遇上这样的王小石，你能怎么办? 他对你推心置腹，你总不能狼心狗肺；他跟你肝胆相照，你愿不愿意死心塌地?

何小河在生死关头，重要关键，毫不客气地射了他一箭。

箭伤的血仍未全凝呢。

他却已把对方当作心腹，浑忘了发生过的事、伤过他那一箭，只把精力集中在:

一、要不要营救唐宝牛、方恨少?

二、如何营救方恨少、唐宝牛?

三、营救方、唐后的善后工作。

四、如何稳住并壮大"风雨楼"，和"象鼻塔"合并后而恰又遇上唐、方事件的冲击。

"我知道，做大事不拘小节。"何小河仍百般不放心地问，"可是，你真的不恨我暗算你? 不记这个仇?"

"你暗算过我么? 你只是为了报恩。而且，我和白老二都各自着了一箭，公平得很。一个人要是连'暗算'人时都讲究公不公平，想来'奸极有限'。"王小石笑道，"也许我也有恚怒。只不

过，我这个人，生气得快，生气得容易，这口气消得也越快越容易——有什么仇恨有必要让它记住一辈子来折磨你自己一生一世的？嗯？"

遇上这人，她没办法。
至少何小河是全没了办法。

第贰回

开会

——重要的是决定，不是会议；会议本就是为了决定而开的，只不过，会开到头来，开多了，有些人已本末倒置，忘了开会的主旨和意义了。

谁都开过会，不管古代或现代，都一样有会开、有开会、有人开会，而开会通常只有两个理由：

一、解决问题。

二、逃避问题。

有些会议，是用作拖延、避免某些事或某个问题的托辞。

有的会议，永远议而不决。无论再开十次八次会，再开十年八载会议，会照开，议照样未决，问题仍然是问题。

故此，有些会议，旨在浪费时间、联络感情、人事斗争或显示权威，不是真的会议，或者，根本没必要开会。

"金风细雨楼"是京城第一大帮派，诸事繁多，自不允许像蔡京常在朝中召开什么国事大会一般，其实只是歌功颂德、相互谄媚、虚饰浮华、吃喝玩乐一番算数。

苏梦枕主掌"风雨楼"会议的时候，一早在时间上设限。

时间一到，他便停止会议。

无论多重要、重大的事，时限一至，便只下决定，不再作空泛讨论。

要是遇要事而负责的人没及时提报，后果自负：要知道，苏梦枕向来"赏罚森严"，这点还真没人敢于轻犯的。

所以大家给这设限一促之下，自然会有话快说，有事快报，有议快决的了。

就算时间未到，只要旁人琐语闲话连篇，苏梦枕立即做一件事：

呻吟。

他一向多病。

体弱。

他最"丰富"也最"有权"的时候，一身竟有二十七种病，树大夫无时无刻不在身边侍候着他。

是以，他只要一呻吟，大家就会感到一种"浪费这病重的人残存的岁月时光的罪过"，赶忙结束无聊的话题，立即产生结论，马上结束会议。

白愁飞则不然。

他冷。

且傲。

他不像苏梦枕。

苏梦枕是寒。

但他内心里并不激烈。

而且还相当温和。

白愁飞则没人敢对他说些不着边际的话。

他讲求的是纪律。

他甚至要人站着开会。

——坐着，让人松弛下来；站着，话就简练得多了。

他认为不必要听的，就会立即打断别人的话，甚至在必要的时候，他也不排除扭断对方的头等等手段。

时间便是人的一生。

他绝不容人浪费他的时间。

王小石又不同。

他无所谓。

他认为：浪费时间，和不浪费时间，都是一生，只要浪费得开心，"浪费"得"有意思"，"浪费"一些又何妨？

他觉得：珍惜时间的雷损，死了；把握时间的苏梦枕，也死

了；决不肯浪费时间的白愁飞，也一样死了——再珍惜时间，到头来仍然一死；死了之后，什么时间都是假的，也无所谓浪费不浪费了。

所以，他开会很讲究情调、气氛，甚至有说有笑，不着边际，不过，这些在最轻松时候大家有心无意的话儿，他都会记住，当作参考意见，一旦要决定的时候，他只找内围熟悉的几个人来开会，有时候，甚至不召开会议，已下决定。

——重要的是决定，不是会议；会议本就是为了决定而开的，只不过，会开到头来，开多了，有些人已本末倒置，忘了开会的主旨和意义了。

不过，此际这关节眼上，他就必要开会。

他找了几个关键性的人物来开会。

——明天要不要救方恨少与唐宝牛？

"救！"梁阿牛爽快利落地说，他最能代表主张全力营救这一派人的意见，"兄弟手足落难，见死不救，我们还算是人吗？日后再在江湖上行走，也不怕人笑话么！"

"不是不救，问题要怎么救？"温宝嘻嘻笑着，全场以他最为轻松，但说的话却是最慎重，"现在，离当街处斩只有三四个时辰的时间，咱们如何部署？'象鼻塔'与'风雨楼'刚刚合并，苏楼主和白愁飞尸骨未寒，王塔主气未喘定、军心未稳，以现在的实力要跟朝廷禁军、大内高手打硬仗，值不值？成不成？能不能？"

"我救，但王小石不要去。"朱小腰的意见又代表了另一大票人的意思，"他不去，我们就可当作个别行动论，罪不致牵连塔中、楼里；万一功败垂成，只要小石头在，群龙有首，也可不伤元气，保住实力。"

"如果营救方、唐，王塔主不出手，只怕难有希望；"唐七昧又回复了他的森森冷冷，寒浸浸的语音说出了许多人的顾虑，"王小石要是去了，只怕也是凶多吉少。蔡京老奸巨猾，早不斩人，迟不斩人，偏选这时候，就是要趁咱们气势未聚，基业未固，打我们个措手不及。"

王小石在听。

很仔细地聆听。

然后他问："有没有两全其美的办法？"

——问题很简单：若救，王小石得要亲自出手，这一来，救不救得成，尚未可知，但却必予朝廷口实，彻底铲除"金风细雨楼"和"象鼻塔"的方兴势力。如果王小石袖手不理，当给目为见死不救，贻笑天下，成为不义之人，声誉亦大受影响。

大家都摇摇首。

王小石凝注杨无邪：

"我想听听你的意见。"

杨无邪满脸的皱纹就像布在眼前的一道道防线，但眼神却是清亮、伶俐的。

"你要听真话？还是假话？"

王小石道："这时候还听假话？还有人说假话？你会说假话？"

杨无邪道："假话易讨人欢心，你若要我说，我自会说。真话只有三个字：不要去！"

王小石："为什么？"

杨无邪："你是聪明人，原因你比我更清楚，问题只在你做不做得到。"

王小石叹息:"你的话是对的,问题只在:我做不做得到!"

杨无邪:"做大事的人,要心狠,要手辣,你心够不够狠?手够不够辣?"

王小石:"我不是做大事的人,我只求做些该做的事。"

杨无邪:"侠者是有所为,智者是有所不为——关键是在你能不能在这时候无为?"

王小石沉思再三,毅然道:"不能。"

杨无邪峻然:"不能,你还问什么意见?"

王小石仍执礼甚恭:"我想去,也必要去,但又不想牵累塔子里楼子里,不想把这大好局面,因我之言行而一气打散。你可有良策?"

这次轮到杨无邪一再沉吟,最后说:"除非……"

王小石急切地问:"除非什么?"

杨无邪道:"我不便说。说了也怕你误解我意。"

王小石当众向他深深一揖:"小石在此衷心向杨先生请示、问计,并深知良谋伤人、猛药伤元,小石决不在得到启悟后归咎献策之人,或怨责定计一事,请先生信我教我,指示我一条明路,先生甘冒大不韪,授我明计,这点小石是常铭五中,永志不忘,此恩不负的。"

王小石以两大帮会首领之尊,向杨无邪如此殷殷求教。

杨无邪依然沉吟不语。

要是唐宝牛在场,一定会拍桌子拍椅子拍(自己和他人的)屁股指着对方鼻子(或者眼睛舌头喉咙牙齿不等)大骂了起来。

可惜他不在。

若是方恨少在,他不一定会骂,但一定会引经(虽多引错经文）据典（也多据错了典故）来冷讽热嘲一番。

可是他不在。

只朱小腰冷哂道："你别迫他了。我看他搔断了白发也想不出来。"

"这算是激将法？"杨无邪只一笑，然后向王小石肃容道，"我的办法，是没有办法中的办法。你用了我的计，或许可保'象鼻塔'和'风雨楼'一时不坠，但却可能使你他日走投无路、堕入万劫不复之境。"

王小石苦笑，摸摸自己的上唇："看来，我真该蓄须了。"

此时此境，他居然想起"蓄须"这种事来。

这可连杨无邪也怔了一怔："蓄须……？"

"我人中太浅，怕没有后福，先师曾教我留胡子，可挡一挡灾煞……"王小石说罢，又向杨无邪深深一揖，"无论小石结果如何，小石今晚都要诚心求教，请先生明示道理。"

杨无邪深深吸了一口气，悠悠地道："也不一定就没好下场，只是往后的事，得看因缘际会、人心天意了。"

然后他才说："你要先找到一位德高望重、能孚众望的人……"

说到这里，他忽而欲言又止，环视众人，逡巡一遍，之后才一个字、一个字地说："来取代你！"

众人一听，自是一愕，只见杨无邪锐利的眼神自深折的眼睑中寒光般扫视了大家一遍，在场众人都有给刀锋刷过的感觉。

"只是，这儿，无一人有此能耐……"杨无邪"嘿"的一声，也不知是笑，还是叹息，加了一句，"自然也包括我在内。"

这时候，商生石等人传报：张炭回来了。

抱着个昏迷不醒垂危的少女回来。

第叁回

会议

他们只想站在"道义"的立场,在"合法"的情况下,作出帮忙。

一个时辰之后，会议在争论中下了决定，王小石跟温宝、杨无邪、何小河即行赴三处，并安排由唐七昧、梁阿牛等镇守"金风细雨楼"，朱小腰、朱大块儿等守在"象鼻塔"，以防万一，便于呼应。

唐七昧绝对是个慎言慎行、高深莫测的将才，有他固守"风雨楼"，至少可保一时之平静。

朱小腰聪敏机智，虽然今晚她总是有点迷迷糊糊，但暂由她率领大伙驻守"象鼻塔"，也可应付一切突变。

她此际还出去走了一趟，手上带着锱冥蜡烛，回来时眼略浮肿，像是哭过了两三回。

梁阿牛和朱大块儿则是"实力派人物"。他们都能打。

王小石带去的，则是"象鼻塔"和"金风细雨楼"的重将。

温宝是个把微言深义尽化于戏谑中的人。

杨无邪一向是"风雨楼"的智囊。

王小石在这紧张关头，有所行动，必然重大重要，他把何小河也一起找去，不计前嫌，更令何小河感动莫名。

他们先去一个地方："发党花府"。

他们黉夜请出了花枯发。

花枯发欠了王小石的情，王小石来请他出马，他就一定赴会。

然后去另一个地方："梦党温宅"。

他们也请动了温梦成。

温梦成也欠王小石的人情，王小石既提出要求，他就一定会赴约。

之后他们就一齐去一个地方——

神侯府。

必经黄裤大道，北坐三合楼，南望瓦子巷，往通痛苦街，街尾转入苦痛巷。

诸葛神侯府，名动天下，就坐落在那儿，既不怎么金碧辉煌，也不太豪华宽敞，只有点古，有点旧，以及极有点气派。

这一天，神侯府里，却传出了争论之声。

事缘于王小石带同杨无邪、何小河、温宝、花枯发、温梦成一起去见诸葛先生。

诸葛先生马上联同哥舒懒残、大石公在"李下瓜田阁"接见他们。

事实上，诸葛先生和"四大名捕"也十分留意今晚"六分半堂"与"金风细雨楼"在"天泉山"一带的调动。

——果然出事了！

是夜京师风云突变！

不过，对于王小石在"动乱"才刚告平定后，即子夜来访（还带了"发梦二党"的党魁来），也感到诧异。

这一次，"四大名捕"没有参与会议。

可是，无情、铁手、追命、冷血都齐集了。

他们都明白王小石的处境。

他们都知道方恨少、唐宝牛的事情。

他们就在"李下瓜田阁"隔壁的"文盲轩"议事：怎么才能帮王小石救助唐宝牛和方恨少。

——他们是公差，当然不便直接插手劫法场的事。

以公论公，他们不把劫犯的人逮捕正法，已有失职守了。

不过，唐、方二人打的是皇帝、丞相，虽然荒唐了一些，但方、唐二人做的正是大快天下人心的事，打的也是天底下最该打的人。

在这点上，方、唐不但不该受到惩罚，甚至应该得到奖赏才对。

这当然是不可能的事。

而今，这般公开押二人在街市口斩首，分明另有目的。

这一定是蔡京在幕后策动。

——尤其如此，自己等人一切举措，更要小心翼翼，不致着了蔡京的计，还连累了诸葛世叔的一世英名。

他们当然也不能坐视不理。

但也的确束手无策，爱莫能助。

他们只想站在"道义"的立场，在"合法"的情况下，作出帮忙。

正讨论期间，他们听到一些对话（他们都无心要听，也不会刻意去听，但有时候有些对话，仍断断续续传到他们听辨能力极高的耳中，但常无头无尾，难知其详）：

"……我知道师叔府上近日有这样一位来客……我们想——"（那是王小石的声音。）

"什么？！"（这是花枯发和温梦成一齐脱口喊道。）

"你们真的要找他？"（诸葛先生微诧的语音。）

"迫不得已。"（这四个字说得很沉重，也很有力，是杨无邪说的。）

……

接下来的，好一会都听不清楚，当然他们也没仔细去听。

但由于刚才所听得的对话引起了浓烈的好奇心，所以，四人都难以自抑地偶尔去留意"李下瓜田阁"的谈话内容。

不过，不是常常都听得见。

而是大多数时候都听不到什么。

"——最好还是不要采取行动……"（诸葛先生）

"……我是迫不得已，也只有这样了。"（王小石）

"蔡京就等你这样！你这样做会牵连'象鼻塔'和'风雨楼'以及'发梦二党'的好汉们的！"（诸葛先生）

"我就怕连累……所以请师叔配合……"（王小石）

"嗯，这或许可以……但你得等一段时候……一有遇合，我当会尽力为你想点办法……"（诸葛先生）

"——谢谢师叔！"（王小石）

谢什么？

这时候，四位名捕，都可以说是好奇心达到了无以复加的地步。

但往后的，又听不清楚了。

第三次的对话，更短，更少，更促。

"你跟他可是相识的么？"（诸葛先生）

"我在逃亡的时候，曾有幸结识他，并蒙他义助，逃过了虎尾溪一带的伏袭……"（王小石）

"哦，原来是故人，那就好办些了……"

"我还要跟师叔借一样事物。"

"说。"

"一张弓，三支箭。"王小石说，"一张射日神弓，三支追日神箭。"

这时候，语音已十分清晰。

清晰的主因是：诸葛先生已跟王小石缓步行了出来。

值得注意的是：出来的是诸葛先生和王小石，两个人，其他的人仍留在"李下瓜田阁"，没出来。

他们经过"文盲轩"。

"四大名捕"立即稽首招呼。

诸葛微微颔首，左眉轩动三次，嘴唇微微一牵，他的左手轻触右耳，他的耳珠又润又厚，既长且白。

王小石也抱拳还礼。

他们没有说话。

四位名捕就眼看着这师叔侄二人，走过"文盲轩"，走向神侯府的另一贵宾厅住处"六月飞霜小筑"去。

他俩到那头去做什么？

四位名捕有些猜着了，有些猜了也不知着不着，有些人猜着了但不明白，有位明白了但猜不着。

他们只好继续商议：议定如何助群侠"一臂之力"，营救唐、方二人。

法规不一定合理。

合理的不一定就是法律。

四名捕分外感到"法理难全"的矛盾，甚至"情理两难容"的痛苦。

就在大家讨论乃至争论之时，忽然，一道影子，自轩前急掠

而过，一闪而逝。

四捕目光何等之速，已认得出那身影：

王小石！

——他肩背上似乎还挂了样事物。

几乎是在同一时间，"六月飞霜小筑"只闻有人大喊：

"不好了，不好了，有人暗杀先生哪！"

稿于一九九三年四月七日：琬姑劝我接受另一访谈；欠安；某以我文大事广告；获"茶色爆炸""台湾牌""眯眯眼""老婆饼""幻彩光束"等水晶、奇石。八日：敦煌调款事成；决意写"说英雄・谁是英雄"第六部《群龙之首》；电荣教论评，麟电传致谢。九日：温巨侠、罗葱头、于晴、梁四公子、何五姑娘、吴麟、吴荣聚唱"我要笑""你说过"，筹办座谈会事务；成稿"自成一派一号序"；"双吴会"；推理杂志统计提及我作品；"公开发火事件"。十日："小气误大事"严重后遗症；决办座谈会，奋斗到底；得"镇山之宝"、"甜甜糕"、玛瑙石挂蝉、"内里乾坤"、深茶色水晶原石托等奇岩宝物；"双吴变"。

校于同年四月十一日："说英雄大会——'刀''剑''枪''箭'讨论"；孙益华、何家和、梁应钟、罗倩慧、张炭、陈伟雄、詹汉戚、陈心怡、吴仲麟、傅瑞霖、陈绮梅、黄有辉、梁淑仪、黄伟利、陈琬、舒侠舞等十六人中午激论到子夜，精彩纷呈、激烈过瘾；为"自成一派"春节文学笔试颁奖写序；何罗出版《春节文学笔试特辑》；与衍泽达成重要默契；内忧外患，谈笑消解。

十二日：派内大整合；拟办"刀剑枪箭逆水寒座谈会"。

十三日：怀新先生力邀合作出版大业；港某大公司诚邀共图大计；食于印度皇室咖喱；社内人事大变迁，一新耳目。十四日：金摩利"傻傻"殁；大打出手；派内大地震。十五日：《"说英雄"系列爱之问卷》甚有趣；欢众大食于竹家庄；与方当年纪念日；得悉（李勃白）上海以"台龙"之名翻印《惊艳一枪》、以诸葛青云之名盗版《一怒拔剑》；冯永、郭隆生来札；"自成一派"新决定，大取向。

【第叁章】

今晨有雾

第壹回 会谈

　　上天既交给你一张白纸，你就得以你最喜欢和最能代表你的字或画，去填好它，而且，除非你要故意留白，否则便应当珍惜每一空间，浪费了是对自己作孽。

今晨有雾。

雾浓。

雾浓得打喷嚏时也惊不走离鼻尖两寸的乳粉状的粒点，打呵欠时却像吸进了一团湿了的棉花。

皇宫内也氤氲着雾，只不过，雾气在雕龙画凤、漆金镶银的墙垣花木间，映得带有一点儿惨青。

这一天，蔡京起了个大早。

他平时可不会起那么早，也不必起得这么早。

主要原因是：没有原因可以使他早起。

——天子绝对比他晚起，有时，甚至干脆不起床，在龙榻上胡天胡地地胡混了一天算数。

比起皇帝来，他这个丞相算是够勤力勤奋、任劳任怨的了。

说起来，他昨天在两个未开苞的姑娘身上花了不少精力，但仍得一早起了床。

因为今天是个特殊的日子。

也是个重要的日子。

说起"任劳任怨"，任劳和任怨就真的来了。

他们已在外边苦候许久了。

蔡京接见了他们。

他带同多指头陀、"天下第七"，以及他自己两个儿子，一起接见任劳、任怨，还有"天盟"盟主张初放，"落英山庄"庄主叶博识。

他在听他们经彻宵不眠查访而得的报告。

任劳详细报告昨晚"六分半堂"与"金风细雨楼"一战的情

形，到最后的结果，自是：白愁飞死，苏梦枕殁，雷纯退走，王小石成了"风雨楼"的楼主和"象鼻塔"的塔主。

蔡京听得很仔细。

他听了，脸上既没有流露出满意的神情，也没有不满意。

他只是淡淡地说："王小石？他好威风！不过，我看他这楼主、塔主什么的，有一天半日好当，已足可上香还愿了。"

然后他又问起"象鼻塔"和"发梦二党"及"金风细雨楼"的人，昨天可有什么异动。

这回是张初放提报。

他派了不少"天盟"弟子，彻夜监视这三方面的人，得回来主要的结果是：昨晚，"风雨楼"显然通宵会议，"象鼻塔"人手有大调度，且调动都频密而急。

王小石曾赴"发党花府"和"梦党温宅"那儿，还请出了两党党魁。

蔡京听了，就嘴边浮现了一点，一点点，才一点点的满意笑容，然后才问："他们之后去了哪儿？"

这回是"落英山庄"庄主叶博识回答："神侯府。"

蔡京扪髯而笑，颔首慈和地道："他去找诸葛？那就对了。"

叶博识锐声哼道："敢情王小石一定向诸葛老儿请救兵！"

蔡京眯着眼笑道："是诸葛先生，或叫诸葛正我，诸葛小花也无妨。"

叶博识坚持（讨好）说："我讨厌这个虚伪的诸葛老不死，所以才这样叫他！"

蔡京再次笑着更正："是诸葛先生。不要叫外号，更不要给他一大堆难听的绰号。要斗一个人，不必从名号上着手，那太幼稚。

要斗他，把他失惊无神、猝不及防地斗死掉，最好抄家灭族，才算是赢。咱们不斗这种伤不了人气不死人的小玩意。"

叶博识怔了一怔，这才欠身道："是。博识识浅，受教铭记。但诸葛这等么麽小丑，哪是相爷对手，授首是迟早的事！"他说话时仍有傲慢之色。

蔡京微笑问："后来呢？"

叶博识一愣："后来……？"

蔡京耐心地问："王小石进入神侯府之后呢？"

叶博识赧然道："那我……我就没跟进这件事了。我以为他们……王小石既然躲入了神侯府，就像乌龟缩进了壳里，一时三刻，只怕都不会——"

蔡京笑了。

他一笑，叶博识只觉不寒而栗，身子也簌簌颤抖起来。

"后来的下文还精彩着呢！"他转过头面向多指头陀，"你且说说看。"

"是！"多指头陀恭声躬身道，"两个时辰前，神侯府里传出王小石刺杀诸葛先生的消息，听说还劫走了'射日神弩'和三支神箭。"

叶博识张大了口，震诧莫已，事情发展，完全不在他意料之中。

蔡京悠悠地笑了，他悠悠地问："诸葛先生好像不是第一次遭人刺杀了。"

多指头陀道："上次坚称为人刺杀，面奏圣上，诬栽是相爷指使。"

蔡京幽幽地道："王小石好像也不是第一次刺杀人了。"

多指头陀道："上次据说他也是刺杀诸葛先生，结果死的是傅宗书。"

蔡京弹指、掀盅，呷了一口茶："真正的聪明人是一计不用二遭的。"

多指头陀道："不过，这次诸葛先生和王小石好像把旧策重用上了。"

蔡京放下了茶盅："所以，就算是旧酒新瓶，个中也必有新意。"

多指头陀道："诸葛多诈，唯相爷料敌机先。"

蔡京漫然侧首问："翛儿。"

蔡翛连忙应道："父亲。"

蔡京道："说说看原本今天诸葛神侯应该在哪里？"

蔡翛忙道："诸葛小花今天原要侍同圣上到太庙祭祀上香的。"

蔡京"嗯"了一声，睨了叶博识一眼："可知道圣上身边，高手如云，为何偏选诸葛正我侍行太庙？"

叶博识茫然。

多指头陀忙稽首道："太师神机，愿闻妙意。"

蔡京淡淡地道："是我向皇上一再保奏，近日京师不太平靖，圣上若要移驾太庙，应召京内第一高手诸葛侍奉在侧，这才安全。"

蔡儵在旁，把话头接了下去："万岁爷听了，还大赞爹爹相忍为国，相重为君，了无私心，果是庙堂大器呢！"

蔡京白了蔡儵一眼。

蔡儵马上不敢再说话。

蔡京反而问："知道我为什么这样做？"

"这……"蔡儵张口结舌了一会儿，"这我就不懂了。诸葛正我，其实何能何德？他能保得住圣上，不是全仗爹您。"

多指头陀则说："天质愚钝，不敢乱猜。"

蔡京笑了起来，"你这一说，就是心里有了个谱儿了，且说来听听。"

多指头陀这才抬头，双目神光一厉，"今天京师武林有大事，诸葛越是远离京师，越难调度。"

蔡京轻轻瞄了他一眼，只说了一个字："对。"

然后又吩咐："说下去。"

多指头陀略显犹豫："这个……"

蔡京不耐烦地道："你尽说无妨。"

多指头陀这才领命地说："诸葛若不去，那是抗旨，重可致罪问斩；要是他遭狙击，大可称负伤不能侍圣，则仍能留在京师，幕后操纵一切。"

蔡京哈哈一笑，得意地道："诸葛小花这只老狐狸，真是愈老愈精明了。"

然后，他望向任怨。

任怨这时才说："一个时辰之前，诸葛先生身上敷着伤裹，通过一爷，进入宫里，只待圣上醒后，即行求面圣禀告遇刺之事。"

蔡京哈哈大笑，状甚得意："这老不死的愈来愈会做戏了。"

他猜中估着，因为对手是如此高人，也不由得他不兴奋起来，倒一时忘了他刚才说不在背后骂人绰号的事了。

叶博识则自这时候起，直至散会，都不敢再抬起头来。

蔡京笑容一敛，向多指头陀道："今天的事，仍交由你打点。我们要在一天内，瓦解武林中与我为敌的败类逆贼！"

多指头陀精神抖擞："遵命。"

蔡京游目又问："'有桥集团'那儿有什么风吹草动么？"

这一句，谁也没答。

谁也答不出来。

只有任怨开了声："以卑职观察所得：他们行踪诡秘，但肯定必十分注意今天事态的发展。"

"这个当然了。"蔡京哼声道，"老的少的，等这一天，都等好久喽。"

他眯着眼像困住眼里两条剑龙，"反正，今天刑场，就由老的少的来监斩。"

任怨忽道："卑职还有一个想法。"

蔡京无疑十分器重任怨，即问："尽说无妨。"

他喜欢找一些人来，听听（但未必采纳）他们的意见（和赞美），然后，顺此观察身边所用的人，是否忠心，能否赋予重任，是不是要立即铲除……

对他而言，会谈的结果不一定很重要（他往往已早有定案），但过程却很好玩，很刺激，很有意思。

任怨这才说出意思："我看，'八大刀王'对方侯爷十分唯命是从，只怕对相爷您的效忠之心……"

他没说下去。

蔡京当然听得懂。

有些话是不必明说的。

有些话也不是光用耳朵听的。

在这些人里，任怨的话一向说得很少，但所说的都非常重要，另外，一个人几乎完全不说话，那就是"天下第七"，无论他说不说话，他在哪儿，他站在哪一边，都有举足轻重的分量。

"知道了。"蔡京听了，不动声色，只吩咐道，"咱们今天先回'别野别墅'。"

忽而，他好像特别关注慰藉地垂询叶博识："听说，你的叔父是叶云灭吗？"

叶博识身躯一颤，跪了下去，捣蒜似的猛叩头："相爷恕罪，相爷恕罪，叶神油确是小人叔父，但多年没相处交往，小人一时忘了向相爷禀报，疏忽大意，确属无心，求相爷大人大量……"

蔡京笑了，叫左右扶住了几乎失常的叶博识，含笑温和地说："你慌什么？我又没怪你。我是要你即传他来……也许，今日京师多事，他武功高强，若论拳法，当世难有匹比，除非是李柳赵翻生，或可较量，也正可助我一把，说不定……"

叶博识的冷汗热汗，这才开始挂落下来。

"雾真大啊……"

蔡京负手望窗。

很诗意。

看来，他又想吟一首诗，作一幅画，或写一手快意酣畅的好字……

或许，有时候，上天既交给一张白纸，你就得以你最喜欢和最能代表你的字或画，去填好它，而且，除非你要故意留白，否则便应当珍惜每一空间，浪费了是对自己作孽。

蔡京就是这样。

他是这样的人。

杀人写好诗。

流血如书画。

今日，今晨，京华果真雾浓。

雾重。

雾大。

一切都看不分明。

城中，只怕许多人还未睡醒，犹在梦中吧？

——只是而今梦醒未？

第贰回

不醒
之醉

他心里有一团火，一团浇不熄的火。

晨。

有雾。

米公公一直在剥花生，嚼花生。

"啵"的一声，那种像咬碎生命的声音，他极喜欢听到，而且还是来自他嘴里、齿间。

虽然，他知道吃花生会带来坏运气的，纵不然，嘴角腮边也会长痘疮；可是他就是喜欢吃，戒不了。

到后来，既然戒不了，他也就不戒了。

正如喝酒一样。

"醉"是一种好的感觉。

"醉乡路稳宜频到，此外不堪行。"

他甚至希望能有不醒之醉。

由于戒不了花生和酒，他索性用他惯有的观察力，去"发明"了一套理论：

许多喝酒、酗酒的人，会早死、暴毙，但滴酒不沾的人，也一样有暴殁、早夭，所以，身体好不好，不关饮酒的事。

所以，他为何不饮酒？今朝有酒今朝醉，他是个太监，已失去了有花当撷直须撷的机会了，难道连喝几盅水酒也要强加节制不成？

不。

人只有一生。

他这一生可不是只在受苦受过受罪中度过的。

今晨，他穿上内廷的官服，戴冠披纱，更显得他浓眉白发，红脸白髯，不怒而威，长相庄严。

今天是重要的日子。

但他仍喝酒。

依然吃花生。

因为他心里有一团火。

一团浇不熄的火。

世上很少人能浇熄他心中这团火。

很少。

但不是没有。

方应看——方小侯爷就是一个。

今天他也要来。

他是非来不可。

因为蔡京向天子请命，下诏要他和方小侯爷监斩方恨少、唐宝牛——唐、方二人是江湖中人，而自己和方侯爷也是武林出身，正好"以武林制武林""以江湖治江湖"，合乎身份法理。

嘿。

（蔡京是要我们当恶人。）

（而且还是得罪天下雄豪的大恶人！）

（万一出了个什么事，这黑锅还得全背上身！）

（幸好揹此黑锅的不止我一个！）

（还有方应看！）

方应看果然来了。

奇怪的是，他这回不穿他惯穿的白色袍子，而换上一身绚丽夺目艳丽炫人的红袍，用黑色的布带围腰系紧。

他也是今天菜市口的副监斩官。

虽然他们两人都知道，另有其人正虎视眈眈地监视着他们的监斩。

"咱们做场猴戏给人看看吧，"方应看讽刺地说，"昨夜风风雨雨，'风雨楼'里无一人好过，不过，今天咱们也好过不到哪儿去！"

米苍穹有点奇怪。

他觉得方应看今天的眉宇神色间很有点焦躁，颇不似往常的气定神闲。

"这时分难得有这种大雾。"米公公带笑抚髯道，"只怕今天城里有势力的人物，谁也不闲着。"

方应看睃了米公公一眼，没说什么，只向他敬酒。

米有桥当然喝酒。

就算没人敬他，他也会找机会喝酒。

但奇怪的是：方应看也仰脖子喝尽了杯中酒，还用红色袖袍抹了抹嘴边的残沫。

这都不大像他平时的作风。

所以他问："你……没有事吧？"

"没有。"

方应看回答得飞快。

"只是……今天很有点杀人的冲动。"

米苍穹怔了一怔：这也不太像方小侯爷平日的性情——他不是不杀人，只是一向杀人不流血，而且习惯借刀杀人。

"不过，"米有桥忍不住还是劝了一句，"今天的情形，能少杀些人，就能少得罪些武林人物，江湖好汉。"

"这个我晓得，咱们今天只能算是个幌子。"方应看仍是眉宇间带着抑压不住的烦躁，"有时候，人总是喜欢杀几个讨厌的人，看到血流成河，看到奸淫杀戮……你难道没有吗？"

没有？

有。

米苍穹最明白自己心中这个野兽般的欲望，他不是自幼入宫进蚕室，而是在少年进入青年期间给人强掳进宫，因先帝喜其貌，下令阉割，他这才成了太监，一生也就这般如此了。可是，这段遭遇又使得他跟一般太监不一样，他曾有过女人，有过欲望（而今仍有部分残存在他心底里），甚至还继续长有胡髭……然而，他仍不是正常人。他是个"不可干预朝政"的内监。他顶多只能做个公公头子。可是，他又不是一般的太监……

这种种的"不同"，使他"异于常人"，更加寂寞、苦痛。

更使他心中有一团火。

更使他心里孕育了一头兽。

烈火与兽。

在这早上，清晨，他只对着红衫的方小侯爷，吃着花生，饮着烈酒，去面对这一天的浓雾。

第叁回 不醒之眠

人就是这样，越是听不清楚的越要听清楚，一开始就听清楚的他反而没兴趣。

"吁——呼……"

唐宝牛在伸懒腰。

他伸腰扩胸，拳眼儿几乎擂在方恨少纤瘦的胸膛上。

方恨少白了他一眼。

唐宝牛居然又打起喷嚏来。

"哈啾！哈啾！！哈啾！！！"

他打得难免有些不知顾忌，鼻涕沫子有些溅到方恨少衣襟上。

方恨少向来有洁癖。

他只觉得厌烦。

"你不觉得你连伸懒腰、打喷嚏也夸张过人吗？"方恨少没好气地说，"你知道你像什么？"

"我早上鼻子敏感，尤其是对骤寒骤暖，大雾天气——"唐宝牛前半句说得得意洋洋，后半段却转入好奇，"我像什么？大人物？大象？豹子？还是韦青青青、龙放啸、刘独峰、姬摇花、诸葛小花？"

"我呸！"方恨少啐道："你只像——"

"什么？"

唐宝牛探着头探听似的探问。

"你像——"方恨少滋油淡定地下了结语，"——甲由。"

"甲由？"

唐宝牛一时没会过意来。

"就是蟑螂的意思。"方恨少唯恐他没听懂，补充、解说、引申和注释，"我是说你就像蟑螂一般可厌可憎，碍手碍脚。"

唐宝牛居然没有生气。

他摸着下巴，喃喃说了一句话：

"什么？"

方恨少问。

唐宝牛又喃喃说了几句。

方恨少更好奇。

人就是这样，越是听不清楚的越要听清楚。一开始就听清楚的他反而没兴趣。

方恨少更加是这样子的人。

所以他抗议："你要说什么，给我说清楚，别在背后吱吱哝哝地咒骂人，那是无知妇人所为！"

唐宝牛傻乎乎地笑了，张着大嘴，说："我是说：谢谢你的赞美。"

方恨少不信地道："真的？"

唐宝牛道："真的。"

方恨少狐疑地道："你真的那样说？"

唐宝牛傻乎乎地道："我真的是这样说，骗你作甚？"

方恨少愣了一阵子，嘴巴一扁，几乎要哭出来了："你为何要这样说？"

唐宝牛搔着腮帮子，"什么？"

方恨少跺着脚道："你平时不是这样子的嘛！你平常非要跟我抬杠不可，一定要跟我非骂生骂死不可的啊！你为什么不骂？难道眼看我们快要死了，你却来迁就我？！我可不要你的迁就！"

唐宝牛长叹道："我了解。你心情不好，眼下你就要死了。而又一夜没睡，自然脾气暴躁、心情不好了。做兄弟的，平时打骂无妨，这时不妨让你一让！"

"我才不要你忍让！"方恨少不甘心地说，"为什么今天我们就要问斩了，你昨夜还可以抱头大睡，还扯了一夜的呼啦鼾？！"

"为什么今天我们就要死，你昨夜却还一晚不睡？"唐宝牛也不明所以，莫名其妙，"既然快要死了，还不好好睡一晚，实在太划不来了。"

"我才不舍得睡。"方恨少道，"快要死了，还只知睡，我利用这一夜想了好多事情呢！"

"想很多事情，到头来还不一样是死。"唐宝牛傻愣愣地说，"我不想，也一样死，但死得精神爽利、神完气足些。"

"你真冷血，无情！"方恨少讪讪地说，"真是头大没脑、脑大生草呢！"

"你这是赞美吧？"唐宝牛今天不知怎的，就不肯跟方恨少斗嘴，"冷血，无情，可都是名动天下的'四大名捕'哩！"

方恨少恨得牙痒痒的，恨不得唐宝牛就像平时一样，好好跟他骂个七八场，"你说，我们这种死法，到底是古人称作轻若鸿毛呢，还是重逾泰山？"

"我们打过狗宰相，猪皇帝，"唐宝牛偏着头想了一想，"但也无端端地就断送了大好头颅……看来，是比泰山轻好多，但比鸿毛嘛……也重不少……我觉得，就跟咱们的体重对称，不重也不轻，只是有点糊里糊涂。"

方恨少瞄瞄他的身形，不服地道："这样说来，岂不是在分量上，你比我重很多！"

唐宝牛居然"直认不讳"："这个嘛……自然难免了。"

他们两人昨天给任劳、任怨封尽了要穴，欲死不能，任怨正欲施"十六钙"的毒刑，但为舒无戏阻止。

舒无戏赶走"鹤立霜田竹叶三"任怨和"虎行雪地梅花五"

任劳，但也绝对无法救走方恨少、唐宝牛二人。

他只能解开二人穴道，并以蚁语传音说："你们万勿妄想逃走，这儿里里外外都有高手看守，你们逃不出去的。"

他又告诫二人，"你们也不要妄想求死。"

唐宝牛瞪目反诘："为何不能求死？与其给奸人所杀，我们宁可自杀，有何不可？"

舒无戏道："因为你们的兄弟手足们，明天必然会想尽办法劫法场救人。"

方恨少道："我们就是不要连累他们，所以先此了断，省得他们牺牲。"

舒无戏截然道："错了。"

唐宝牛傻乎乎地反问："怎么错了？难道要他们为了我们送命才是对？再说，奸相必有准备，他们也未必救得了我们，枉自送命而已！"

舒无戏啐道："他奶奶的，你们光为自己着想！脑袋瓜子，只长一边！你们要是死了，你们以为他们就会张扬？他们会照样把你们尸首押送刑场，那时候，你们的兄弟朋友不知就里，照样前仆后继，不是死得更冤？！"

唐宝牛和方恨少这下省觉，惊出了一身冷汗。

舒无戏嘿声笑道："人生在世，可不是要死就死的，要死得其所，死得当死——你们这样一死，只是逃避，不负责任，害人不浅！"

唐宝牛额上的汗，涔涔而下，方恨少略加思虑，即说："要是我们死了，只要把消息传出去，就可消弭掉一场连累兄弟手足们的祸事了。"

舒无戏反问："怎么传出去？"

方恨少不答，只看着他。

舒无戏一笑，坦然道："俺？俺一进来这儿之后，已给监视住了，你们明早未人头落地之前，我是不能私自离去的，否则，只怕俺比你们更早一步身首异处，说实话，俺也想替你们传信，无奈俺就算说这一番话，也给他们窃听了。"

唐宝牛忧心地道："那么，要紧吗？他们不拿这个来整治你吗？"

"不整治才怪呢！"舒无戏哈哈大笑，"不过，老子在官场混惯了，倒不怕这个！俺只劝你们别死，不是正合'上头'的心意吗？要加我罪，何愁不有！这还不算啥！"

然后他向二人语重心长地说："俺解了你们穴道，只想你们好好睡一觉，好好过今个儿晚上——人未到死路，还是不要死的好；就算走的是绝路，别忘了绝处亦可逢生。"

他走前还说了一句："好自为之吧，兄弟，不要使关心你们安危奋不顾身的同道们大失所望！"

是以，方恨少和唐宝牛二人，得以解掉穴道，"好好地"过了这一晚。

只是唐宝牛能睡。

方恨少却不能。

对他们而言，这一天晚上，他们最不愿见到天亮。

这一次睡眠，他们最不愿醒。

因为醒来后就得要面对一场"不醒之眠"：

斩首！

"这一夜我没睡,我想了许多,"方恨少悠悠叹道,"我想起了许多人,许多事。我始终没替沈老大好好地出过力,帮过忙,连王小石我也没为他做过什么事,我很遗憾。"

然后他的语音愈说愈是低沉:"……我也想起明珠,她……"

唐宝牛眨了眨大眼睛,忽似痴了。

"我好好地睡了一觉,什么都没有想起……"他心痛地说,"可是,你这一说,倒使我想起了朱小腰……"

"小腰她……"说到这里,偌大猛汉唐宝牛居然哽咽了,"我还没追到这女子……"

然后他竟忍不住号啕大哭、抢天呼地、捶心掏肺,哭湿了他襟里那条艳丽的手绢:"小腰,小腰,我们永别了……"

这哭声反而震住了方恨少的忧思和幽情。

他瞠目了一会,才悻悻地啐道:"这头牛!连哭也滥情过人!"

这时候,匙声响起。

门开了。

时辰到了。

门开了之后,人未进来,清晨的雾气已先行蹑足拢涌了进来。

稿于一九九三年四月十六日:细姑、琬姑、姑头、心怡、应钟、汉威首听我诗朗诵:《蒙古》《大悲19首》《亡妻》;荣德FAX转传告悉翻版盗印猖獗事;七人聚于"御膳阁";逛尖车码头;决办下一轮"讨论会"。十七日:有辉、家礼各为文感人;"P危"破纪录。霍静雯访问;Saintdiego欢聚。

校于同年四月十九日:时序大兜乱;尽一己之力警

不醒之眠

醒执迷友；新昌丁老板力邀合作事；邱海岳谢咭；素菜书有我序；《武魂》连载《七大寇》；实行新制度。二十日：赏罚森明；晨昏颠倒；"四大名捕"观赏水晶展；《星洲日报》稿酬；新国泰酒店饮茶。廿一日：留淑端小姐约访；霍静敏小姐访稿佳；讨论会性质大更动；小东西等初赏神州巨型相；连赴三家水晶商展；"大开片"；台湾大苹果公司向敦煌探询《四大名捕》中国大陆版权事宜；"三只小神仙"初监神州徽章；阿宝赠我绿晶"漫天花雨"；时序已调正。

【第肆章】

血洗菜市口

第壹回

断送

他知道每次断送别人生命的同时，他也在断送自己的福荫。

雾不散，霜弥漫。

这天早上整衣出发的军士都觉得雾浓霜重，料峭春寒。

他们都有上战场的感觉。

虽然他们只是押着犯人上刑场。

一般而言，重犯都是在午时被斩的。

选在午时，尤其在菜市口，正是人多，特别收儆效尤之效。

但今天比较特别。

他们队伍在卯初已然押着犯人步向菜市口。

他们都知道，今天是一次特别的"斩首示众"。

因为将给处决的人很特别。

押这对将给处斩的人也很特别。

真正的军士衙役，只二十二人，其他的，大多是高官、大内高手、武林人物。

这等阵仗自是非同小可。

军士捕役心中暗暗叫苦，知道这一趟行刑不好走，说不好，自己这些人只是给摆上了道，可能要比问斩的人还早一步人头落地哩。

他们都好奇，也都不敢好奇——你就别说军人只听命令，不惹事不好奇，其实，他们好奇的方法往往是用刀剑枪箭（武器）去问清楚（而不是用语言）而已！

他们不敢好奇的原因是：因为今天"主事"的，肯定不是他们。

连同监军涂竞和刽子手老李，今天只怕都话不得事。

今天主事的是骑在马上紫冠蟒袍的长须老太监，人叫他为

"米公公"，听说他在朝在野，都很有名望，很多高官、权贵和将士、江湖人物，都跟他密切往来。

监斩的人是在队伍之后，坐在轿子里而不露面，长相俊俏的年轻人。

听说他就是"方小侯爷"。

听说他才是"有桥集团"里的"宝"，比起来，米苍穹只不过就像是藏宝的匣子。

除了这一老一少，还有许多人，是他们完全不认识的。

但这些人给他们的感觉都是一样：

杀气。

——腾腾的杀气。

——要是只杀两个人，杀气不可能如许之盛，盛得使这些兵士捕役走在清晨的霜田地，双脚不由得有点打颤。

他们除了有点担忧受怕，还有百般不解。

初时，他们奉命集合的时候，他们这一队人，总共有四十五人，而今，在出发的时候，却只剩下了二十二人——其他二十三人去了哪儿？

其实这疑惑完全是不必要的。

因为这一组才离开"八爷庄"不久，另一队人又自"深记洞窟"那儿展开阵势，整然步出，那一队人，主领的是龙八，押后的是多指头陀，而且，队伍明显地杂有更多的武林好手、大内高手，队伍中也押着两架囚车！

他们的去向，是往"破板门"那一带去。

那儿，是除了瓦子巷底街市口外，另一处繁华要塞。

剑子手老李砍人的头，砍得手都老了，脸皮老了，岁月也老了，但从不似今天那么特别，那么紧张。

从来，只有犯人惊怕，而不是他。

砍人头的永远不必怕，怕的只是那些要给砍头的。

可是今天却不一样。

他看得出情势非同寻常：这个押死囚的队伍每走一段路，仿佛随时已准备好，随时都要跟劫囚的强敌血溅长街似的。

他临出"八爷庄"前，还不知会发配到哪一支队伍去（他比其他军役们"好"一些，在出发前一阵子总算知道分有前后两队的事），任劳却过来跟他挤一只眼睛，跟他约赌：

"看你今天斩得了囚犯的首级？还是由我们两人来下手？或者你给人砍了头！你猜猜看？"

剑子李可不敢猜。砍了多年多少英雄好汉流氓杂碎的头了，他自然知道：有些事虽然很想知道，但还是不知道比知道的好。

这些年来，他当上了剑子手后，就连扒饭的时候，都会感到一股血腥味，徐徐咽下；就连洗澡的时候，他从井里打出来的水照头淋下，闭眼的一霎，仿佛也觉得自己是沐在艳幽幽的血水中。

他的头也常常疼。

裂骨蚀髓似的疼。

他常常认定这是一种报应。

他知道每次断送别人生命的同时，他也在断送自己的福荫。

自从他跟他的老爸，入了这一"行"，虽然无人敬之，但亦无人敢不畏之。

因为刀在他手里。

头在别人身上。

生杀大权却在自己的刀下。

——就算上妓院嫖，细皮白肉的骚娘们也不一定敢问他要钱；就算到街市买半斤猪肉，那脸肉横生的家伙也不敢少给他半两，有时还多添一二两当是"买个交情"。

这年头，谁也不知道有一天会落在谁的刀口上。

要是落在他的刀下，可一切听己由命了：

他下刀是要断送生命，但要如何断送法，则由他控制、随意，如何下刀，也由他决定。

有时候，一刀死不了，头没断落，人一直在喊，血一直在冒，监斩官没下令，他也抱刀旁观，只干耗苦等血流尽才死。

有时，一刀（可能故意）砍歪了，先断一根琵琶骨，或削去一只耳朵，够犯人痛入心肺，也够他受的了。因而，有的犯人是吓死的、痛死的。

也有腰斩的，他斩过一刀两断（段）、但人却不死，对着下半截肢体，喃喃自语近一个时辰，血给晒得凝固了，这才咽了气。

有次他故意一刀一刀地斫一个才十七八岁的小伙子，一手把他一口饭一口饭养大的爹、妈、公、婆，瞪着眼捂着心一刀一刀地心痛，那一回他可斫得心软手不软——因为谁叫这小伙子的家人曾经得罪过监斩的涂竟！

他曾一刀下去，脑袋瓜子去了半片，脑袋东一块、西一块，溢了满地，那人气可足的，居然不死，趴在地上，写了许多个"苦"字"惨"字，但字字都没了头：可能失去了半片头颅，写字也就写不全吧？

所以许多人都怕他，待斩囚犯的家属，诸多讨好他，有送银子的，也有请吃酒的，甚至也有女子来献身的，只求他快刀利锋，一刀断头，还要留一层皮，好让其家人得以"全尸"收殓，讨个"吉利"。

要不然，他李二有一次火冒着，一刀下去，身首异处，滑漉漉的头一路滚了出去，随着血印子，像猫脚沾过了血水到处乱溜，但寻了半天，却偏找不到那一颗人头。

到而今，那个人头也始终没找着，不知到哪儿去了，这当殃的家人也只好收葬他那没头的死尸，他的寡母娘也哭呛了天，只悔没事先答允给他李二舒服一个晚上。

但今天，他可威风不来了。

囚车里的，一点都没有求情的意思。

甚至对他连瞧都没瞧得上眼。

而别人对他的眼色，他意会得出来。

——砍吧，你砍吧，这一刀下去，两刀之后，你每个晚上不必睡了，白天都不必上街了！

——整个江湖的好汉，都等着剜你的心来下酒呢！

这囚犯也没有哭哭啼啼的亲人来送行，但他又偏生觉得：浓雾中，有的是牛头马脸，三山五岳，谁送谁先上路，现在还难说得紧！

当然他也不敢得罪任劳、任怨这种人。

他知道，他手上砍的不少冤得六月降雪的汉子，其中有不少都是因为不小心或太大意招致这"两任"不悦，以致从此脑袋分家，有冤没处诉。

他现在已没有办法。

头是要砍的。

○
六
八

朝天一棍·第壹篇 他的掌·第肆章 血洗菜市口

他只好走一步算一步。

他相信监斩官涂竞跟他的处境很相似。

——向来，寡妇美孀，黄金白银，他索取得远比自己多，谁教他官比自己高？

但都一样，在心情上，今天只要过了这一关，以后再遇砍头、监斩的事，却是宁可挂冠而去、落荒而逃了！

第贰回

冷灰色

这天早晨的雾，冷灰色，聚散就如灵魂一般轻柔。

队伍到了菜市口，雾很大，连牌坊上横着"国泰民安"的四个大字，也看不清楚。

这时分，主妇们都该起身到街市买菜的买菜，购物的购物，好命的，大可以叫婢仆老妈子什么的代办代劳，代走这一趟。

奇怪的是，今天的人似乎特别少。

特别冷清。

这天早晨的雾，冷灰色，聚散就如灵魂一般轻柔。

雪，始终没有下，或者早在前几天的几场猛雪里早已下完了，而今只剩下神出鬼没、要命的雾和霜。

问斩的时辰要到了。

但什么都没有发生。

米苍穹扪扪须角，看着自己白花花的翘髯，他觉得自己像霜，方应看就像雾。

霜是寒的。

雾是摸不着的。

想到这儿，一口浓痰忽而毫无来由地涌上了喉头，他不禁激烈地咳嗽了起来。

耐心地听他呛咳了一阵，方应看微凑身过去，问："要不要喝点酒？"

米苍穹抹去了须髯间沾着的唾沫子："这时候能喝酒吗？"

方应看依然问："要不要吃点花生？"

米苍穹一听花生，仿佛已听到齿间"啵"的一声嚼碎这相思豆的清脆声响，于是情不自禁地点了点头。

方应看居然就真的递过来一大把花生。于是，在这气氛凝缩、雾影诡秘的问斩刑场里，就隐约听到啵啵有声，细碎拉杂地响着，那是米有桥口里咀嚼发出的声。

米公公很能享受花生米的味道——他更能享受这咀嚼的声响：因为，不住地、不断地、不停地，有事物在他已老迈危齿的口里给崩碎且研成粉末了，他觉得那是很有"成就"的一件事。

方应看也许是因为本来就打算问，也许是知道他吃花生时心情特别好（但吃了之后可能运气特别坏）而故意问："公公，你说他们会不会来？"

"很难说。'七大寇'沈虎禅他们在千里之远，来不及听到消息；'桃花社'赖笑娥等也未必赶得及入京。要救，就只有'象鼻塔''发梦二党'和'金风细雨楼'这些人，但以王小石的智慧，且有诸葛这个老狐狸，没道理看不出这是个局的。"

方应看发现这老人的眼神也是冷灰色的——就跟今天的天气一样。

"所以公公认为王小石这些人不会来？"

"刚好相反。他们明知道是局，早知道是计，却还是一样可能会来。聪明人常常会做糊涂事。他们自称是'侠'；一个人一旦给套上了'侠名'，翻身难矣，余不足观，余亦不忍观之矣！"

然后他反问："你说他会不会来？"

方应看的回答只一个字：

"来。"

他的眉宇眼神，又掠过一阵少见的浮躁之色。

他甚至按捺不住猝然地用手比划了两下，削削有声，霍霍生风。

米苍穹侧视着这一切，第一次，眼里有了担忧之色。

任劳的脸色就像是任怨的服色也就像这天色和米公公的眼色：冷灰色。

他显然有点担心。

所以他等了一会儿，"正法"的时辰将届未届的时候，他忍不住向任怨问了一个米苍穹刚刚问过方应看的问题：

"师弟，你说王小石那班人会不会来？"

任怨不答却笑。

他的笑犹如过眼云烟。

别人几乎难以觉察到他的笑：

他的眼里没有笑。的确。

他的嘴唇也没有绽开笑意。确然。

但他在这瞬息间而且的确在那细皮白肉的脸上，法令纹深了一深、宽了一宽。

——如果这也算是笑了，那么这笑绝对是阴恻恻的，不但带着险，而且奇，甚至不怀好意。

任劳是极熟悉他的笑，所以十分证据确凿地肯定他曾笑过了。

他笑了也就是答了。

而且反问了一句："你好像很担忧？"

任劳本想摇头，但到头来还是点了头。

因为他不敢隐瞒。

他敢遮天瞒日、骗父讹母、出卖祖宗、背叛师门……都不敢隐瞒任怨。

因为根本就瞒不了。

"你担忧什么？"

"官家高手、大内好手、禁军猛将……好像都来得很少、很少。"

"你没看错。"

任怨居然赞了一句。

任劳几乎感动得流泪：因为他在这年纪比他要轻四十岁的"师弟"面前，一向又老又蠢又无能，几乎连当他的"徒弟"都不如。

"可是……为什么？"

"我问你：昨晚'金风细雨楼'权位之争里，白愁飞为何会死？"

"因为……因为他不知道王小石实力会如许强大！"

"次要。"

"……因为苏梦枕未死！"

"不是最重要。"

"莫非是……他不该轻视了雷纯？！"

"还不是主因。"

"……"

"他惨败乃至死的主因就在于：他不该令相爷觉察出他的野心太大，志向太高，不可信任，无法倚重，为了免其坐大，相爷才擢拔雷纯这一个女流之辈，较好纵控，用她来挟制苏梦枕复出，并在他身边布满内奸，在他的生死关头，出卖背叛了他，以致他只有战死一途。"

"我明白了……所以说，白愁飞是死于相爷的计划中的……"

"只是，相爷也有计算失误的时候。苏梦枕居然自戕，雷纯便失去了威胁王小石的法宝，而且哀兵势盛，雷纯不敢轻撄其锋，只好身退。'金风细雨楼'便拱手让了给王小石。"

"我明白了。"

"你还不明白。"

"不明白？我……"

"你不明白昨夜一战和今晨人手调派有绝大关系。"

"是的，是的，我的脑筋不及师弟您快，老是转不过来……"

"今天来的主要都是武林中人，主因有三，你不妨猜猜看。"

"我……我顶多只想到一个可能。"

"你说说看。"

"诸葛先生在武林中和禁军里德高望重，他暗示支持他的派系勿来蹚这趟浑水，那么，自然有许多大内高手都不敢插手了。"

"这确是其一。"

"其余的……我就想不出来了。"

"另一个原因是：相爷也受皇上节制。圣上虽然看似十分信重蔡大人，但也有暗中留意宫中京里的风吹草动的。相爷要全权调度京中宫内的高手出马，只怕惊动甚大，也不是他一个人就可以翻云覆雨的。"

"对对对。不然，他怎会在近期极力拉拢我们，无非也是要把那朱胖子赶下台去而已……"

"相爷不欲皇上太过留意此事，也不想太显他在军中的实力，所以，军方高手的调度，自然就不敢太明目张胆了。"

"那么，还有一个理由呢？"

"我看，相爷这次有意来一场'京师武林各门各派各帮各会势力互相消弭对决'。"

"——京师武林各门各派各帮各会势力互相消弭对决？"

"对。"

"——他……为什么要……?"

"嘿哼。"

"……我还是想不明白。"

任怨没答,却顾左右而言他:"今天,这一战可严格得很呢!没有相爷亲发的'通运金牌令',谁也不能放走钦犯、强盗,否则,罪与劫囚同!这样一来,京里的武林人士,就只有作殊死、背水一战了。"

任劳听了,越发有点紧张起来;他当然武功高强、对敌无算,但近年来,入了刑部升了高职之后,已很少在江湖上出手肉搏、拼命搏战的了。多是暗算得成,或在牢里施刑,犯人武功再高,也断无对抗余地,可是,今天这一战,就明显没这个利便了。

人生里,就算兄弟朋友手下再多,有些时候,总是要自己亲自出手,拼个存亡的。

人,总是以有限的生命与无尽的时空搏斗:

王小石如是。

苏梦枕如是。

白愁飞也如是。

——就算今天问斩的唐宝牛和方恨少以及监斩的任劳任怨:亦如是。

涂竞和李二也在等。

等时辰到。

等意外:

——等人劫法场!

"时——辰——到——"

到了。

涂竟虽然见过许多大场面，但却已等得心惊肉跳。

李二虽砍了不少恶人头，却也等得手心发汗。

而今，时辰终于到了。

囚车里的犯人已给押出来，强迫跪下。

涂竟大声宣读方恨少、唐宝牛二人罪状，然后，掷下了斩立决之令。

立即，就要人头落地。

李二举起了大刀，迎空霍地舞了道刀风，刀锋在晨雾中漾起了一道刀光，刽子李这一手起刀落——

但他也十分警惕，极为留意：

他生怕突然有一道暗器飞来，要他的命，或射向他的手和他手上的刀。

——通常，劫法场都以这一招为"序曲"。

所以他早有提防。

他想好了怎样躲开这第一道暗器，怎么格开劫囚人的攻袭，以及如何转移劫法场凶徒的注意力——假使真有人要救走这两名钦犯的话。

一切是假，保命要紧。

也许，从来没有一个斩人头的人会如此狼狈，既怕暗器打到，又恐有人猝袭，甚至已在等待有人劫囚，一面要执行处斩令，一面又要保住自己的项上人头。

一方面，他又不能不砍那两个人犯的头。听说他们犯下了弥天大罪，竟打伤了皇帝和宰相；另一方面又担心这一刀砍下去，会为自己惹上一身祸乱血仇：这两人连天子、相爷都打，为他们报仇的同党还有什么不敢做？

没想到，连专砍人头的人都有这种难过的关头。

其实谁都一样。

就连当今国家最有权的官员、最富有的人物，总有些生死关头，使他跟常人一样颤抖惊栗，令他与凡人一般担忧害怕。

谁都一样。

第叁回

刀下留人

——杀人不杂血，才是真正的一流杀手。

刀扬起。

刀光漾起。

叱喝陡然响起：

"刀下留人！"

来了！

——果然来了！

方应看和米苍穹马上交换了一个眼色。

任劳和任怨也交换了一个手势。

阻截李二下刀的，果然是暗器。

刽子李已铁了心，只要一见有人出现，有兵器攻到，有暗器打到，他立刻舞刀护住自己，退到一边再说。

但事实上，完全没有可能。

因为李二避不开暗器。

——不是那件暗器，而是那些暗器。

如果是一件、两件、三件暗器，那是可以挡格、闪躲的。

但这儿不止是一件、两件，也不是七件、八件，而是一大蓬、一大堆、一大把的暗器，向李二身上招呼过去。

准确来说，总共有三百一十七件，大大小小的暗器，都算了在内。

这些暗器，都来自高手手里，有的还是使暗器的专家打出来的。

你叫刽子李二怎么闪？怎么躲？怎么避？

要不是跪在地上给反铐着的方恨少滚避得快，他也必然跟李

二一样，一大一小——一个成了大马蜂窝，一个成了小马蜂窝。

来了。

雾中，人影疾闪急晃。

许多名大汉，青巾蒙面，杀入刑场。他们都不知来自何方，却都几乎在同一时间出现；又像他们本是这街上的幽灵，多年前经过大军的镇压烽火的屠城，而今又陡然聚啸涌现，为他们生前的冤情讨回公道、过去的血债求个血偿。

这些人，虽包围着刑场，但似乎不着紧要救走方恨少与唐宝牛，他们只在寒刃闪动中，解决了好些守在外围的官兵与公差，进一步把包围缩小。

米苍穹不慌不忙，沉声喝道："你们要干什么？"

为首一名青巾蒙脸汉子，手上全没兵器，也沉声叱道："放掉两人，我们就放你们。"

另一个人也青布蒙面，长得圆圆滚滚矮矮的，像只元宝，手里抱着一把偌大的鬼头刀，足比他本人高了一个头有余，笑嘻嘻地道："好机会，别放过，我们就当做好事，放生！"

方应看咧齿一笑，牙齿像编贝般的齐整白皙："谁放谁？嘿！"

他一拍手。

他拍手的方式很特别：就像女儿家一般，他把右手除拇、尾指外的三指并伸，轻轻拍打在左手掌心，在浓雾里发出清脆的掌声。

然后，人，就乍现了。

也不知有多少，他们就像一直都藏身在浓雾之中，而且都是高手。

他们反包围了原先出现的江湖人物。

这些人，都是武林高手，其中包括了"八大刀王"，另有"捧派"何怒七，"突派"段断虎等人。

方应看道："投降吧，你们已给包围了。"

那空手的人忽然一仰首。

他的眼竟然发出蓝色的光芒。

他双手突然发出暗器。

不是向方应看。

也不是向米苍穹。

甚至不是向任何人。

而是向天。

他竟向天发出了暗器！

他的暗器很奇特。

一像飞钹。

一像鞋。

"鞋"与"飞钹"，飞得丈八高远时，忽见撞在一起，发出轰隆、轰隆、轰隆一列声响，并爆出蓝星金花来！

然后，街市各路、各街、各巷、各处（包括了：红布街、紫旗磨坊、黑衣染坊、蓝衫街、半夜街、黄裤大道、三合楼、瓦子巷、绿巾衖、白帽路等地）都有人闪出来，奇怪的是，这些人虽都不蒙面，但连熟透京师各帮各会各路人马的任劳、任怨，也认不出这一个个陌生的脸孔。

这些人"反包围"了那些"有桥集团"和官兵高手，而且，

各处街角，还传来战鼓、杀声。

方应看冷哼一声，徐徐立起。

他鲜艳的红衫在浓雾里特别触目。

他秀气的手已搭在他腰间比红衫更贲贲腾红的剑柄上，锐声道："我倒忘了：'天机组'也会来蹚这浑水。不过，说来不奇，张炭是'龙头'张三爸的义子，他是'金风细雨楼'的人，没道理请不动人来送死。"

米苍穹忽然扯了扯他的衣袖，压低声音道："小侯爷，今天咱们在这儿只是幌子，犯不着跟道上的人结下深仇吧？"

米苍穹提醒了那么一下，方应看这才长吸了一口气，忽然低声念：

"喃嘛柯珊曼达先恒玛珈逻奢达索娃达耶干漫……"

然后才平复了语音，也向米苍穹细声说："公公说得对。咱们今天的责任只是能拖就拖，非到生死关头，不必血流成河。"

米苍穹知道方小侯爷是以念密宗"不动明王咒"来稳住杀势与情绪，但他不明白何以今天一向比他年轻却更沉得住气的方应看，竟然常有浮躁的体现。

这使米苍穹很有点错愕。

他一向认为：方应看年纪虽轻，但却是有英雄本色、豪杰气派、枭雄个性。他时而能强悍粗俗，必要时又可谦虚多礼；时而自大狂傲，但适当时又能温情感性。他既知道激进，又懂得妥协。时机一至，即刻不择手段攫取一切；但又深晓退让忍耐，等待良机。他积极而不光是乐观，自负却不自满，可以挂下脸孔捋袖打架说狠话，也更娴熟于全身而退，避锋圆说乃至下台善后，无一不精，且进退自如，讨人喜欢，使人尊重，令人惊惧，惹人迷惑。

　　这才是真正的当世雄豪，兼且善于经营，"有桥集团"暗中勾结各省县商贾操纵天下油、米、盐、布、糖的交易，富可敌国，且又不吝于打点收买，并不致引权贵眼红染指。

　　有了钱，便足可与掌有大权拥有重兵的蔡京丞相分庭抗礼。

　　当然，在还未有充分的实力对垒之前，"有桥集团"依然讨好蔡系人马，任其需索，提供钱货，成为大家心目中的"财神爷"：有权的人，还是得要有钱才能享尽荣华富贵，谁会把往自己口袋里塞银票、往家里递银两的"财神"赶走？

　　于是满朝百官，对方小侯爷都有好感，至于米有桥，是上通天子下通方侯的一条"桥"，大家知他权重（虽然没什么实际的司职）人望高，而且武功据说也十分出神入化，自然人人都讨好他，没什么人敢得罪他。

　　米有桥因深感自己一生，乃为宋廷所毁，一早已遭阉割，不能做个"完整的人"，对少年立志光大米家门楣（他幼时贫寒，少负奇志，知双亲含辛茹苦培植他，意想大业鸿图，能振兴米家。米家祖父本是望族，终因苦谏而罹罪，遭先帝贬为贫民，流放边疆，五十年后方能重入京城；米有桥的父母在京略有名望之时，又因开罪朝中权贵遭杀身之祸，因为米有桥少年英朗，给内监头领看中，关入蚕室，引入宫中，从此就成了"废人"），已尽负初衷；他把希望投寄于方应看身上，就因为看出方应看是大将之才，是个未来的大人物，他要用这青年人来获得他一辈子都得不到的梦。

　　所以他才支持方应看。

　　不过，今天方应看的浮躁焦躁，令他颇为意外。

　　但总算还能自抑。

　　他一向以为：做大事除了要不拘小节外，还一定要沉得住气。

　　他知道今天事无善了，"有桥集团"的主力定必要出手——但只要不到生死关头，能不直接杀人，不结下深仇，他就没意思要亲自出手，也不许让敌人的血染红自己的手。

　　——杀人不染血，才是真正的一流杀手。

　　像蔡京就是。

第肆回

刀不留头

每一刀都不留敌头，每一剑都力以万钧。

其实，那领头的空手瘦汉，正是"独沽一味"唐七昧。

那个又矮又胖又高兴的蒙面汉，便是"毒菩萨"温宝。

这两个人的身形，其实蒙了脸也很容易认得出来。

但他们仍然蒙脸。

遮去脸容的理由很简单：他们还想在京师里露面行走，尤其此役之后，"金风细雨楼"和"象鼻塔"的当家兄弟们，留得一个是一个，这原也是他们通宵会议的结果。

所以在他们行动时必遮去颜面——以他们的身世背景（例如：唐七昧出身四川"蜀中唐门"，而温宝是"老字号"温家的好手），都不好惹，若没有真凭实据，当场指认，日后要以官衙刑部名义抓拿归案，自然会使其家族不忿不甘，因而结下深仇——坦白说，就算在京里庙堂的当权得势者，若说愿与下一滴液就可毒死整村的人（"老字号"温家），一支针只在手背上刺了一下在二十四天后才在全无征兆的情形下一命呜呼（"蜀中唐门"），若是你得罪了他就算一日逃亡三千里躲入海底三十里都一样会给他揪出来（"太平门"梁家），开罪了他们竟会给虱子和蟑螂活生生噬死（"下三滥"何家），惹怒了他们的子弟甚至有日会无缘无故地掉入茅坑里给粪便噎死（"南洋整蛊门"罗家），惹火了他们中的一人便会遭到报复、暗杀，乃至吃一口饭也咬着七支钉子四片趾甲一口老鼠屎（"天机组"和"饭王"系统）……这种人为敌，真有谁！

敢有谁！

所以武林的事，仍在武林中发生，仍由武林人解决，以武林的方式行事。

他们已反包围了"有桥集团"的人，并开始冲杀向待斩的人犯。

他们并非杀向米苍穹和方应看。

——他们的目标不在那儿。

他们一开始冲，就遇到了强大的反挫。

"有桥集团"和蔡京召集的武林高手，马上里应外合地截杀正往内冲的"象鼻塔"和"金风细雨楼"子弟。

这时候，局面变成了这般：

米苍穹和方应看在菜市口的"国泰民安"牌坊下，监守着待处决的死囚唐宝牛和方恨少，却没有任何举措。

任劳、任怨却在囚犯之旁，虎视眈眈，以防有任何异动。

唐七昧和温宝率领一众好汉（包括有"梦党温宅""金风细雨楼"和"象鼻塔"，及其他武林人物、江湖好汉），冲向唐宝牛和方恨少，旨在救人。

此一同时，在外包围"劫囚一派"的蔡京指派的武林黑道高手和部分官兵，自"劫囚一派"身后攻杀过去。

同一时间，在外一层的各街各巷埋伏的"天机组"和"连云寨"高手，为了解"劫囚派"之危，又往内截杀蔡京手下。

这正是京师武林实力的大对决。

一下子，菜市口已开始流血。

血染菜市口。

大家在浓雾中埋身肉搏，在"国泰民安"下进行血腥厮杀。

但米苍穹和方应看，依然没有异动。

杀向唐宝牛和方恨少的为首两人，正是温宝和唐七昧。

温宝拿着大刀。

好大好大的一把双锋三尖八角九环七星五锷六棱鬼头大刀。

他砍人一刀，不管斫不斫得中人，就算对方闪过了，或用手上的兵器一招架，但对方就像着了刀风，或给那刀身传染了点什么在他的兵器上而又从兵器迅传入手中自手心又转攻心脏，就跟结结实实着了一刀一样，免不了一死。

跟唐七昧交手，更不可测。

也不见他有怎么出手，他有时候好像根本没有出手，只挥了挥手，扬了扬眉，或耸了耸肩，冲向他、包围他或向他动手的人，就这样无缘无故无声无息地倒了下去。

他们都着了暗器，但谁也不清楚：他们是怎么着了暗器？对手是怎样施放暗器？

那无疑比动手出绝招还可怕。

他们两人很快就迫近了待斩的死囚。

待斩的死囚显然并没有瞑目待毙，他们也在挣扎脱囚，但任劳、任怨却制住了他们。

看他们的情形，如有必要，他们会即下杀手——反正只要钦犯死，管他是不是砍头！

就在这时，那牌坊上的匾牌，突然掉落了下来。

任劳吃了一惊，但任怨已疾弹出去，他撮五指如鹤嘴，身如风中竹叶，绝大部分时间都仅以一足之尖沾地，急如毒蛇吐芯，已连攻那道"匾牌"十七八记。

任劳这才看清楚："匾牌"仍在牌坊上，"掉下来"的是一个恰似"匾牌"那么魁梧的人！

这人脸上当然也蒙着青巾，一下来，已着了任怨几记，看来不死也没活的指望了！

　　却听狂吼一声，那大块的步法又快又怪，而且每一次出腿，都完全出乎人意料之外，甚至也不合乎情理之中：因为这种腿法除非是这双脚压根儿没了筋骨，才能作出这样的踢法，但是，就算这双腿可以经过锻炼完全软了骨，也不可能是承载着这样一个"巨人"的双腿可以应付得过来的。

　　可是却偏偏发生了。

　　这"巨人"身上显然也负伤了几处，冒出了鲜血，任怨的出手仍然又狠又恶又毒，但已有点为这巨人气势所慑，不大敢再贸然抢攻了。

　　这巨人还猝然拔出了刀。

　　砧板一样的刀。

　　硬绷绷的刀。

　　又抖出了腰间的剑。

　　软剑。

　　软绵绵的剑。

　　刀如葵扇。

　　剑似棺板。

　　剑法大开大合。

　　刀法大起大落。

　　每一刀都不留敌头，每一剑都力以万钧。

　　这人使来，配合步法，打得如痴如醉。

　　任怨已开始退却，眼神流露惊色，叫道："'癫步'！'疯腿'！'大牌剑法'！'大牌刀法'！"

　　然后突然叫了一声："小心——"

　　这声是向任劳开叱的。

任劳一怔。

任怨猛以斜身卸力法，如一落絮，让开了一记断头刀，又向任劳猛喝："——地下！"

——地下？

——地下？！

任劳及时发现，有一道贲土，迅疾翻动，已接近死囚脚下。

他大喝一声，须眉皆张，五指骈缩，以掌腕直捶下三尺深土里去，霹雳一喝：

"死吧！"

"轰"的一声，一人自土里翻身而出，在电光石火间，居然虾米一般地弹跳上来，以头肩臀肘加双手双脚跟任劳交了一百二十三招！

这人身上每一个部位，都像是兵器，武器，利器，甚至连耳朵、鼻子，也具有极大的杀伤力。

第伍回

血手难掩天下目

　　人要成功，最重要的就是懂得把握时机。

这些人虽然都是蒙了面，可是自己人当然认得谁是自己人，自己人是谁：

那又矮又胖使鬼头刀毒人而不是斩人的，正是"毒菩萨"温宝。

那高瘦个子，不动手便能把暗器射杀敌手的人，当然就是"独孤一味"唐七昧。

唐七昧和温宝也马上辨认得出来：

那从牌坊上"坠"下来的正是朱大块儿，而从地里暗袭的人，正是"发党"里唯一"下三滥"高手何择钟。

他们都是经严格配合好才行动。

但"有桥集团"也一样有安排：

水来土掩。

兵来将挡。

唐七昧和温宝正待向死囚逼近，就遇上了八个人。

这八人本来一直都守在方应看身边的。

这八人正是：

"八大刀王"！

"五虎断魂刀"彭尖。

"藏龙刀"苗八方。

"伶仃刀"蔡小头。

"惊魂刀"习炼天。

"大开天""小辟地"信阳萧煞。

"七十一家亲"襄阳萧白。

"相见宝刀"孟空空。

"阵雨廿八"兆兰容。

这八人连成刀阵,困战唐七昧与温宝。

这八刀联成一气,虽曾为王小石制敌先机所破(白愁飞也曾破此刀阵,但只属蔡京刻意下令白愁飞制造声势,而以方应看部属作垫石,俗称作"牺牲打",不能作算),但连当年方巨侠也誉为:"若此八人协力同心,联手应敌,我亦恐未可取胜。"虽有鼓励、过誉之意,但这八把刀的声势与实力,就算唐七昧和温宝对付得了,应付得下,只怕对救囚再也无能为力了。

却在这时候,有十人"及时"出现。

他们都是"发梦二党"中"梦党温宅"温梦成旗下的高手。

他们用的都是长形的兵器,包括:枪,矛,戟,棍,钺,铲,叉,镋,钯,锤。

他们的名字都有一个"石"字:

夏寻石,商生石,周磊石,秦送石,唐怀石,宋弃石,元炸石,明求石,清谋石,华井石等共十人。

这十人一齐出手,对抗"八大刀王"。

刀王的刀,虽然厉害,但这"十石"用的都是长兵器,且结成阵势,先把八人分开、拒开,让他们无法结成刀阵,刀势亦一时无法全面展开。

若论单打独斗,"温门十石"只怕仍非"八大刀王"中任何一人之敌,但这十人联手一条心,且一早有对策,撑开了八刀,打散了八刀,一时还能算是占了上风。

唐七昧与温宝把握这时机,骤然冲近唐宝牛、方恨少处,一以刀一以手,为他们解开劈碎枷锁。

这时机无疑非常重要。

人要成功，最重要的就是懂得把握时机。

要把事情做好，也得要把握时机。

但很多人都只在等待时机，却没把握时机。

那就好比人坐在家里苦等，但时机却在门外，他就是不懂得开门去迎接。

时机不会久等。

时机会走。

时机溜去不再来——再来的，也不会是同一时机。

得失之间，往往便是这样。

唐七昧和温宝现在把握了时机，救方、唐！

但在另一方面，另一角度（譬如蔡京派系、"有桥集团"的人）而言，时机也同时等着了、出现了！

时机跟刀和剑一样，往往也是双锋两刃的：对甲来说可能是良机，但对乙而言却是舛机；同时对你是一个先机，但对他却成了失机。

因此，说自己"掌握了时机"是一件很暧昧或荒谬的事，因为你可能同时也给时机"掌握"了：那是时机选择了你，也可能是你得到了这时机之后，反而要面临更大的厄运。

没有人知道"时机"到底真正是向着哪一面，而结果到底会是怎样——如果知道，那么，很多人就不一定会去求那官职、赚那笔大钱、管那一件事、爱上那一个溜溜的女子……

因为没有人知道"结局"是如何。

——也许，还包括了这一场"劫法场"。

温宝和唐七昧把握住千载难逢的时机，劈开枷锁，释放方恨少和唐宝牛！

米苍穹和方应看又互望了一眼，米有桥身后四名青靓白净的少年太监，一齐捧了一支不知用什么打造的黑乎乎的长棒，递了过来，但米有桥只挥了挥手，就叫他们退了下去，到了这地步，他们（至少米有桥）似仍没意思要动手。

因为他们眼中：唐七昧和温宝，已经都是死人。

为什么他们会这样想？

原因很简单：

他们认为自己已掌握了先机。

枷锁已开。

铐链已断。

方恨少、唐宝牛得以自由——自由后第一件事是：

猝袭唐七昧和温宝！

一个用刺。

——小小的一根鱼骨那么大的刺！

一个以铊。

——无头无尾神出鬼没的飞铊！

他们当然不是唐宝牛和方恨少！

他们是等着杀害来救唐宝牛和方恨少的人之伏袭者。

他们当然就是当日"金风细雨楼"中四大护法："吉祥如意"中的——

"无尾飞铊"欧阳意意。

"小蚊子"祥哥儿。

他们给蔡京"安排"来伏击救方恨少和唐宝牛的人！

他们狙击的对象（假想）是：王小石！

他们也可以说是自愿狙袭王小石的。

因为他们要忙着"表态"：

当日，他们对于蔡京门下得意一时的义子白愁飞"效忠"，但白愁飞昨夜已在相爷"授意"下"清除"掉了，他们虽然能"及时转舵"，追随蔡相的"意旨"行事，但为了表示他们一直以来只为相爷"效命"，他们不得不急于表示自己是"忠心耿耿"的，而且得马上立下一个大功！

什么"大功"？

当然没有比杀掉王小石（就算是任何来救方、唐二人的人）更能立功、表态，讨蔡京的欢心了。

所以他们就变成了"待斩的囚犯"。

——菜市口的当街斩首，根本就是一个局。

一个蔡京要一网打尽京师武林人物的局。

——而且还处心积虑把"有桥集团"也摆进了局里！

唐七昧、温宝骤然受袭。

出其不意！

他们可以说是死定了！

然则不然！

世事常意外。

错。

其实世事并不常意外。

——意外的只是人通常都料错了，估计失误而已！

祥哥儿和欧阳意意才一动手，唐七昧突然向欧阳意意迎面打了一个喷嚏，然后及时闪身，但欧阳意意的"无尾飞铊"居然一折，仍然击着了他的左肩胛一记。

唐七昧负痛大吼了一声，扑地。

扑倒之前，双肩耸动，都没见他手指有什么动作，已发出了一十六枚（完全不同的）暗器。

但欧阳意意也是暗器高手。

他的暗器当然就是他的"无尾飞铊"。

他一招得手，转攻为守，飞铊砸飞格掉了七件来袭的暗器。

看他的声势，剩下的那九件暗器，也绝难不倒他。

不错。

暗器是难不倒他。

可是他却倒了。

七孔流血，而且是黑色的血。

他不仅倒地。

而且是倒地而殁。

米苍穹何等眼尖，他一眼已发现，唐七昧真正的"暗器"，是那一记"喷嚏"，已全然喷射在欧阳意意的脸上。

只要欧阳意意有所动作，便告发作。

　　欧阳意意一死，唐七昧立即低叱一声，那剩下的九枚暗器，全回到他的镖囊之内，一枚也不浪费。

　　米苍穹眯起了眼睛：

　　狭、窄而长——

　　——"蜀中唐门"，果然是不可小觑的可怕世族！

　　祥哥儿冒充的是方恨少——他较瘦小，像方恨少；欧阳意意虽不算魁梧，但够高大，加上枷锁、铐链和披头散发，一时也可充作唐宝牛。

　　欧阳意意出手的时候他也出手。

　　——袭击人？祥哥儿一向不甘落人后。

　　何况，他外号"小蚊子"，本就因他擅于偷袭人而起的，他就像蚊子叮人一般难以御防。

　　可是，那只是对普通人，并且是在正常的情形下。

　　温宝虽然像个活宝宝，但肯定不是普通人，而这时机也相当"不正常"。

　　温宝的鬼头刀先一刀替他砍破了枷锁，再一刀为他斩断了铁链，第三刀——

　　没有第三刀。

　　因为来不及第三刀。

　　祥哥儿已然反扑。

　　不。

　　反刺。

　　他的鱼刺急刺温宝。

　　温宝呆住了。

目瞪口呆的那种"呆"。

他似完全没有想到"方恨少"会这样对他。

他张口结舌的"样子"，就算隔着青布，也十分像是个蒙面的"活宝宝"。

——只是，这个"活宝"，却是个"毒宝宝"。

而且还是"极毒"的活宝！

温宝做人的原则是：

人不犯我，我不犯人；人若犯我，我就毒人。

——毒死人。

——不死不休。

祥哥儿的"刺"可是有毒的。

淬有厉毒的刺，却刺不着。

因为祥哥儿已失准头。

他忽然觉得手软。

然后发现身上的衣衫（白衣）忽然全染成墨色了。

他还没定过神来，只觉脚软。

然后，连身都软了。

他那一刺没来得及收回来，只听温宝蛮活宝地问他：

"哎，你没事吧？"

听到这一句，祥哥儿已整个人都软了。

方应看眼利，他一眼已看出：温宝先下了毒。

那砍在枷锁上的一刀，是毒的。

斩断铁链的那一刀，更毒。

那毒力竟从铐链和枷锁上迅速传染了开去，祥哥儿已是中了毒，竟犹不自知。

——"老字号"温家，当真是歹毒派系，不可轻忽。

一下子，暗算劫囚者的两大高手，祥哥儿与欧阳意意，同时丧生。

米苍穹和方应看再对视了一眼。

看法已全然不同。

米有桥扪髀咳声道："你们早知道这两人不是方恨少、唐宝牛？"

温宝一见米苍穹发话，连退了五六步，保持距离，这才回答：

"是，你们早知有人劫法场，又怎会把真正的人犯押来菜市口？再说，凭这两人，还扮不了方恨少、唐宝牛。蔡京以为他一双血手就能掩尽天下人耳目么？难矣！"

米苍穹倒大感兴趣："你们明知我们布了局，却还来送死？"

"不。"方应看突然道，"他们是来拖延的。"

"拖延？"

"他们故作袭击，拖住战局。"方应看目如冰火，"他们要让人以为他们真的中计，实则，他们已另派人去劫囚。"

米苍穹呵呵叹道："好个螳螂捕蝉，黄雀在后。"

却见方应看一按腰畔血剑，就要掠向场中，他连忙以密语传音警示：

"你要亲自出手？"

"是，他们太得意了，我要他们损兵折将！我要杀尽这些鼠辈！"

"……但他们杀的却不是我们的手下！相爷派欧阳和小蚊子来作真正的伏袭者，为的是要他们自己人领个全功，也分明对我们不信任。"

"我只要杀掉他们几个首领，没意思为这两个该死的家伙报仇。"

"——可是，你只要一下场，就会跟他们结下深仇……在这时候，多交一友总比多树一敌的好；你今天杀性怎么这般强？"

"我？杀性？"方应看一呆，好像这才发觉省悟似的，眼尾怔怔地望着那四名小太监合力才捧得起的丈余长棍，不禁喃喃自语，"……也许是因为……"

他转而低头审视自己一双秀气、玉琢般的手："——血手，真的不能掩人耳目么？"

这时街口各种金鸣马嘶，喊杀连天，禁军与"有桥集团"后援，已自四面掩杀而至。

　　　　稿于一九九三年四月廿三日：快报留淑端访问、拍摄"黄金屋"；丁先生寄赠木箱茶叶；与SPM"海味"；"欲穷千里目"严重化；"宝岛"再延后返马；邹为文评《箭》；水晶阵大挪移；"大挥霍"时期；购得"ET仔""绿海棠""泼墨大山水""空山灵雨"；收到江苏文艺出版的《温柔的刀》《一怒拔剑》《惊艳一枪》；首次公开播放朗诵诗；十一人聚于富豪酒店为Beelai饯行；诸子大食论温派武侠。

校于同年四月廿五日：FW 一五二。廿六日：收到中国友谊推出《刀丛里的诗》上下集；得"心水"；与孙姜、念礼、仲麟、炒何、阿忠聚于丽东酒店午膳，并大谈水晶、写作、打斗，同赴"福临门"；收到大陆郑风明信片及稿；E 告急；十二弟购得"紫霞"；晚上娱乐圈奇聚。

【第伍章】

血染破板门

第壹回 强权难服豪杰心

杀人就能唬人么？强权难服豪杰心！

　　在晨雾里，米苍穹、方应看及"任氏双刑"所押的队伍才向菜市口进发，"八爷庄"里又出现了一队精英好手，由龙八领队，多指头陀压阵，押着两驾囚车，没声没息地往破板门进发。

　　比起菜市口来，"破板门"当然不及其人多兴旺。

　　但"破板门"也有其特色。

　　一、它是"六分半堂"和"金风细雨楼"的交接口——在"六分半堂"势力膨胀的时候，它自然就是"六分半堂"的，但在"六分半堂"颓势的时候，它自然又隶属于"金风细雨楼"的地盘了。

　　以前，它甚至是"迷天盟"辖下的地方。

　　二、"破板门"的范围很大，包括贫民窟"苦水铺"和长同子集，都属于那个地带。这一带龙蛇混杂，既是市肆也是黑市白道交易、交流之所。

　　队伍没有直入"破板门"。

　　队伍在一家相当著名的酒楼"一得居"旁一家铺位陡然止步。

　　然后布阵、布局。

　　布阵是严格防守，如临大敌。

　　布局是准备处决犯人。

　　这地方正好是在一家简陋浅窄的店铺之前。

　　这店铺已关了门。

　　但店子的招牌仍在。

　　招牌上的隶书写得十分纯、淳和驯：

　　"回春堂"。

　　回春堂。

——是的，这便是当日王小石和白愁飞初到京城未遇苏梦枕并不怎么得志时开的跌打刀伤药局：

回春堂！

他们竟在王小石当日所开、并在那儿广为平民百姓疗伤治病的门前，处斩他的两名拜把子兄弟！

王小石在不得志的那段日子里，不知已医好了多少人，帮多少贫病负伤的人妙手"回"了"春"。

如今回春堂门扉紧闭。

而今他在哪里？

——还能不能为他那两名即将人头落地的结识兄弟"妙手回春"？

一切已布置好了。

一路上，这队人马已布伏留心，只要一有什么风吹草动，他们的主力和原先已埋伏好的大内高手、蔡系武林好手，都会立即予以铲除。

但路上并无异动。

既无异动，便要执行处决令了。

他们似仍在等待。

等什么？

——莫非是等时辰到？

不。

蔡京这等人任事，其实也有枭雄心境、豪杰手段，向来不守常规，且不惜越格破禁。

如果他真的要处斩唐宝牛、方恨少，其实大可什么也不等，要杀就痛痛快快地杀，要活便痛痛快快地活，本就是奸雄心态！

那么，他们还在等什么？

——他们到底在等些什么？

来了。

快马。

马蹄如密鼓，自街角急掠而至。

马上是个剽悍的人，整个人就像一支铁锤。

给巨力掷出去的铁锤。

他的人未到，万里望已率先向龙八走报：

"八爷，方小侯爷遣张铁树急报！"

龙八只铁着脸、铁着眼也铁着语音，说了一个字：

"传。"

策马虽急，马上的人可真还脸不红、气不喘。

这铜铸般的汉子向龙八拱手长揖。他的手掌钝厚肉实，拇指粗短肥大，四指却几乎全萎缩于掌内：他的手也酷似一把铁锤。

人肉铁锤。

他正是方应看方小侯爷的贴身手下：

"无指掌"张铁树。

"禀告八爷，"张铁树此来只要说明一件事，"小侯爷要小人向八爷急报：唐宝牛和方恨少的同党果真在菜市口动手救人！"

　　龙八顿时呵呵笑了起来："很好！这招调虎离山、声东击西果然妙！王小石那伙人，既救不着人，只怕还要死个尸横街口！"

　　然后他挥手，让张铁树退下去。

　　之后他问多指头陀："我们现在还等什么？"

　　他觉得自己的权力似乎有点要受多指头陀节制，而且还多少要听这少了两只指头的头陀号令，他心中很有点不是味道。

　　"等，"多指头陀好像在算自己那已越来越少的指头，"还是要耐心再等一等，只等一等。"

　　他一点头，身后的"托派"领袖黎井塘，立即与两名手下打马而去。

　　果然不需要等很久。

　　一匹快马如密雷急炸，自长街急驰而至。

　　马上虽是个柳树般的汉子，但整个人却像一片叶子，轻若无物。

　　因为轻，所以快。

　　极快。

　　马未到，人已一掠而至。

　　龙八马上惕然，多指头陀目光一闪，已道："是张烈心！"

　　来人是方小侯爷另一心腹大将：

　　"兰花手"张烈心。

　　他整个巨型的身子就像柳枝一样，软若无骨，手指就更尖细得像竹签，软得像棉花，但要比一般人起码长出一半以上。

　　他就是用这双手兼修"素心指"和"落凤爪"两种绝技。

"禀大人，"张烈心也恭谨作揖，"小侯爷要我来报：目前在菜市口劫囚逆贼里，匪首王小石似没有来。"

"什……"龙八一震，"……么？！"

多指头陀头了点头，摆手示意张烈心退下。

然后他像吟诗作对似的分析道：

"王小石如不在菜市口，那只有两个可能：一、他是不敢来。这个可能很小。二、他是来这儿，这个很可能。"

他是分析给龙八听。

然而龙八最担心的就是这个。

他只想好好地执行处决：斩掉那姓方的姓唐的人头就是了，犯不着闹出如许多事，尤其他不想面对王小石——

——还有王小石的石头！

多指头陀又扬了扬手，他身边另一员"顶派"掌门屈完，马上跟两名好手策马而去。

龙八觉得很没面子，仿佛一切都要听多指头陀的部署与调度。

——谁教相爷近日极信重这个人。

——不过，相爷信任的人，可多着呢！看他能逞多久的威风？看他下场又如何！

——比起来，自己可是跟随相爷多年了，但依然屡仆不倒，且愈来愈红，官越做越大呢！

——这头陀，哼，怎能比？！且看他能嚣狂多久！

他心中对多指头陀，颇为不甘，但对以七星阵法盯住方恨少、唐宝牛的那七个人，却心中更为惊惧、态度恭敬。

那七个人，抱剑而立，各占方位，纹风不动。

不，应该说是六个站着的人。

因为其中一个人，并不是站着。

而是躺着。

不仅是躺着，还简直好像已睡着了。

他很年轻。

肤色很黑，双耳却白。

一双眼睛颇具野性，而今却合了起来，几绺散发飘到眉下眼那儿，很飘逸。

龙八知道这人是惹不得的。

事实上，这七人都惹不得。

这七人正是"七绝神剑"：

剑神温火滚、剑仙吴奋斗、剑鬼余厌倦、剑魔梁伤心、剑妖孙忆旧、剑怪何难过，以及那正像在"睡觉"的人：

"剑"罗睡觉。

——他手上根本没有"剑"。

他们队伍一旦在"回春堂"前停下来之后，这七人就一直没有动过，只要这七人在这儿，只怕正如蔡京所说："要救走这两个逆贼的人，只怕再五百年都没生出来！"

虽然相爷的话不一定都可信，但龙八看到他们，可又心里踏实多了。

于是他向多指头陀（虽然他心里极讨厌事事问人，但他更懂得一个道理：凡是相爷宠谁，他就附和、迁就、阿谀，管这人能威风得了几天！俟他沉下去的时候，他就一脚踩死他！）："可以砍头了没有？"

多指头陀看着他左手断掉的尾指，若有所思地道：

“是时候了。”

然后，他又补充了一句，“不妨先解开他们身上的穴道。”

龙八咧嘴一笑道：“大师真是宅心仁厚，死了也不想他们变哑巴鬼。”

多指头陀又在看他右手断剩的半截无名指，幽幽地道：“不让他们骂骂，谁知道他们就是货真价实的方恨少、唐宝牛？”

龙八向身后的一名像一座门神般的大汉点了点头：“好吧，咱们就且‘验明正身’吧！”

那大汉先行去拍开了方恨少身上的穴道。

方恨少仍在囚车里。

那门神般的大汉并没打开囚车。

他这才点拍开方恨少受封的穴道，转身行向唐宝牛，还未来得及出手解唐宝牛的穴道，已听方恨少一轮急矢快弩地詈骂道：

“不嗜杀人者能一之。不喜欢杀人的君王才能一统天下。你们晓个啥？只会杀人灭口！杀人就能唬人么？强权难服豪杰心！君子不以其所以养人者害人，你们为虎作伥，所谓狼无狈不行，虎无伥不噬，只是一群禽兽不如的马屁精！我不怕死，我只怕我死了之后让你们这干猪狗不如的东西得势称心！……”

他一气呵成地骂了下去，本来还中气十足、未完待续的，但却半途杀出了个“程咬金”：

“我操你那个巴拉妈子祖宗脱裤子放屁龟孙子拉屎不出拉出肠的狗杂种，我唇亡你的齿寒，我毛落你的皮单，我去你个尸横遍野、饿狗抢屎、连生鬼子、铲草除根……大爷唐巨侠宝牛公子你们都敢在太岁白虎青龙朱雀上动土煽火，我做鬼，不，当神成仙

也会找你们一个个兔崽子宰了当乌鸡白凤丸吃！……"

这人自己"指名道姓"，说明自己就是唐宝牛，而且穴道一旦得解便开骂，一骂，便占尽抢光了方恨少的话锋。

他们都给封住了哑穴，憋久了没骂人，一开口自然滔滔不绝，一如长江大河，不止不休。

那门神般的大汉怒叱了一声，就像一道霹雳，在雾中炸开：

"住口！"

唐宝牛和方恨少果真住了口。

但只是一下子。

一下子有多久？

大概是手指弹那么两次的时间。

然后，两人都开口说话了。

而且居然一起异口同声地说一样的话：

"要我们住口很容易——动手吧！"

这句话一说完，又各自骂各自的。

唐宝牛骂的话更是难听。

其中大部分粗话还是他自己创造的、发明的。

方恨少骂得虽文绉绉，但十分刺骨。

他所引的句子，有时似通非通，但尤是这样，所以听来更觉锥心刺骨。

龙八锵然拔剑，剑作龙吟，他自己也作势长啸：

"看来，该要他们真的住口了。"

他打算不开枷锁，不把钦犯自囚车开释跪地，便以利剑斩掉两人的头颅。

第贰回

剑下留头

这种纯粹的街头械战的打法，不讲姿势，不理招式，甚至连是否可以取胜都不重要，只以打倒对方、杀了敌人为首要，而且成为其唯一目标。

龙八要亲自拔剑，斫掉唐宝牛和方恨少的头，因为他极讨厌这两个自以为既忠且义，嘴里不说半句屈服、认栽话的家伙！

同时，他也觉得能手刃打过皇上和相爷的逆贼，那是一件与有荣焉的事——说不定，他日青史上也记载这一笔：胆大包天竟敢欺君逆上的两个狗贼，乃死于神勇威武的龙八太爷龙天楼的剑下！

想想，那该是多有意义的事啊！

所以龙八要争着抢这个功。

立这个功。

——只要不打开囚车枷锁，这两个穷凶极恶的东西，就绝奈不了他何，自己也绝对安全。

只有在绝对安全的位置上，他才会如此一剑当先。

多指头陀在旁斜乜着他，仿佛颇为"欣赏"他这个"英勇"举措。

——这回，你可知道我龙八的豪情勇色了吧？

龙八在挥剑砍两个全不能动弹的人的头时，在剑风划过晨雾时这样得意洋洋地思忖着。

他那一剑斫下去，眼看两位义烈好汉，就要身首异处。

就在这时，有人大喊：

"剑下留头！"

只闻一阵马蹄急响，一人骑在马背上，急驰而来，整个人已几乎跟马连成一起，背上晃亮着一把雪亮的但崩破了几个缺口的大刀。

龙八止住了剑，棱然有威的眉目肃了肃，嘿声道：

"这回小侯爷连'八大刀王'之一也出动来给我报讯了。"

话未说完，已听有人惊呼急叫，此起彼落：

"你不是……？！"

"快停下来！"

"截住他！"

"——你是谁？！"

"来者何人……"

待惊觉时，那人单骑已冲进阵中，已十分接近囚车处。

那人背上晃亮的刀已亮到了手上，刀挥处，刀光过处，血光暴现，阻截的人纷纷让出了一个缺口。他对包围他的人出刀动手之后，大家才发现他也戴着精巧面具。

那七名剑手依然冷视全场，纹风不动。

龙八这才意会不妙，"啊"了一声，多指头陀却滋滋油油地道："要来的，终归是来了。"

那门神般的大汉正是"开阖神君"司空残废，他只看了一眼，冷哼道："来的只是'破山刀客'银盛雪。"

这时候，银盛雪一人一骑，已为"天盟"盟主张初放和"落英山庄"庄主叶博识截住交手，但破板门各处传来喊杀战鼓之声，如惊涛裂岸，进迫而来。

多指头陀头发倒立如戟，神情却依然悠闲："来了一个？还怕别的不来吗！"

龙八见势不妙，剑作龙吟，破空横斩，怒叱：

"管他来的是谁！我先宰了这两个狂徒，看他们救个屁！"

一剑划破晨雾，先斩唐头，再削方首！

"杀不得!"

轰隆一声,暗器、兵器、箭矢,合起来不少于七十三种一着夺命的利器,一起也一齐攻向龙八!

攻袭突如其来!

攻击来自——

回春堂!

回春堂紧闭的店门倒了、塌了。

里面匿伏着的高手一涌而出!

负责发射暗器部队的是"发党"的管家唐一独,领导放箭的是"袋袋平安"龙吐珠,带领大伙儿白刃溅出血沫的是"丈八剑"洛五霞……

他们一直都藏身在回春堂内(好像早已料定龙八人马定当会在此地处决方恨少、唐宝牛一般),就等这一剑猝然出击!

他们都戴着各种各式的面具。

不过目的都一样:

一致。

出手的目的是为了:

救唐宝牛和方恨少。

戴上面具的原因是为了:

不让军方认出他们来。

如果再进一步推究下去:

为什么不让官方认出谁是谁?

——当然是因为他们仍要在京里混下去。

至于：为什么他们偏还要在京城里混下去，为何不暂时退出一阵子、避避风头再说呢？

那是因为：

他们还要撑持大局。

——不管是"金风细雨楼""象鼻塔""发梦二党"还是"天机组"的局面，他们都要勉力维持；他们要是都撑不下去，偌大的京华武林，都是得拱手让给蔡京、"有桥集团"、"六分半堂"这些人为所欲为，而全没人制裁、对抗了。

他们全部冲杀过来。如狼似虎，这般阵仗，龙八大吃岂止八惊，别说砍人头了，吓得几乎连宝剑都丢了，急忙掀裾拔足就跑。

他一退，原已磨刀霍霍、蓄势以待的"浸派"（掌门蔡炒）、"哀派"（首领余再来）、"服派"（头领马高言）、"海派"（老大言衷虚）连同随行的禁军官兵一起率领他们的门人子弟，迎击自回春堂冲出来的人！

他们硬是要守住防线，不让劫法场的人救走唐宝牛、方恨少！

可是守得住吗？

守不住的！

事实上，禁军与官兵一见蜂拥狂飙而至的劫囚者的声势和杀法，可把他们吓傻了。

因为这些人真的是在械斗。

而且是肉搏。

——甚至不要命。

这种纯粹街头械战的打法，不讲姿势，不理招式，甚至连是

否可以取胜都不重要，只以打倒对方、杀了敌人为首要而且成为唯一目标。

这跟在皇城里惯养的蔡京部队一般军训情形，大是有别；至于向来只有外厉内荏、只会欺民凌弱的官兵，就更是没"见识"过这等场面了。

其中冲过来、冲了近来的为首两人，看他们已白发苍苍，定必已上了年纪，身形且应是一男一女，但形同疯虎，一上来只要近身的，不是给男的空手撕裂，就是给女的挥舞虎头龙身拐杖摧倒。

这两人一上阵，官兵禁军就如同摧枯拉朽，只"十六剑派"的人还能勉强挡住一阵子。

除了一个人。

这是一个年轻人。

粗眉。

大眼。

这青年一直用一块干净的纯白色湿毛巾抹脸。

他一面揩脸（脸上的汗？），一面向前走。

他前面正是那一大群向外冲拥而至、戴着面具的劫凶悍敌。

他好像浑然不知。

他只顾抹脸。

一面前行。

——一副"虽千万人吾往矣"的反其道而行的样子，直行终有路式地，义无反顾地走去。

他仿佛就当前面没有人。

第叁回

一触即有所应

他前面当然有人。

但谁都不能挨近这个人。

因为挨不近去。

一靠近他的人（不管有没有对他动手），都倒了下去。

他一直都用左手抹脸。

他右手一直都闲着。

也空着。

只见他的手（右掌）发出一种七彩斑斓的浅紫色，然后在别人一挨近他的刹瞬之间，他的手（尤其肘部）仿佛动了那么一下，那种反应好像已不是一般人的反应，也不是学武高手的反应，而是一种在传说里"一羽不能加，一蝇不能落，一触即有所应"的境界，完来像是心意一动，丹田之气就立即抖决，爆炸般地发出了内劲，已经把来敌击倒、消灭。

所以他继续前行，也没理会什么，也不大理会别人对他怎样。

他径自前行，步十几，已站在回春堂的正中，搬了一张向着大街正中央位置的竹椅，便大咧咧地坐了下去。

他依然用湿布揩脸。

大力地揩。

不过，从他自行刑队中、龙八身旁长身而出，一直走入回春堂里，坐了下来，倒在他"彩紫光华"掌下的人，至少也有十六个。他的衣衫、白巾，也染红了。

当他走入回春堂时，堂里的雄豪全已掠了出去。

他们都旨在救方恨少、唐宝牛。

然而唐、方二人看到这种情形，直着嗓子大喊不已：

"要小心！"

"别惹他!"

"这小王八蛋是'惊涛公子'吴其荣!"

那年轻人把白湿巾徐徐抹了下来,露出了:

一双浓眉。

一对星目。

还有笑容。

牙齿细而白,就像是两锭银子,搁在口里。

只是,唐宝牛和方恨少这么一喊,至少有四名"劫囚"的高手,立刻把注意力集中在这老是不停抹脸的年轻高手身上。

一个是率领这次"破板门"劫囚行动"发党"方面群豪的"一叶惊秋"花枯发。

他知道惊涛先生不好惹。

但一定要有人制住他,至少,也得缠住他。

他是这次劫囚行动"破板门"方面的三大领袖之一,他一定要有所行动,他别无选择。

另两人就是那如狼似虎的男女长者。

他们当然就是:

"不丁不八"——

陈不丁。

冯不八。

他们两人自从上次在花枯发寿宴受辱以来(参阅《一怒拔剑》),对蔡京、龙八、刑部、白愁飞等派系的人,已可谓恨之入骨,这次他们一听此次行动是劫救方恨少、唐宝牛(尤其是他们当日受制之时,也欠下方恨少相救的情),立即放下一切,毅然参加,他们旨在为雪当日的仇辱——他们只恨昨夜诛白愁飞之役,

花枯发怎么没通知他们能适逢其会，格杀那姓白的狗杂种！

他们夫妇当然知道吴其荣是"当世六大高手"之一，惹不得。

但他们一向最喜欢去惹不可惹的人。

他们会这样想，除了因为他们悍强、任性、好斗的性子之外，更重要的是：他们的武林辈分高，凡有重大的战斗，理应卸不下肩膊。

还有一人，却不如是。

他在武林中算不上有什么地位。

他的武功好像也不太高（虽然他自己似乎并不知道）。

哦，对不起，不是他，是"她"。

"她"一上阵亮相，只见一片温柔得十分凌厉、凌厉得相当温柔的刀光掠了下来，刀未到，她已戟指惊涛先生吴其荣大骂道：

"你这算什么？！成天抹脸，没面目做人乎？戴上人皮面具怕穿帮么？！让本小姐好好拆掉你的假面具，看看你的真面目！"

这些人里，没戴上面具，或全无青布蒙面的，就她一个。

因为她"大小姐"不肯戴，也不认为有什么好遮掩的。

大家都拿她没办法。

——遇上了她，谁也没办法。

除了这四大高手，转而回到回春堂，合击吴惊涛之外，其他高手，都在一名绯巾蒙面但腰身窈窕（因而可以肯定是女子）的高手破阵冲锋之下，继续冲杀向方恨少与唐宝牛这儿来。

龙八脸色铁青，眼色却已急出了脸，他向仍在沉醉于自己断指中的多指头陀催促道："大师，该出手了吧？"

——他不只指的是多指头陀，也在奇怪"七绝神剑"怎么个个都成了泥塑似的，对这喊杀连天的要害关头，好像个个都不闻不问，事不关己、己不关心似的。

这样的话，请他们来干什么？比只狗都不如！

"你别紧张，他们跟菜市口那儿的方应看小侯爷、米苍穹米公公一样，是用来对付一个人的。"多指头陀又伸出了他的左手食指，放到他肥厚的唇边晃了晃，"你放心，好戏总在后头，洒家不相信那个人就忍得住不来这一趟。"

这时候，雾仍未散去，但血已开始染红了破板门。

　　稿于一九九三年四月廿七日："身弓时期"至顶点；苦等V.S不至；影视大应酬。廿八日：起死回生、化危为安大转机；首用"通宝"；与慧、何家和、梁应钟喜机忘形日；"叠影狂魔""接收"大失误；终得重要文件，喜出望外；无端大进账，温罗孙何吴梁欢聚，交换水晶，怡丰行赏石，食于鲜胡椒；"镇山之宝"出现我姓氏之"奇迹"；大紫晶竟显灵白衣大士侧影；喜获"山雨欲来""爆炸空间""霸""笑口常开""火树银花"；送"叠影狂花"一尊"紫如来"。

　　校于一九九三年四月廿九日：心满意足；敦煌发付版税；彩华处将转来大笔版税；金屋水晶大布阵；喜获"小泼墨""金狮振荡""娇翠欲滴""香闺""芙蓉塔""富贵花开""地心细胞""蓝芽""奇缘洞""鸳鸯""发电机""孔雀绿""神秘飞弹""苍穹"……疯狂大采购。

三十日：琁付"金血""红电""蓝牙"之版税；我与L·S·W联签成功；David Sun、Vivian Loh、Candy Ho、

John Kyng、Swan Woon、Big Mouth 大食欢聚于海仔竹家庄渔人码头；麟仔传真可爱；联电英；江苏文艺出版社电传要发表《绝对不要惹我》并要出版《伤心小箭》，另约出新书。

【第阶章】

霹雳手段

第壹回 霹雳 神捕

他一向老奸巨猾，虽已胜券在握，但并没有因此得意忘形。

破板门这儿，菜市口那儿，全起了血战，全为了要救方、唐二人，且全都在等一个人——

王小石啊王小石，你在哪里？
你到底在哪里？

在"别野别墅"里坐镇的蔡京，心里也正好在问这一句话。

当然，他要王小石出来，他要迫王小石出现，都不怀好意。

不久前，"托派"负责人黎井塘与两名佩剑手下飞骑入别墅，表示那干乱贼匪党真的以为方恨少和唐宝牛是押往菜市口斩首，所以已经动手救人了。

——好极了，只怕他们不来！

——来了就走不了了！

他早已胸有成竹，分派人手，既来了就绝不放过，务要一网打尽。

他也向来是个斩草除根、除恶务尽的人。

但他还是很有点不满意。

因为有一个他最注重的人，还没有出现：

王小石！

只要王小石未来，那一切部署，都没了意思！

——就像画龙而忘了点睛。

他费了那么多的功夫，花了那么大的劲儿，为的就是把这个时来风送滕王阁、时势造英雄、身兼"象鼻塔"塔主和"金风细雨楼"楼主的王小石，一举成擒，擒不了，就当即杀了，总不成

让他连"六分半堂"总堂主和"迷天七圣盟"总盟主都当上了时才铲除他吧!

可是他还没来。

他仍没出现。

蔡京觉得很遗憾。

简直还若有所失。

直至"顶派"领头的屈完,又带两名心腹弓箭手打马赶至。

果然,那干乱匪盗寇也不易诓,另一队人跟踪到破板门,还是前仆后继地去找唐、方二人!

可是……

不过——

居然王小石竟然还没有现身!

——这怎可以?!

那还了得?!

——这倒在意料之外!

虽然一切尽在他掌握之中:今日那股匪寇就算不全军覆灭,至少也得元气大伤——要是皇上今日批下把大内高手任他调度,他还可担保杀得一个不剩。就是那诸葛老王八先行启奏圣上,卖了不知什么样儿的乖,居然使皇上龙颜大悦,批了他的奏本,一个大内高手也不许遣派,连禁军中的亲兵和御前侍卫,也不许他派出皇宫,使他只好尽遣自己军中亲信和京师武林中的势力,实行以绿林人物对付江湖帮会,他自己也得坐镇较接近破板门和菜市口等地的"别野别墅",第一时间收集战情,便于策划分派,调兵遣将。

他已稳操胜券。

但他一向老奸巨猾，虽已胜券在握，但并没有因此得意忘形。

他反而加倍小心。

他一早着人监视诸葛先生。

——那诸葛老鬼好像准备赖在皇宫里不出来了。

（好在宫里也有我的心腹，再说，皇上也宠着我、厌着他，谅他也搞不出什么个龙腾虎跃来！）

——这一次，他要京城各路豪杰好好看一看他的霹雳手段！

不过，他的霹雳手段仍未施展，那几个给那些伧夫俗子村夫愚妇们奉为"霹雳神捕"的四只诸葛小花所豢养的走狗，似有所异动。

今日未破晓前，他们在发生所谓"王小石狙袭诸葛先生"事件之后，便离开了"神侯府"。

蔡京当然不会认为他们这几个擅造作的家伙是出动去缉拿王小石的。

可他也没想到：这四人竟会明目张胆地来了"别野别墅"附近。

——难道他们敢与自己直接交锋？

——他们竟敢目无王法得连一国之相头上也敢动土吗？

——就算他们豁出来要闹事，但一向老谋深算的诸葛正我会让他门下四个最得意的徒弟一次过就把他的政治本钱耗尽吗！

不可能。

——那他们所为何事而来？

蔡京早有防范，亦布好了局。

他一早吩咐自己四个儿子：蔡儵、蔡儵、蔡儵、蔡儵，一对一各缠住一名捕，表面上是请教公事，实际上，只要四捕一有异举，便可马上知悉；四捕想要玩啥把戏，就算化装易容，也撇不开他的四个孩子；他这四个儿子不见得是什么乘风破浪、翻天覆地的人物，但只要一个把住一个，便等于废了"四大名捕"，那就是大用了。

他谅他的四个儿子也不致有遭人杀害挟持之危——他们若在冷血、无情、铁手、追命身边出了事，"四大名捕"还能在江湖上混吗？八百个罪名他都栽得上去了。

他只仍是不明白："四大名捕"今晨哪儿不去的，偏要来他坐镇的这一带！

动机是……

理由是……

他一时也想不出来。

他想不出来的还有王小石的动向。

他已安排"菜市口"一阵中以米苍穹和方应看盯死王小石。

——假如王小石出现于菜市口，米、方、王三人便得决一死战。

这一战无论谁死，对他都一样有利。

所以他只运筹帷幄，任由他人决死千里。

——如果王小石现身破板门，"七绝神剑"、多指头陀和惊涛先生都正候着他呢！

他在"破板门"那儿布了较多的高手，主要是因为他曾跟王小石朝过面、交过手；他知道王小石虽然年轻、驯顺、纯，但并不易诓、绝不易受骗。

他不相信王小石会把自己的实力消耗在"菜市口"那儿。

只有"破板门"才真的有人犯：

唐宝牛、方恨少——这两人已成了他手上的"饵"。

想到这儿，他不禁很有些志得意满。

看来，他不但在政权政争上把敌手一一斗倒，到而今满朝几乎鲜有人（除了诸葛这老王八）能与他为敌，连武林豪杰、绿林英雄，在他手上，也照样任意戏弄，纵控自如。

他得意起来，便张开了口，仰首吃了一粒葡萄。

当然不是人人都可以在这种时候、以这种方式吃得了葡萄的。

蔡京却能。

而且，除了葡萄之外，桌上有的是奇肴异果、山珍海味。

而且，喂他的是美女。

还有他的妾侍。

不是一个，今日在他身边的，就有三个。另外还有十二个正在曼妙地奏乐跳舞，只怕迟早都会成了他的妾侍或情妇。

除了这一个，那是他特别钟爱的一个女儿：蔡璇。

就算在这种玩乐的时候，他也防范森严。除了别墅里遍布高手之外，他身边还有两个"数字"，只要这两个"数字"所代表的人在身边，就万夫莫当，千军万马亦无足惧。

其中一人瘦瘦长长，阴阴寒寒，仿佛是鬼魂而不是真的人。

这人虽然可怕，但更可怕的是他的包袱：他包袱里是当今之世最可怕的兵器，但谁也没见过那是件什么兵器。

看过他打开包袱的人都已经说不出那是什么，而且已永远都

说不出话来。

他就是"天下第七"。

公孙十二公公曾笑谓:"天下第七的可怕,是在他肯自认是'天下第七'。以为自己是'天下第一'的反而不可怕,因为那只是不自量力、无知之辈,但真的经过精密估计,能排到当今'天下第七'的人,试想,天底下只在六人之后,这种人实在可怕。"

不过,当时大石公却有补充:"'天下第七'固然可怕,但一爷更惹不得。"

"一爷"是谁?

——一爷是御前带刀侍卫的领头。

他带的是什么刀?

一把很长,很长,很长长长长长长长长长长长长长的刀。

足有十七尺八寸长。

他穿蓝袍。

蓝得闪亮。

脸很红。

眼很眯。

鼻很钩。

眉如火,呈银。

他的人很安静。

头发很长。

他抱着刀盘膝而坐,但常又作傲慢无礼的呵欠,居然在蔡京面前,也敢如此。

他是蔡京身边另一个"数字":

人称"一爷"而不名之。

——他虽给人称为"爷",但其实年龄却只怕三十五不到,而且样貌还要远比实际年龄年轻许多。只不过,仍让人稍觉他"太安静了一些"。

老实说,有一爷和"天下第七"都在这儿护着,蔡京还怕什么?还用得着担心什么?

就算"四大名捕"一齐舍命冲了进来,他都不必惊起变色呢!

——你说呢?

放轻松！

　　晶石是一种奇石，也是一种灵石。它沉积在地底里，至少要经过亿万年以上经过几次大爆炸地形的整合后才能形成，而且还得要再经过以亿数年月的地壳变动才能成形。它有一种神秘的力量，甚至还有多种特异的功能，故而，被列为"佛门七宝"之一。

葡萄。

醇酒。

美人。

高手。

——这些全都在蔡京身前，唾手可得。

他背后是墙。

墙上雕着一条栩栩如生的龙，张牙舞爪，双目还镶着红宝石，漾出血色的异芒。

这对蔡京而言，是一种权力的象征，也是一项殊荣：

不是人人都可以把一条代表九五之尊的龙像就摆在自己座椅之后的石壁上的，那还是赵佶特别恩宠他，还亲下诏叫工匠到他的住处来雕上去的，以示推爱至深。

从这一点上，就可以想见蔡京在赵佶面前有多红！

蔡京当然为自己能受到皇帝的宠信而得意至极，但他趾高气扬得十分小心翼翼，他常先声夺人地打击政敌，使人错以为皇帝和朝廷文武百官必然支持他那一边，以至不遗余力地跟他一齐置政敌于死地，从今便同一阵线，再无退路。

然而在皇帝跟前，他就十分谦卑恭顺。偶尔还做些小动作，故显鲁直，使赵佶还常笑他："蔡卿实在太耿直了，难怪常受群小所诬。"他的手下常在民间作威作福，借建造以他为神的"九千岁庙"而剥削敛财，一旦有人胆敢（也千辛万苦地）告到皇帝那儿去，但早给他哭诉并曲解成："臣为圣上建长生祠而遭刁民贪官所嫉。"反而赢得皇帝嘉奖，把弹劾者交予他治罪。

蔡京也写得好一手书法，花鸟工笔也有出色造诣，但在赵佶面前，他常自贬身价，因深知皇帝好胜心情，故亦非一味阿谀，

有时欲擒故纵，以退为进，使皇帝对他种种唱做俱佳的表演，信以为真，对他更加顾恤信宠。

例如有一次，蔡京微醺狂书"朝天帖"，竟夸口说是："纵非天下第一帖，也当世无人能及。"及至他兴高采烈，携帖入宫呈赵佶雅正之际，蓦见御书房竟书有"天朝"二字，他竟呆立当堂，近三个时辰不言不语，后侍监揩药摩穴兼强灌姜汤，他才喃喃自语："好书妙法，那是天笔地法，非我辈所能企及。"重复此语，过一时辰，状若半痴。

赵佶闻讯，不禁莞尔，亲请树大风为他灌醒神药，劝他书画讲究天机火候，不必对艺术境界追求太过执着。这位养尊处优的九五之尊当然不知，他身边的人早已暗中通知蔡京，皇上已书"天朝"二字，且甚有得色，自语：只怕其中笔力妙处，无人识得。蔡京听罢，便演上这一场好戏，由不得赵佶不信以为真，深以蔡京为知音。

这一面龙墙，便是赵佶一高兴就令御匠替他建造的。

蔡京每有饮宴，从来不肯背向门口而坐。他必要背倚墙、柱或厚重之物，面对出入甬道，对往来人事可一览无遗，始肯安座。

他而今便是这样。

尽管他已派遣出多名高手对付京师中的武林人物，但他身边仍有一流高手匡护；但就是这样，在听歌赏舞饮酒拥美的时候，他仍背靠墙而坐，不改其习。

他呷了一口酒，笑问："你们说说看：王小石会不会落网？"

一爷道："他若来了就得落网！"

蔡京道："那么，他会不会来？"

他不知道方应看不久前也向米公公问过同一问题，但两人身份不同，问法也很不一样。

蔡璇说："我看他才不敢来。"

一爷说："他若不来，他的兄弟都出动救人，他这辈子都当不了好汉了。"

蔡京转首问"天下第七"："你说呢？"

"天下第七"只说了一个字："会。"

蔡京闻了闻酒香，又闻了闻身畔的女人香，居然还捏了捏自己女儿蔡璇的盛臀，说："我也是这样想。他是不会不来的。王小石是输不下这口气的。"

"天下第七"始终站着，站在蔡京左侧五尺之遥，像一道影子，始终没坐下来。

他说："他是会来的，只不过，不知道他是怎么来？去哪里？"

蔡京似乎很有点感慨地说："王小石看似天真，但实工于心计；貌甚淳朴，但委实机诈狡狯。他倒甚似一人。"

一爷哼声道："方小侯？"

蔡京不置可否，只说："方应看看来可比他更谦让恭顺。"

这时，外边有人通传：

叶博识已领"神油爷爷"叶云灭赶到了！

"好吧，他来了，"蔡京显得有些微奋亢，"快请。"

叶云灭的年纪实在不算太大，长发白靴，但白色靴子因过于陈旧已呈灰色，头顶已略见秃。

他的唇拗成"凹"字，显示出他坚决而孤绝的个性，眼里常在经意与不经意间都杀气大露，一眼便可看出他是那种不知收敛为何物的人。

他一路走进来、走近来，对一爷和"天下第七"，都显露了倨傲的态度。

对其他的人——就算是那些载歌载舞的美女——他正眼也不看；但往斜里看去，他的眼神又像在斜着打量每一个人，尤其是女子。

连对蔡京，也十分诡然。单看他的样子，也不知道是对蔡京恭敬还是藐视。

他简直像是一张绷紧了的弓拉满了的弩一般地走了进来。

他精神、气势都十足，而且精气、锋芒直迫人前，每一步都像直捣黄龙，每一次顾盼都展现了威风和杀气，每一举手一投足都好比一个奏乐的大师恰到好处地为他的音乐打着拍子。

他虎虎有威。

他有气势。

他定。

当他走近，他的子侄叶博识正要开口，蔡京却已经笑着说了一句话：

"你太不自然了！"

这句话轰的一声，犹如一记霹雳雷电，正好击在叶神油的脑门上！

叶云灭跻身于"当世六大高手"中，绝非浪得虚名之辈。

他早年曾苦练内功，但并没有出色的成就，加上先天的息乱气弱，而且他又是个十分没耐性的人，无论他再怎么苦修，也无法成为内功顶尖高手，他只有颓然放弃。

他改而习刀法。

可惜，他在刀法上欠缺了的是天分，刀法练得再熟练，跟一级刀法名家相比，始终差了一截，所以他又中途放弃。

这一次，他改习枪。可是他的体形、骨骼，根本就不适合练枪。他练了三年枪法，什么枪都练遍了，有一次适逢其会，得以目睹诸葛先生使了一套"惊艳枪"，他的"惊艳"之后，换来的是绝对的颓唐。

从此他再也不练枪。

这时候，他以为自己这辈子再也无法在武功上"出人头地"了：他可不甘厕身于二三流高手的行列中——这样子的"高手"，多一个少一个有什么关系？有他、没他，又如何？

他可不愿当无名小卒。

所以他这回改而读书。

苦读。

可惜他也一样不是读书的料子，读了七八年，只能读，不能悟。他终于知道自己再读下去，别说比不上真正的读书人，甚至这七八年的苦功加起来，还比不上自己去练一年的剑，所以，他又读书不成，而且真正改而去学剑。

他真的是练剑，而且不止练了一年的剑，而是一练就练了三年。

这时候，光阴荏苒，岁月蹉跎，他亦已届中年了，江湖上他的字号不算响，武林中也没他一席之地。

他希望从剑法上熬出头来，要不然，就一辈子出不了头了。

可是，练了三年，他已可以断定，他这一辈子，在剑法的修为上，他是不可能会有大成的了。

不过，这一次，他反而并没有绝望。

因为他发觉了一件事：

他的剑法虽学不好，但却在无意中发现，他在掌功上很有天分！

本来，他在掌法上极可能会有极大成就——如果他不是不幸遇上惊涛先生吴其荣的话！

吴其荣比他年轻。

年轻人有一个特点：

那就是气盛。

吴其荣练的掌法，不同于各家各派；据说，他练武的地方，是一个奇大奇异的山洞，洞里布满了紫色的水晶灵石。

晶石是一种奇石，也是一种灵石，它沉积在地底里，至少要经过亿万年以上经过几次大爆炸地形的整合后才能形成，而且还得要再经过以亿数年月的地壳变动才能成形。它有一种神秘的力量，甚至还有多种特异的功能，故而，被列为"佛门七宝"之一，而吴其荣就在这神奇的境地中创练他的掌法。

是以，他的掌法不同于一般门派的掌功，却能冠绝同侪。

他的掌法有五种境界：

第一层，他的掌法会发出色彩来：其中以闪耀出七彩斑斓的紫色为最高段。

第二层，他的掌法会发出声音来，而且是宛如圣乐的音调，令人迷醉，非常好听。

第三层，他的掌法会散发出香味，敌人闻之，心驰神摇，很容易便为他所趁，但他本身却并没有发放任何迷香之类刺激嗅觉的事物。对手只觉飘来阵阵幽香，香味愈浓，死得愈速。

第四层，跟他交手的人，不但是四肢在交战，连舌头味蕾，也感到特殊刺激的味道，甜酸苦辣，兼而有之。

最后一层，是给他的掌法击中或接触过的人，都有一种"欲仙欲死"的震动，然后在一阵子"快活过神仙"的感觉后，便真正地"死"了。

由于他的掌法自成一家，天下正宗的掌法高手，连同修炼邪派掌功有成的人，都藐视他的成就，要跟他一较高下。

吴其荣当然接受。反正，他们不来找他，他也会找他们。

"一较高下"的结局往往是：

他高，他们下。

有的人要是找惊涛先生是"一决生死"，那结果更明显：

——他生。

——敌手死。

财大气粗，势大声壮，胜利累积多了难免也使人更气盛。

虽然吴惊涛自己心里明白他的掌功缺失在哪里，他要面对的问题是什么，他这套掌功练成后会有什么后果，但这些困扰和压抑，反而使他更想利用这套令他付出重大代价的掌法来名震天下、技慑群英。

是以，他听说有个叶云灭练成了一套很奇特的"失足掌"，他便找上了"神油爷爷"。

吴其荣弃自己父母为他而取的名字"其荣"不要，而自号"惊涛"，摆明了是想自己一生能"惊涛骇浪"，非要在江湖天下卷起千堆雪而不能心足。

为此，他当然会去挑战叶云灭。

叶云灭年纪大了。

但他有一个性子，却与吴惊涛相近。

简直还完全相同：

那特点就是：气盛。

——吴惊涛是年少气盛，叶云灭虽然年长，但也一样气盛。

简直还盛气凌人。

因而，他跟吴惊涛一凑合，马上就爆开了火花。

两人说不到三五句话，便不用口讲话了。

他们的话，已改用手来说。

是谓"讲手"。

这一次"讲手"的结果是：

吴惊涛胜。

他年纪虽轻，但在掌法修为上却要比叶云灭多浸淫了许多年。

他的"活色生香掌"虽然打败了叶云灭的"失足掌"，但也迭遇凶险：

"失足掌法"的妙处，是以极奇特的步法来配合掌法的运用，看似一失足间，以为有机可乘的，便立时毁于他掌下。

不过，他与吴惊涛的交手，至多只打到"活色"，还未到"生香"，叶云灭已目为五色所迷，他虽气盛，但更珍惜他自己的老命，立即且战且逃，边退边打，总算能保住性命。

这一役之后，发生了两件事：

一、他与吴惊涛势不两立。总之，惊涛书生站在哪一边上，他就一定与之对立、跟他作对到底，完全不问缘由、不分皂白。

二、他放弃掌法，练拳。

这一下子，他在拳法上苦苦浸淫，终于有了大成。而且，他也发现了自己一个特点：原来他在拳法上比掌法还要有天分！

这本也极其合理：拳掌都是用一双手为攻击防守的武器，擅掌功者攻习拳法必较易上手、容易成功。

叶云灭练成了"失手拳"，并再战吴惊涛。

这一次，吴惊涛再也胜不了他。

可是也并没有败。

他们两人都伤了，但谁也没有败。

只是俱伤，并没两败。

其实这对叶云灭而言，已经形同胜利了：因为他前一次与吴惊涛交手是铩羽而归，这一次居然能战成平手，等于是另一种形式的得胜了。

不过，叶云灭虽和了这一战，但也并不好过。

他为吴惊涛所伤。

重伤。

这伤重得使他在这一战后的八年里，每天都得要外敷内服一种药，才能抵住伤口的迸发和复发。

而这一种药油，是远来自天竺的奇药，搽下去、服下去，都有一种像咸鱼一般的异味，这使得一向好摆架子、重威势的他，每天都得为此服、敷下不少香料才能勉强掩饰部分的臭味。

经这一役，叶云灭终跻身为"当世六大高手"之一。

同样，吴惊涛在这一役也没讨着便宜。

他给叶云灭的"失手神拳"击中，所以，全身容易冒油发汗，内热难当，以致成天都得常常洗脸揩面才可以降温减热。

这些症状也使一向注重仪表的惊涛书生痛苦莫名。

这使他也恨透了"神油爷爷"。

叶云灭虽然一战成名，但因要每天都得吞服大量的天竺神油（所以江湖人称之为"神油爷爷"，虽然他自己当然极端不喜欢这个称号），而这些药酒又价格十分昂贵，所以，当他达到他人生第一阶段的理想：要在文才（这当然已是不可能的了）或武略上，有极出色及予人已经认可的成就——这之后，他还有三路理想并进：

他要赚很多很多的钱（至少使他可以继续购得神油）。

他定要打倒吴其荣。他与"惊涛公子"已结下不解之仇（同理，吴惊涛也立下非杀叶云灭不可的决心）。

他还想望能一展身手、大展抱负。能展身手、抱负之途径，那当然是莫过于凭自己的身手，来谋个官职当当了。

所以，他今天才来拜会蔡京。

而且，他今天来拜会蔡京的心情，才会十分紧张。

一个人，武功再高，才学再厚，地位再高，只要一旦有求于人，那么，再也难以挺得起背脊壮得起气来。

谁都是这样子。

叶云灭也是这样。

他可不想当一辈子武林人。

他更不要只当一个江湖人。

他要权，他要地位，他要名成利就。

所以他要当官。

而且是大官。

当他一旦有了这个想望，他就有求于人了，自然，就再也自然不起来了。

非但自然不起来，而且在内心里，还十分紧张。

他在来"别野别墅"之前，曾经反复思量细虑：

他的机会来了。

蔡京是朝中举足轻重的大人物。他只要一高兴，就可以提擢自己，成为炙手可热的人物。

不过，若倒反过来，他要是讨厌自己，一怒之下，就可能会招来麻烦，甚至还惹来杀身之祸。

蔡京肯召见自己，当然是因为重视或正视自己的存在，可是，不一定就会重用自己；要是今天不趁这个机会好好表现，机会一旦错失了，不见得就会有第二个，不见得蔡京还会召见自己一次。

所以，他一定要把握这一次机会，好让蔡京对他印象深刻。

可是，该如何把握？应怎样表现呢？

这就难了。

蔡京位高权重，手底下什么人才没有？什么高手没见过？自己要是巴结逢迎，会不会反而给他瞧不起？自己如要表示忠心卖命，蔡京会不会已司空见惯，不为倚重？自己要是一味争锋逞能，万一反惹怒了相爷，可不是吃不了兜着走，碰了一鼻子灰后还给撞得一额血吗！

那么说，该如何办是好呢？

所以，说真的，叶云灭是很有些紧张。

毕竟，蔡京是他自出生到目前为止，所见的最大的官儿。

不是人人都可以见着这样子的大官。

不是时时都有这样的高官可见。

是以叶云灭非常珍惜。

非常重视这个机会。

这使他轻松不下来，一直在想：我该倨傲好呢？还是谦恭些好？我若是凶巴巴的，会不会惹相爷厌？我如果服帖帖的，会不会让人瞧不起？……

一时之间，他也不知怎么对待蔡京是好。

却没想到，蔡京一见他，仿佛已瞧出他内心的一切惶惑，第一句就说：

"你太不自然了。"

的确，他就是不自然。

而且简直是太紧张了。

他还没来得及开腔，蔡京又补充了一句："放轻松！"

是的，目前他最需要的是：

放轻松！

放轻松。

可是，世上有多少人能说放就放？

如果不能放，又如何轻松下来？

就算能放下的，也不一定就能轻松下来，君不见古今中外，多少英雄豪杰，帝王将相，说放下了，事实上仍牢牢握在手里，心里念念不忘、耿耿于怀。

可不是吗？

放下不只是手里的事；真正的放下，是在心里的。

是以，有的人，摆出来是放下的样子，但心里可曾逍遥过？也有的人，从来看破了，所以虽然还拿着，但心里一早就放下了，反而落得自在。

有些人口口声声说放下，其实是根本就拿不起。

故此，放不放下，不是在口，不是在手，而是在：

心。

放手不是放心。

无心才能放心。

——如果本就无心，还有什么放不放心的？

拿得起而又放得下的，就算天下豪杰，也没几人能说放就放。

拿得起而放不下，也没什么丢脸，因为世间英雄，多如是也。

最可怜的是明明是拿不起，而又装放得下，或是明明是放不下的，偏说已放下了，自欺欺人，其实除了自己，还欺得了谁？

所以说：拿得起，放得下，情义太重要潇洒。

第叁回

爱极
恨极

爱到狂时足以杀人。

蔡京没有太可怕的虎威。

就算有，对叶云灭这种身经百战的人来说，也没什么可怕的。

蔡京也没啥官威。

官架子多是中下级官员才摆的，一个人官做得够高够大之后，替他摆官架子的反而是他的部属，他本人如果够明智的话，多只争取亲民、亲切的形象。

蔡京甚至不大刻意去营造什么威势。

因为他已不需要。

以他目前的声威，有谁不知？有谁不敬？有谁不怕？他已不需要再吓唬人，他的权力地位已够唬人了。

就是因为这样，所以更讳莫如深，更令人不知底蕴，更可怖可怕。

叶云灭就是怕这个。

他不知道蔡京是个什么样的人，会喜欢什么，不喜欢什么，一直为此揣测，这才会愈发可怕。

蔡京却十分温和。

他说："你别紧张，坐下来好好谈谈。"

叶云灭越想自然些，可是全身更加绷紧，"太师找我来有什么事？"

蔡京直截了当："我很忙，说话也不拐弯抹角了。我知道你很有本领，拳法很高明，不是吗？"

叶云灭脸上一热，嘶声道："我……太师麾下，高手如云，我不算什么。"

蔡京一笑："你要是不算什么，那没什么算是什么了。我想重用你，不知叶爷有什么高见？"

叶云灭这回只觉心头大热，哑声道："……我愿为相爷效死！"

"好，"蔡京舒然道，"由于我对你是破格擢升，怕别人口里虽不说也在心里计较。我听说你的'失手拳'天下无双，你就给我露一露相，好在大家面前作个交代，教其他人也心中舒坦些，可好？"

叶神油只望有一天能从武林走入宦途，对他而言，这才是正道。而今得相爷赏识，他巴不得尽忠效命，以报勋劳，更要显示实力，争得太师信重。

当下他厉烈地问："太师要我怎么出手？！"

蔡京仿佛也给他刚厉的语音吓了一惊，随后不以为怪地一笑道："你先不必紧张。"

然后问："你知道王小石这个人？"

叶云灭道："晓得。"

蔡京道："你没见过这个人吧？"

叶云灭："没见过。"

蔡京："你对他印象怎样？"

叶："坏。"

蔡，"为什么？"

"因为他跟太师作对，那就是他的不对！"

蔡京一笑。

"咱们不讲这个。要是我要你杀了王小石，你会怎样？"

"杀。"

"怎样杀法？"

"用一切可以杀死他的方法杀了他。"

"你怕不怕他？"

"怕他？"

叶云灭马上光火了。

"好，我就当你不怕他。"蔡京笑目一厉，"要是真的不怕，我要你今天就杀了他，你准备好了没有？"

"我随时都可以收王小石的魂！"

"那要是他今天就在这儿呢？"

"什……么？！他在这里？！"

"对，要是他在这里，你杀不杀得了他？"

"他在哪里？！出来！我要杀了他！"

"好，假如，你知道他就在这儿，你要在这些人里选一个最可能是王小石的，揪他出来，且试试看你杀不杀得了他！"

蔡京斜睨着这脾气大的中年汉。

叶神油立即全身绷紧，他恨不得立即就为眼前权高望重的赏识者效忠效命效力效死！

"谁是王小石？！出来，我杀了你！"

只见一人长身而出，说：

"我是。"

叶云灭缓缓回身，只见一个人，身着蓝袍，脸很红，眼很眯，鼻子很钩，银眉如火，头发很长的人。

他手上抱着一把刀。

一把很长很长很长很长的刀。

这人还打着呵欠。

他打呵欠的时候，予人一种很安静的感觉——却不知他在打喷嚏的时候是不是也这样？

叶云灭厉声问："你是王小石？！"

那安静的人，安安静静地点了点头。

"神油爷爷"大喝一声：

"吃我一拳！"

这安静的人也还了一记：

"看刀！"

两人各发一招：

倏分倏合。

他们交手一招。

只一招。

然而这一招却有着许多变化。

看不懂的人，如别墅里一名总管"山狗"孙收皮，便觉得很失望：

怎么搞的？闻悉过一爷是御前第二高手，只砍了那么一刀，而且那一刀，还软绵绵的、不着边际的，甚至毫无刀风杀气的！

这一刀，看去简直是温柔多于肃杀，媚俗多于伤人。

听说这人便是当今六大高手之一，也是当世第一拳手，那一拳，打得固然石破天惊，但只攻了那么一拳，又雷大雨小，云散雨收，那一拳，已不知道打到什么地方去了。

只见一爷那一刀，就砍在"神油爷爷"的拳眼上，然后，收拳的收拳，收刀的收刀，全都像落雨收柴，没了下文。

嘿。

这是什么拳？

这算是什么刀？！

算是懂得看一些的，像"顶派"头头屈完，就看得一知半解。

他清楚知道交手只一招。

可是他隐约发觉个中似乎还有很多式，而且还有多种变化。

但他一个变化也看不清楚。

他唯一比孙收皮看得清清楚楚的是：

那一刀，不是砍在拳头上，而是那一拳，直击在刀背上。

之后，刀和拳都不见了。

屈完突没来由的，觉得一种剧烈的爱意，竟是越格破禁，对向来刁蛮爱娇，现脸上掠着惶艳之色的蔡璇，忽而生了思慕之情。

同时他又感觉到一股强烈的恨意，不知从什么地方激发出来，使他背脊只觉得一阵一阵地发麻，甚至连皮肤也因发寒而炸起了鸡皮。

怎么会有这突如其来的爱？

哪儿来的这一阵子的恨？！

看得懂的，像"天下第七"，只在那么一瞥之间，已相当震怖，十分震惊：

因为这交手虽只一招，却已恨极爱极。

"天下第七"曾在元十三限手下学得"仇极掌"，由于这是元十三限只传子不传徒的绝技，是以当年在"发党花府"时他为对抗王小石的"仁剑"而施展这种掌法之际，也着实使在同一门派中的王小石惊疑不定了好一阵子。

那是一种仇极了的掌法，每一掌的施为，犹如深仇巨恨，绝

不留余地，更不留活口。

他还有另一种自己通悟出来的秘技："愁极拳"。

那是"仇极掌"的更进一步，每一拳带出来的愁劲，足以像一江春水向东南西北四方进流而去，把敌人溺毙淹杀始休。

只不过，现在，他却只能叹为观止：

因为那一刀里有七个变化，那一拳中蕴十一个套式，但每一式每一个变，都是爱极了，也恨极了。

变化招式并不出奇。

但这一刀一拳中所蕴含、所透露、所发放、所进溅出来的爱心恨意，才是令人震畏、无法抵挡的。

爱到狂时足以杀人。

恨深无畏！

"天下第七"虽然精于"仇极掌"、擅使"愁极拳"，但他却不是一个爱恶分明的人。

甚至可以说，他没有什么特别的爱恶，也不怎么恩怨分明。

他是一个很有本领的人。

他的本领是杀人。

他要杀的人，一定杀得着。

他也是一个很有才华的人。

他的才华在于学武。

他很快便能学会一样武功，而且完全能成为自己的独门绝艺。

这点不是人人都可以做到。

很多人，只能跻身于武林中人，并不能出类拔萃，主要是因为只能拟摹，止于模仿（甚至只一味抄袭），而不能推陈出新、自成一派，是以充其量只可成为高手，绝不能晋为宗师。——可惜有太多的人和大多数的人都没这种自知之明，否则，只怕敢再在武林中混下去的，所余无几。

"天下第七"则不。

他勤学。

能消化。

善悟。

他的武功、招式、杀人的方法，全有了自己的风格。

所以，他的武功很高。

他的杀伤力很大。

他的风格很强烈。

可是他却不是一个很有办法的人。

"很有办法"——这四个字，通常都是指在生活上、在现实中所需求的事。

这些事，很重要，但对很多才子、佳人、满腹经纶之士和武艺高强的大师而言，却是一筹莫展的大问题。

但是，只要解决不了这些现实生活里的事，你有天大的本领和才学都没有用。

因为没有人会用你。

只要没有人用你，你便得给丢在黑暗阴晦的角落，去发霉、生锈、腐蚀，最后也得成为废物。

有才之士最怕的就是这个。

是伯乐的怕没有千里马。

但千里马更怕没有伯乐。

伯乐找不到千里马，还可以找百里马和其他次选的马，千里

马没有伯乐，可能这一辈子只能拉车背柴驾驮垃圾的，永劫不复。

靠杀人是不能过一辈子的。

所以他需要元十三限。

只有元十三限才能指导他的武功继续上进。

但他更需要蔡京。

只有蔡京才能使他不愁衣食、享有官禄名位，只需以他之才去为蔡京做事，那么，他可以要什么有什么，不必去冒太多的江湖沧桑、历不大必要的武林风波险恶了。

谁不喜欢享受？

谁都有过迷惘的时候，纵是绝世才智之士，也需要去相信一些事、执迷不悟，或信任一些人、尽忠到底。

连绝世之才如王安石、司马光、诸葛亮等亦如是，又教凡人焉能免俗？就算能舍弃一切的方外高人，也难免信佛拜神，又有谁对生死契阔、何去何从不曾迷疑过的？

于是蔡京不喜欢的人，他便替他除去。那次，在开封府一口气解决掉十二名吃公门饭的差役和大内好手，那是替蔡京打击政敌、削弱四大名捕实力的一次杀人行动。

谁都希望在心灵里能有个依归。

"天下第七"也不例外。

他虽学仇掌愁拳，但他向来淡然，其实更是冷酷，因而并不算太仇、太愁。

但叶神油和一爷则不同。

他们一出招，便大爱大恨。

——只有大恨大爱的人才能使出这种极爱极恨的招数。

虽然这一招已相互抵消，但对"天下第七"而言，已造成不少震动。

——却不知蔡京怎么看法？

到底，蔡京会不会看？

蔡京扪着胡子，弹着尾指指尖，长长的狭眼眯了又瞪、瞪了又眯，只漫声道：

"哎呀，你们交手那么快，我怎么看得及啊！"

又说："谁赢啊？"

向叶云灭问："你赢了吧？"

又往一爷说："你也没输吧？"

然后向仍在剑拔弩张的叶神油慰道："你别认真。我只试你一下。他是御前一等带刀护卫大统领一爷，不是王小石。既然你们双方都没挂彩，大概是功力相若。那就好了。我决定擢升你在我身边候命，封为京都奉天右护命少保，你意下如何？"

——就连"天下第七"，一时也看不出来，这相爷到底是会不会看那一招，看不看得懂那一招，究竟蔡京要的是哪一招，他是不是正向一爷、神油等也发了一招无招之招。

到了叶云灭惊喜之余，仍心有不甘地问："……那么，谁是京都奉天左护命少保？他？"

他忿忿不平地盯住了含笑拱手而退的一爷。

"不是。"蔡京连忙澄清，"一爷是圣上才用得起的大才。少年出英雄，我说的是文先生，人称'天下第七'……"

说着，他突兀地笑了起来：

"他是'天下第七'，不过，前面六人，不是死了，就是退隐了，他这个第七嘛，跟天下第一，也没啥分别了。有他在，有你

在，给个天做王小石的胆子，他也不敢来！"

叶云灭一听，就怒目瞪住"天下第七"。

"天下第七"一向冷得发寒的脸上，而今也闪过了一阵不豫之色。

主要是因为：他没想到蔡京竟会在此时此地公布他的原本姓氏。

一向，很少人知道他原来姓甚名谁，他也一向很少让人知道，并且更少让知道他本来是谁的人还能活下去。

——他的人形容枯槁干瘦，看去要比实际年龄大上十年八载以上。

在场的人，知道"天下第七"深不可测的武功和战无不杀的威名的，都觉得很有些意外。

更意外的是：

却有人接着蔡京的话，说了一句：

"你错了，王小石敢来，他已经来了。"

这一句话，着实把人给吓了一跳。

把全场的人都吓了一大跳。

第肆回

石在，火种是永不灭绝的！

三支箭，箭镞发散着妩异的金光，对准着他的额、喉、胸三处。

说话，就得要发出声音，所以，一开口就会暴露他自己身在何处。

说话的人就在厅里。

而且就在黎井塘身后！

对"托派"首领黎井塘而言，岂止是大吃一惊，简直是大吃七八惊了！

——怎么自己带进来的部属，竟会有人说出这种话来！

但他也在同一瞬息间明白了过来：

这人不是他带来的。

他带来的只是两名手下。

这一人是在"别野别墅"门前带他入内的。

是以，这应是相爷府的人，至少，他一直都以为那是相府里的人！

——可是，既是蔡京的手下，又怎会说这种话来！

其他的人却都不是那么想。

他们都大为惊异，连同真正引领他们进入别墅的总管孙收皮也诧然暗忖：

区区一个"托派"领头带来的手下，居然敢说出这种话！

那人语音甫落，一爷已飞身到了那人身前，几乎跟说话的人已近仅容拳！

一爷手按长刀。

他使的是长刀，却抢在敌人跟前。

他的身法很凌厉，跟他的刀形一样，却与他温柔款款的刀意十分不一样。

他的语音更是犀利：

"你是谁？你是王小石的什么人！？"

"我姓梁，叫阿牛，"那名下巴尖削双睛突露的瘦汉回答得一点也不畏惧，"人人都知道我是王小石的兄弟。"

"你说王小石来了？他在哪里？！"

梁阿牛骄傲地笑了起来，笑声又尖又酸，甚是刺耳难听。

他只用眼角一瞪，说：

"可不是吗？石在，火种是永不灭绝的！何况王小石一直都是在的！"

"王小石一直都是在的"——在那里？京城？刑场？这里？

还是一直就在每一个仍坚信"侠义"二字的人的心坎深处？

你呢？

你相不相信这世界仍有"王小石"这个人？或者，"王小石"一直都在你心里；甚至，你自己就是"王小石"！

梁阿牛把他那一双牛眼一碌，大家立时转首，可是已经迟了。

蔡璇尖叫了一声。

一个秀细纤丽的人影，已自蔡璇身后，一手抓住了她背门五处要穴，一手拿着一把剑，横在她的脖子上。

"天下第七"一发现不对劲，就抢身而出，但仍迟了一步，他的目标在于王小石，而今却突现了个女的，待他出手时蔡璇已然

受制。

——那是相爷的掌上明珠。

"天下第七"当然不敢妄动。

众皆大惊。

倒是蔡京一惊之后，反而放了心。

他怕的只是王小石。

他只怕王小石真的来了。

现在来的当然不是王小石。

——虽然来人抓住了他的女儿，但无论怎么说，抓住了他的子女，总远比抓住了他来得好上百倍！何况，他可不止有一个女儿；究竟他有多少子女，他自己也不大搞得清楚，就像他自己的家财一样，他只是在拥有越多时越想要得更多。

对蔡京这种人而言，确如是。

真的如此。

所以他冷哂道："想不到王小石居然是个女人！"

王小石当然不是女人。

这女子是在刚才盈盈而舞中的舞女之一，而且还是跳得最出色的一位——蔡京早就注意她了，本来还准备在今天法场诱杀王小石瓦解"风雨楼"事后，正好可以舒畅一下，叫她留下来陪自己开心作乐一番。

——幸好没有。

那女子细眉细眼地笑了起来："我当然不是王小石……"

却听有人道："但我却是！"

说得斩钉截铁，决无回旋余地！

难道，王小石真的来到了"别野别墅"：当今丞相蔡京的别府？！

来了。

不仅是来了，而且，还正在"顶派"屈完身后，以一弓三箭，张满了弩，已瞄准了一个人：

当然是当今宰相：

蔡京！

这一回，不但人人都失了先手，连续三名敌人乍现，致使在场的人一时措手不及，就连老奸巨猾的蔡京，也变了脸色。

这一次，他是正式面对了王小石——（这一向予人似个平易近人"大孩子"的奇侠）之杀伤力和威胁性。

三支箭，箭镞散发着妖异的金光，对准着他的额、喉、胸三处。

蔡京只觉脸一阵寒凛凛的、咽喉发痒、胸口发热。

而且鼻尖已开始冒汗。

嘴里已开始觉得干涩。

而在此时：一爷正要长身牵制梁阿牛，"天下第七"正欲抢救落在何小河手中的蔡璇，反而一时让王小石占了先势，一弓三矢，盯准了蔡京。

但却仍有例外。

至少还有一人是例外。

"神油爷爷"——

叶云灭。

"天下第七"要救蔡璇，一爷要制住梁阿牛，独是叶神油，已潜身至王小石背后，大约相距只一臂的距离，吸气，一拳就要荡出——

王小石马上说："你再动，我的箭就发出去！"

蔡京马上喊道："别动！"

叶神油的动作马上凝住了。

这使得他脸颊、颧、额和左右太阳穴上合共八条又粗又长的青筋，一齐现了一现、突了一突、露了一露。

蔡京望定这个在十一尺距离外拉满了弩的人："果真是王小石？"

王小石已易了容，但那一双多情的眼和举手投足间的王者之气、侠者之风，是谁也模仿不了的。

王小石说："我是。"

蔡京转而问屈完："王小石又怎会成了你的手下？"

屈完汗涔涔下。

他也不知道为什么会这样子：他还以为这人是"别野别墅"的人，派出来为他引路的。

同样的，黎井塘也不明白，连蔡璇也眨着一双眯眯眼，她似不能理解她一手培训的舞娘里是如何潜入了细作的？！

就是因为不明白，所以才给这些人混了进来。

就是因为不能理解，是以才给梁阿牛一出场，就分了一爷的心；故而才让何小河分了"天下第七"的神——

但这都没有让"神油爷爷"失手。

他已贴近王小石。

一拳之距。

蓄势待发——

只等号令。

蔡京这回凝视着金光闪闪的箭镞，额上的汗仿佛也烁着金光：
"太阳神箭？"

王小石沉静地说："我自诸葛先生那儿抢回来的，他还为我所
伤。"

蔡京到这时候居然还笑得出来，"伤与不伤，还真难说得准
呢！上次我要你杀他，他不死，我却报称负伤，借以奏到圣上那
儿去；这次你来杀我，却是轮到他说挂了彩，且早就在皇上面前
演了出好戏，把住了理，你们一对宝贝果然精彩。"

王小石说："这叫礼尚往来，彼此彼此！不过，这'太阳神
箭'，却是货真价实，如假包换！"

蔡京仍端视着那一弩三箭，肃然道："我看得出来，难怪当年
元十三限说过：假使他练成了'伤心小箭'，又得到射日神弓和追
日神箭，他早已天下无敌了。——我知道你已得到《山字经》，却
不知'无梦女'是否也传给你'忍辱神功'？也不知你的'伤心箭
法'已练成未？"

王小石抿嘴笑道："你说呢？"

蔡京用舌尖舔了舔干唇："你的箭法成未，我可不晓得，……
不过，你的石头，我却已尝过。"

王小石笑道："咱们确是老相好了。"

"对，"蔡京说，"咱们是老相好了……你这种做法，不是太冒
险了吗？你要是一发射我不着，叶神爷的'失手拳'就在你背后

立即爆炸——再说，就算你杀了我，你以为你能走得出'别野别墅'吗？"

王小石的回答很简单："不能。"

"既然不能，"蔡京试图劝说，"何不放下你的弓和箭？"

王小石立即摇头。

他马上可以感觉到他背后的杀气陡增：假如他的背部是由许多小生命组成肌骨的话，那儿已死伤枕藉。

但他还是把话说下去：

"我来这儿是要你答应一件事的。"

蔡京干笑道："你用这种方式来跟我谈判……岂不是……不很光彩吧？"

"对你这种人谈生死进退，"王小石的手稳如磐，眼也不眨地盯往这个全国只一人之下（也不见得）而在万人之上（岂止）的大人物，语音也坚决无比：

"少不免，得要用点非常手段……"

他背后陡地响起一个嘶哑躁烈的语音："这是卑鄙手段！"

"不。"王小石立刻更正，"这只是霹雳手段。非常人干非常事对付非常之敌自然要用非常手段。"

稿于一九九三年五月一日：敦煌推出三版《温柔的刀》；向三姑介绍水晶功能；圣地牙哥、温莎堡、阿二、Yoyo等地为Kero Kero Kero Ppi饯行。二日："四大名捕"流连尖东连看半夜、子夜场；首带Loh Shin Wai上Bic Club榕苑卡拉OK冻蟹大饯别；LFW；开始正式供奉拿克大师神像；派中六子送情机；孰料就此决绝，缘尽分手，情浓转薄，后会无期。

　　校于同年五月三日：中国友谊新出版《少年追命》《唐方一战》《侠少》；"新生活秩序"始。四日："笔筒"逝世；敦煌、商报来款，《箭》报捷。五日：留小姐传真仿我稿；授女友"皈依咒"；已订购心爱的紫水晶母体。六日：开笔写《棍》；《绿发》完稿；"四大天王"夜聚；公布"友谊"版新书；琬儿公布《快报》霍静雯写我之访稿；敦煌付《红电》《蓝牙》版税；Ch1大减节制，好现象。八日："佬"噩讯；逐客；绿幽灵重新布阵；重习"般若心法"。九日：母亲节，电嘱姊海拜母，台禁又一噩耗；《快报》彩色全版"家居廊"刊我黄金屋访稿。十日：方生电，通长电，方误以为我未出全力协之，难过；香港艺术家名录刊我图文中英资料。

【第柒章】

一趟受诅咒的劫法场

不动

如山

笑，才不会让人知道他的虚实。

王小石仍拉紧了弩，搭好了箭，瞄准着蔡京。

这次是他和蔡京的第二次会面。

不，对峙。

他整个人都不动如山。

但那是活火山。

——一座随时一爆即炸、一发不可收拾的山。

蔡京望向王小石的人，看着他手上的弓，盯住弓上的箭，他的脚有点发凉，头皮也开始发麻。

他还觉得呼吸很促，胸口很翳闷，极不舒服。

可能是喝了酒的关系吧？最可怕的，也最直接的因由，是因为要他面对着这三支在屋里也闪闪发亮随时会钉入他胸口的箭镞。

这是连"元帅"（元十三限）也不想、敢、愿意去面对的事物。

他开始感觉到笑不出来了。

可是这时候一定要笑。

笑，才不会让人知道他的虚实。

所以他在脸上仍挤出了笑容。

可是，这一笑，却笑出了心虚。

他自觉自己一定笑得很勉强的了，所以他立即说话：

——说话，有时候是最好的掩饰：沉默和说话，通常都是掩饰的两极。

"你这样弯弓搭箭，不累吗？"

王小石的回答只一个字，却比千语万言更令他惊心：

"累。"

因为慌张，所以他又主动劝说："既然累，何不放下？一放

下，你就不是我的敌人，而是我的朋友，高官、厚禄、权力名位金钱，都不少你的，更何况是你这等人才，我求之若渴呢！放下吧！"

王小石平静地道："我累，但我放不下。"

蔡京试探道："你只要放下，我保证这儿无人伤你，任你自出自入，平平安安，功名富贵，任你选择。"

王小石平实地道："不。"

蔡京强抑怒愤："那你想怎样，要什么？"

王小石道："我来冒这个险，要的当然不是自己的功名富贵，而是要我的朋友都活得平安自在。"

蔡京道："你是说……"

王小石道："菜市口、破板门。"

蔡京："你是要他们——"

王小石："停止攻袭，让他们回去，保留'风雨楼'及京师武林人物的安全和自由，放掉唐宝牛和方恨少。"

蔡："唐宝牛和方恨少是皇上下旨要处斩的钦犯，决不可轻纵。"

王："你这次的目的志不在杀方恨少、唐宝牛，你是意在废掉在京华里所有白道武林的实力，和毁掉与你对抗的黑道势力。问题是：你自己的性命重要，还是你今天的行动重要些？你自己衡量。"

蔡京冷笑："你是在威胁我？枉你是大侠身份，还作为京里第一大帮会'金风细雨楼'的首领，却是这般卑劣手段！"

王小石一笑："我？大侠？谢了。我是一向以恶制恶，以暴易暴，待善以善，将计就计的人。对付你，我得跟你一样卑鄙。"

蔡京慨然长叹道："万山不许一溪奔，拦得溪声日夜喧；到得前头山脚尽，堂前溪水出前村——王小石，我们防着你、盯着你、禁制着你，到底仍拦你不住。"

王小石听了这句话，也很有感动，脱口道："能在此时此境，有此感慨启悟的，果然不愧当朝第一人。只不过，菜市口和破板门的同道已岌岌可危，我可不能久候你的细虑了。"

蔡京深思地道："这等大事，我得要请示皇上——"

"不。"

王小石截道："你决定得了，也阻止得来——要不然，我，累了……"

然后他一双深邃明目紧盯着蔡京，说："我也是人。我一样会累。我累了之后，只好放手了……"

蔡京凝视着他，只觉一颗心往下沉。

（王小石的箭，他避得了吗？）

（王小石的攻击，他手上的人能制得住吗？）

（太阳神箭的威力有多大？王小石的"伤心小箭"配合追日神箭和射日神弩，杀伤力有多大？）

（想到王小石那一手石子，他连心都凉冷了。）

（看到王小石那坚决的眼神，他的心快凝成了冰。）

（他该不该下令停止伏袭？）

（要是他下令停止一切计划，王小石还会不会杀他？）

（他，避不避得了王小石的箭？）

王小石的弓引满、矢未发，但他的"心箭"已发出了：

他已"伤"了当朝一代权相蔡京的心。

信心。

（可是，王小石自己呢？）

（他是不是真的那么定？）

（在四周如叶神油、一爷、"天下第七"等强敌环伺下，就算蔡京立即下令终止伏杀京里武林正义之士，但他自己的安危呢？）

（他能活着出这儿吗？）

（——抑或是：他根本没准备再活着出去？）

王小石依旧弯弓、搭箭，瞄准蔡京，手和尖矢，稳如磐石。

他的人不动若山。

——他的心呢？也一样地坚如铁石吗？

蔡京布下两个局。

他下令在菜市口处杀方恨少、唐宝牛是假，在破板门将二人斩首倒是千真万确的。

但他的意在将京城里的敌对武林势力一网打尽，并让他们（至少牵连"有桥集团"派系）互相残杀。

不过，他的真正用意，还是趁此设局除掉王小石。

然而，王小石和"风雨楼""天机组""发梦二党""连云寨"的高手们，却将计就计，分作两批人马，分别在破板门和菜市口力救唐宝牛和方恨少。

其实，他们最大的主力：还是放在王小石身上。

大家引开蔡京的注意力和身边的高手，王小石趁此直捣黄龙，闯入"别野别墅"（要是蔡京留在相爷府，就算王小石再大神通，也绝混不进去，但蔡京要直接指挥是次行动，就一定得坐镇在邻近菜市口与破板门之间的"别野别墅"，加上王小石处心积虑的部署，以及诸葛先生一早伏下的内应，王小石、梁阿牛、何小河便顺利地混了进去），直接盯死蔡京！

剩下来的，王小石有两条路：

一、乘此大好良机，杀了蔡京。

二、威胁蔡京，放了唐宝牛和方恨少，也免了对京城群雄的追究办罪。

不过，对王小石而言，这两条路都不是"活路"。

——就算杀了蔡京，在面对一爷、叶神油、"天下第七"等强敌联手下，王小石实无活命之机。

——蔡京就算放了方恨少、唐宝牛，但能够放过他么？

他已骑在虎背上。

面对蔡京，而蔡京的性命就在他手指一放的利箭下可死可生，他不由得因奋亢和刺激而致全身轻颤。

杀蔡京，这是名动天下的事。

杀蔡相，这是不世之功德。

杀了蔡京，这是一件改写历史的事……

——是就这样一放手、就放箭，杀死这为患社稷、颠覆天下的权相蔡京呢，还是忍辱负重，为大局着想，只威胁蔡京放了方恨少、唐宝牛，要他也免去武林中各路英雄的罪名，让京师有一阵平静日子再说？

你说呢？

第贰回

我已不支

是侠义之士好男儿，就不可以抢天呼地要人救命央人饶！

方应看说："你真的认为我们不该出手收拾这干狂徒？"

米苍穹眯着眼，仿佛要仔细推究出这个平时深沉难见底蕴，可是今日变得焦躁难耐的年轻人，竟会如此沉不住气的原因来。

是以，他反而好整以暇地问："在过去一二十年京师武林势力的形势，小侯爷一向了如指掌，大概不必由我来置喙了吧。"

方应看一笑哂道："'迷天七圣盟'？'金风细雨楼'？'六分半堂'？他们鼎足而立的岁月，都已过时了！关七失踪之后，'迷天盟'名存实亡；而'六分半堂'跟'金风细雨楼'争雄斗胜的结果是：雷损死，苏梦枕殁，连白愁飞也玩完了，双方俱元气大伤，反而是我们'有桥集团'的人保留了实力。"

米苍穹道："说得好。因而，原本倾向对金兵辽贼求饶派的'迷天盟'，已烟消云散，部分已转入地下，不敢露面，主和派的'六分半堂'，一时还翻不了身，更忙着跟力战派的'金风细雨楼'对垒。这一来，京师的武林势力重新整合。你试想一想，以前，蔡京能一手控制主和及求饶两派的势力，而今，王小石领导下的'金风细雨楼'和'象鼻塔'，加上已有实力跟'六分半堂'对峙的'发梦二党'的大力支持，这'新三国'的对立局面，显然对'金风细雨楼'有利……然而，白愁飞一死，蔡京就纵控不了'风雨楼'了，你想，他能安心吗？京师武林的势力，一旦全面结合起来，草木皆兵，就算东京路二十万禁军戍卫，只怕也拦挡不住哩。"

说着，他又呛咳了起来。

"不过，"方应看微傲轻慢地道，"我们'有桥集团'在诸侯将官和商贾财阀间建立和结合的势力，也已成熟了，蔡京当然不会忽略掉我们的实力。"

"他就是不敢小看咱们的势力。"米苍穹在剧烈的呛咳中感觉到那只犹如来自洪荒的古兽又迫近眉睫了，所以语音也燥烈躁急了起来，"他很明白'六分半堂'目前算是囊括了京里的黑道武林势力，但白道武林，则多依附'金风细雨楼'；市井豪杰，多是'发梦二党'人马——两派一旦合并，力量势莫能当。他更明白咱们力量虽也壮大，但绝不完全任其调度，所以，他今天设计这一场受诅咒的劫法场，目的至少便有三个——"

"第一个当然是要借此消灭掉京里武林中对抗他的力量；"方应看接道且反问，"第二个是要趁此除去王小石——但第三个呢？"

米公公发现这公子哥儿再焦躁，但对有用的话和有用的知识，他仍是如长鲸吸水般全吸收进去。

"第三个？"米苍穹叹道，"他要把我们也扯下水里，或露个底成为跟官家敌对的派系，打成反派，永不起来；或使我们直接跟劫法场的群豪结下血海深仇，水深火热，再也不能置身事外。"

他强抑胸口的一阵翳闷、搐痛，徐抬眼皮，道："所以，咱们能不插手、能不出手，就尽可能不下杀手好了。"

方应看蹙着秀眉，似寻思了半晌，低声冷哼道："不过，就算出手、下杀手，也一样能有好处，会有方法的。"

"哦？"米苍穹这下不明白这方小侯爷的心意了，"你是指……"

方应看目中神光乍现，一向清澈明净的眼眸，竟惊起了三分夭毒四分杀意。

米苍穹不知怎的，为这美艳而狂乱的眼神而心口啵地一跳，心口的血脉好像给人在内里用力拉紧了一下，当即有呕吐的感觉。

却见场中来救人的，已知他们要的人不在这儿，只求速退，杀出重围。

可是包围的人也非常地多。

且不肯网开一面。

于是，两边人马杀将起来。

其中，"天机组"的人对"有桥集团"和蔡京人马作出了反包围，用意十分明显，兵法也相当森明：

——你们不放我们的人走，那么，我们就来个里应外合，让你们里外受敌，反而把你们一网打尽！

严格来说，"天机组"的人并不算是京师里的武林势力。这组人马向与强权、贪官、土豪、劣绅作对，当年也做过为国杀敌的功业。他们由人称"爸爹"（即"龙头"）的张三爸领导之下，数仆数起，屡败屡战，势力已延及全国各省，还渗透敌疆内部。他们在京里当然也屯有强大势力。他们的龙头因曾受过名捕铁手少年时的恩情，这次的事，"四大名捕"不便出手，张三爸知其深意，便自告奋勇，亲自率领部下，以支援自己义子张炭（他已成为"金风细雨楼"的中坚人物）的名义，来参与劫法场的一役。

"风雨楼"派系的人，一旦与"天机组"猛将"大口飞耙"梁小悲、"灯火金刚"陈笑、"一气成河"何大愤、"小解鬼手"蔡老择、"萧仙"张一女、"神龙见首"罗小豆等人结合起来，如虎添翼，加上温宝和唐七昧一出手便格杀了欧阳意意和祥哥儿，更是鼓舞士气，索性来个背腹夹攻，要把"兵捉贼"反成"贼杀兵"！

何大愤、陈笑、梁小悲、罗小豆、蔡老择、张一女连同张炭，在左冲右突、前后冲杀了一阵之后，终于对上了"八大刀王"：习炼天、孟空空、萧白、萧煞、苗八方、彭尖、兆兰容、蔡小头。

"八大刀王"原跟"温门十石"缠战，但后来那十虎将却给"捧派"何怒七，"突派"段断虎以及任劳、任怨接应了过去，八名刀王便对上了"天机组"好手。

他们立即"捉对"厮杀了起来：只不过，说"捉对"，也不全是"对"得上，因为"八大刀王"还是比对方多了一人！

开始的时候，是信阳萧煞襄阳萧白合攻张炭。

张炭右手托着十六只碗，串在一起，有时飞掷一二只，既是武器，也是他的暗器，而左手却施"反反神功"，抵住两人攻势。

不过，这两个人，却不止于两种刀法。

至少有三种。

萧煞的刀法是"大开天"和"小辟地"：大开天刀法刀刀大开大阖，小辟地刀法则刀刀稳打稳扎，一人运使二刀，也一人施展两种刀法，张炭等同跟三名刀客三把刀作战。

不过缠战下去，张炭最感吃力的，不是萧煞的双刀，而是来自萧煞的胞弟萧白的刀。

萧白的刀法叫"七十一家亲"。

他的刀没有杀气。

反而让人亲近。

但这正是他的可怕之处：

你若是跟一把这样的刀亲昵，那只有送命一途。

更可怕的是：所谓"七十一家亲"，是来自他曾参详过天下武林各门各派、世上江湖各师各法的刀法，然后才创研出这样一套兼容并蓄七十一家刀派之精华的刀法来！

于是，张炭跟他作战，形同跟七十一名刀手苦斗。

不。

不止。

是七十三路：

有两路刀法，是来自他胞兄：萧煞的刀法。

不管开天还是辟地，萧煞的刀法都有一个共同的特色：

他每一刀都很肃杀。

张炭觉得自己快倒霉了。

（我已不支……）

他本盼望同门来救，但发现不管罗、梁、何、张、陈、蔡等，以一战一，对付另六名刀王，都感吃力。

（谁都腾不出来相援手！）

他觉得头皮发麻。

（萧煞的大开天刀法已削去他一大片头发！）

他也感觉到脚心发寒。

（萧煞的小辟地刀已削掉他左足的鞋底，差一点他连脚踝也断送在这菜市口了！）

他更感觉到刀光十分亲密！

（当萧白的刀跟你有亲的时候，那就等于说：你的命已跟自己有仇了！）

他拼力应战。

但已穷于应付。

（救命啊！）

张炭只忿忿：这真是一场活该诅咒的劫法场！

——连兄弟都没见着，自己的性命却快断送在这儿了！

他想大叫救命，但只能在心里狂喊。

谁叫他是侠士？他是好汉？

是侠义之士好男儿，就不可以呼天抢地要人救命讨人饶——可不是吗？也许更重要的理由是：就算喊了，大家正打得如火如荼、生死两忘，谁来救他一命？他又救得了谁的命？

第叁回 不羁的刀尖

——有些人天生是创造的，建设的，有些则不。

他虽没喊出声来的"救命",谁知还是让一人给听到了。

这人长身而至。

猱身而入。

这人竟全身没入萧煞和萧白所振起的刀光里。

但他本身并没有给刀光绞碎。

完全没有:刀光再盛,连一片衣裤也削他不着!

反而是刀光、刀势和刀意,全因他的闯入而停顿了下来。

会有这种情形,只有两个可能:

一、闯入者是自己人,萧氏兄弟一见便住了手。

二、是敌人太强,一出手便使两人动不了手。

——在这儿,跟自己同一阵线的,有这等超卓武功的,是谁?

张炭不必细想:

人已呼之欲出!

还会有谁!

当然只有他的义父:"天机组"里的龙头张三爸了!

张三爸一加入战团,就弹出他的"封神指"。

"封神指"法甚诡:

他以拇指穿过无名、中指指缝,而发出受尽压抑依然一枝独

秀的凌厉指劲。

萧白一见来势,立即挥刀斫向张三爸的手。

——斫断了手,就不怕他的指了。

萧煞更直接,他一见敌,立即扬刀砍敌。

——只要杀了敌,还怕他什么绝招!

不过，年迈的张三爸，却发出了一声断喝、一阵长啸。

他断喝声中，向萧白叱道："打你气海穴！"

他只嘴里说要打，但跟萧白还有一段距离，萧白虽给这一喝，惊了一惊，但自度仍可在对手指劲近他三尺前已把其臂斩于刀下。

只不过，张三爸一声吆喝，萧白只觉气海有急流一冲，神散志懈，真气激走，张三爸竟指风未至指意已到，萧白一时手足酥麻，竟似活将自己脐腰大穴任由对方封制一般！

说也奇怪，他的刀法也阵势大乱。

刀尖也不羁了起来。

无法纵控。

同一时间，张三爸那一声尖啸，向萧煞咆哮道："攻你翳风穴！"

萧煞也初不以为意。

他以为先砍掉对方的头，敌人还用什么来制自己的穴道？

他的刀法一紧，但觉耳际"轰"的一声，一时竟似聋了一样，耳孔还渗出了血水来！

这一震之下，他惊觉自己身上的穴道竟似呼应"爸爹"的呼喝般的，还迎了上去，任由对方钳制！

他登时心神大乱。

手足无措。

刀法也破绽百出了起来。

在这刹瞬之间，张三爸要手刃这对刀法名家兄弟，可谓易如反掌。

但他并没那么做。

多年在江湖上行走的阅历，加上数起数落的成败得失，令他无意再多造杀孽。

他反而忽然收了手。

也收了指。

只轻轻地说了一句："念你们成名不易，几经苦练，刀法算是自成一格，滚吧，别再替奸相还是阉贼为虎作伥了。"

萧煞萧白，都住了手。

一脸惭然。

张三爸不为已甚，转身专神地去调度人力，冲击敌人阵势。

却不料——

萧氏兄弟又动了手。

出了刀。

却不是向张三爸——

而是……

张三爸对萧氏二刀放了一马，按照道理，萧氏兄弟也不想立即以怨报德。

可是，他们却忌畏一件事物：

眼睛。

那是方应看在人群里盯住他们的眼睛。

这双眼冷、狠而怨毒。

他们更怕的当然不是这对眼睛，而是这双眼的主人。

他们在刹那间明白而且体悟：

如果他们就让张三爸"饶了命",而之后什么功也不曾立,只怕就算张三爸放了他们,他们在京城里也混不下饭吃,在"有桥集团"里更抬不起头来做人。

所以,他们只好要立即做些"立功"的事:至少,得要让方小侯爷转怒为喜。

他们急于立功,于是眼前就有一个。

所以"小解鬼手"蔡老择便遭了殃。

蔡老择敌住的是"八方藏龙刀"苗八方。

苗八方眼观六路,耳听八方,而他的刀,更是以守为攻,刀中藏刀,而藏刀中更有小小刀。

是以,敌人不仅要应付他诡异的刀法,还要应付他诡秘的刀、刀中刀、刀里的刀。

可惜他遇上的是:

蔡老择。

蔡老择不是样样都强,却是有一样最强:他最能瓦解、解构、破坏对方的兵器。

——"黑面蔡家",本就是打造兵器的世家。

像"火孩儿"蔡水择,便是属于"黑面蔡"打造兵器那一系的;而他,则属于破坏武器的那一脉。

——有些人天生是创造的、建设的,有些人则不。

他们许或对创意、无中生有没有建树,但却善于破坏、仿造,或解构原本已建立了的事物。

蔡老择显然就是这样的人,而且还是个中好手、个中老手。

他或许不是天性如此，但却精擅此道。

他认准了苗八方的攻势。

认准了，一切就好办了。

他三次空手入白刃，但苗八方把刀舞得滴水不透，蔡老择三遭均无功而退。

有一次还吃了刀，挂了彩。

既见敌手淌了血，苗八方自不放过这大好契机。

他反守为攻，乘胜追击，斫下敌人的头颅！

他这一刀，势所必杀。

就算对手接得下他这一刀，也断料不到他刀中有刀。

纵使敌人把刀中刀也接下了，他的刀中刀还藏有刀里刀，所以他向来惯守少攻，一旦发动攻袭，很少人能在他刀下幸存的。

他腾身而上。

刀攻蔡老择，取其性命。

可惜。

可惜的是——

第肆回

你不是我

看一个人，当然不应只看他的外表——
可惜世人看人，常只看对方的外表，盖因
外表最易看也。

朝天一棍·第壹篇 他的掌·第柒章 一趟受诅咒的劫法场

可惜的不是他遇上蔡老择。

而是他的刀中刀和刀中刀里刀却忽然一齐不能发挥。

原因?

因为刀中已无刀,刀里又何尝还有刀呢?

苗八方发现已迟。

他的刀势已出。

但他刀中藏刀全不见了——蔡老择那三次近身抢攻,原来不是要夺他手中刀,而是旨在破坏了他刀中刀、刀里刀的机栝。

他已断绝了后头。

但他虽没了后路,却仍有杀手锏。

他的杀手锏是他的藏刀。

这回他的刀不是藏在他的刀里、袖里、靴里或哪里,而是藏在——

他的笑容里!

他的"八方风雨刀",虽然真的可以把八方风雨舞于一刀中,也可以尽教八方雄豪丧于一刀下,更可以把八方敌人格杀于一刀之间,只不过,他的刀,其实并不长大。

他的刀是气势够大。

他的刀中刀,当然是比原来的刀更短更小了。

至于刀中刀里刀,就更短小,只不过五寸来长的一把。

但最小的刀,却不在他手上。

而在他的脸上:

口中。

他的脸非常朴直。

—— 一种近似三代务农的那种淳朴脸孔。

只不过，看一个人，当然不应只看他的外表——可惜世人看人，常只看对方的外表，盖因外表最易看也。

苗八方有一张十分朴实的脸，但他显然不是个朴直的人。

他很少笑。

他的脸相常看去像历尽沧桑，蕴藏着操劳的苦辛。

这种人当然很少笑，也很少事情是值得他笑了。

而今他却笑了。

突然而笑。

他是为杀人而笑的！

他一笑，霍的一声，一道白光，小小小小小小的白光，白牙缝间急打而出，直攻蔡老择！

蔡老择分解了苗八方的刀，他可没法即时分解得了苗八方的笑里藏刀。

这一下，突如其来，白光一闪，哧地一闪，已至面门！

蔡老择反应再快，要躲，也躲不开去；要避，也绝避不了了；要挡，也挡不及；要接，更接不来。

但他却在这时候做了一事，以及不做一件事。

先说不做的事。

他不做的事是：

他不动、不闪、不躲，甚至连眼也不眨。

在这时候，性命交攸，生死关头，能不慌、不乱、不惊、不动的人，绝无仅有。

蔡老择也不光是什么也不做。

他做了一件事：

他一张口，就咬住了那道白光！

然后他一伸手，手从苗八方刀中夺来的一中、一小两把刀，一齐递入了苗八方的左右胁里去！

他竟以其人之道还治其身！

他对付苗八方"笑里藏刀"的方法居然是：

他一张口，用牙齿咬住了苗八方张嘴自齿间吐出的那口小飞刀！

苗八方一连中了两刀——自己的两刀——一时之间，仍惊愕甚于伤痛，惨然道：

"……你不知我……又何以能破我的'藏刀'……？！"

蔡老择回答了。

他回答的方式是：

又一张口，白芒即回打入苗八方的额头上。

苗八方双眼暴睁，但一时犹未断气，只听杀他的人这样说：

"——你不是我，又怎么知道我破不了你的绝招？"

但后面那句话还没来得及理悟，他便拼了最后一口气，扑了过去：

"世上没有破不了的绝招。所谓绝招，只不过是敌人不知道你会用的招式。但世间没有用过的招式已很少很少了，而你自己也曾用过的招式便一定会有人知道，算不了什么绝招。"

苗八方临终的时候，眼神里的急怒，已转成了欣慰。

只不过，蔡老择跟任何人一样，胜利的时候（尤其是艰辛苦斗才换取的胜利）未免都有点沾沾自喜、洋洋自得。

所以他忙着说道理。

忘了危险。

直至他瞥见了苗八方濒死前的眼神：

他才感觉到有人向他逼近。

敌人。

大敌。

而且不止是一个。

两名。

遇上萧氏兄弟这种强敌，一个已经足够，一人已难以应付。

蔡老择立即要回身应敌。

但苗八方已扑了过来。

蔡老择双肘立即撞碎了他所有的肋骨。

不过，这对苗八方而言，已不构成任何杀伤力。

因他已然气绝。

他虽已死，但仍扑了过去，双手且死命出力地箍住了蔡老择。

蔡老择猛挣。

一时不脱。

第伍回 我不是你

有的人纵是恶人也招惹不起的。

一时脱不了身，这就足够了。

就算是一霎间挣脱不了，眼前有萧白、萧煞这样的大敌，也足以致命了。

何况萧煞、萧白这次不仅止于志在立功，还是急于求功补过！

——张三爸对他们饶而不杀，因而触怒了他们的主人方应看，他们如没有即时的表现，只怕都没有好下场！

狗通主人性，更何况是一向聪明知机的萧氏兄弟：他们非常了解方小侯爷外面温顺谦恭但内里迥然大异的性情。

他们可不想招惹。

——有的人纵是恶人也招惹不起的。

所以他们马上要立功。

立功的最直接方式就是杀敌：

蔡老择刚好杀了苗八方，他们就立即扑杀蔡老择——当然更不会俟他稍为回气定过神来！

无疑，对蔡老择而言，未免是得意得太早一些了！

当他发现萧煞双刀向他斫来的时候，他已无从抵挡。

甚至连他一向在江湖上给誉为"神来之手，鬼附之指"也不及施展。

萧煞双刀攻势，不但绝、妙，且狠而刁钻。

他不是直接斫向蔡老择。

而是斩向苗八方。

刀锋先行切断苗八方身体，再剁向蔡老择，俟蔡老择发觉他的攻袭时，一切反应都已太迟。

偏偏他不是攻向蔡老择的要穴。

蔡老择一时还摸不定对方来势，于是掌封八门，步拧八卦，随时及时护住身上各大要害！

萧煞却只砍向手和脚。

左手。

右脚。

脚断。

臂落。

血迸溅。

蔡老择确不是省油的灯，他断了一脚一臂，但另一只手却抓住了萧煞的"开天刀"，仍一脚踹飞了萧煞的另一把"辟地刀"。

萧煞顿时两刀尽失。

可惜萧煞之外，还有萧白。

萧煞只是去伤害人，萧白才是要命的。

他的刀及时而发，在蔡老择身上一处"亲"了一"亲"。

脖子。

——于是蔡老择马上就身首异处。

说也凑巧，只在一日之间，"黑面蔡家"在京里的两名重要人物：蔡水择和蔡老择，分别都死于城里的"金风细雨楼"和菜市口。

"兵器坊"的蔡家连失此二大高手，使得他们日后更加速加倍地作出了因应这等损失的决定。

这是后话不提。

一
九
六

朝天一棍 · 第壹篇 他的掌 · 第柒章 一趟受诅咒的劫法场

蔡老择一死，最气的是张三爸。

他因一念之仁，放过了信阳萧煞和襄阳萧白，爱才之心固然有，但主要的还是不想多造杀孽，何况"天机组"跟这萧氏兄弟没有什么过节，所谓"能结千人好，莫结一人仇"，张三爸也情知萧氏二刀是因受命于方应看和米有桥（苍穹）才致为敌的，彼此之间原就没有大不了的怨隙。

所以他才放了他们一马。

没料却因而折损了一名大将。

是以他最悲愤莫名。

他一手打退身前身后六名敌人，快步跨前，在萧煞、萧白得手退却（意欲回到阵中）之前，他已截住了他们。

别看张三爸已年纪老大，他这几步才跨出，迫人气势，排山倒海，汹涌而出，"快步风雷"，更名不虚传。

萧氏双雄，一旦得手，杀了蔡老择，既讨了彩头，本要退却，但张三爸一开步，便慑住了他们，他们反而退不得，进不了，只好硬着头皮应战。

他们自己也明白，就凭他们，绝非张三爸之敌。他们就是深透地明了了这一点，这才糟糕。

——因为明知打不过，哪还有斗志可言？

不过，萧煞、萧白，两萧三刀，能够跻身于当世"八大刀王"之中，非同泛泛，也绝不是浪得虚名之辈。

他们便在这时候，忽然做了一件事：

他们突然挥刀。

他们竟互相砍了对方一刀。

血光暴现！

一向温文有礼，且具亲和力的萧白，因这一刀而吃痛，也因此逼出了杀性！

向来高傲跋扈，出手向不留余地的萧煞，更因而逼出了斗志！

两人不退反进，不馁反悍，二人三刀，斫向张三爸，刀刀要命，也刀刀致命！

张三爸这回是杀红了眼。

他也觉得师弟蔡老择等于是他亲手害死的。

他没有回避。

他反而迎上了刀光。

眼看萧煞的"大开天"刀就要砍着张三爸的脖子，可是张三爸的头颅，忽而像断了颈筋似的，歪了一歪。

那一刀，就只差毫厘，便砍他不着。

萧煞见差这毫厘，就能得手，怎可放弃？何况他知道萧白力敌住张三爸的攻势，他说什么也要将这"天机组"的龙头斩之于刀下。

所以，他的刀再遽递半尺！

他就看张三爸能怎么退？！

另外，他那"小辟地"刀也同时追击，一刀拦腰砍向张三爸！

张三爸的身形却是一扭，像浑没了脊骨的蛇一般，居然仍险险地躲过了这一刀！

所谓"险险"，是这一刀明明要砍着张三爸的腰眼之际，却就那么相差寸余，便使他砍了个空！

高手对敌，怎可砍空！

　　萧煞把心一横，一不做，二不休，三不回头，他把"小辟地刀"再往前一送，矢志要：就算没能把张三爸拦腰砍成两截，他至少也要在对方肚子里捅一个血洞！

　　他就看张三爸怎么躲！

　　在另一边的萧白，也心同此理。

　　他的刀认准张三爸的背门，就"亲"了过去，眼看要着，张三爷却忽而踹了一脚过来，萧白只得一侧身，躲开这一踢，但那一刀只差了一点，便可刺入张三爸的背里去了！

　　——只差那么"一点"！

　　真可恨！

　　所以萧白不甘心。

　　他全身一展，手臂一舒，刀意一伸，就要趁这一展之间，要把张三爸扎个透明大窟窿才甘休！

　　是以，张三爸要同时面对三刀之危！

　　一刀比一刀危险！

　　一刀比一刀要命！

　　一刀比一刀狠！

　　所以给要了命的是：

　　萧氏兄弟！

　　张三爸就在那刹瞬之间，也不知怎的，脚步一错，竟能在电光石火间扭了开去！

　　是以，萧氏兄弟，三刀都不能命中！

　　三刀都砍不着，但却不是砍了个空！

张三爸这一"失了踪",两人志在必得,全力以赴,收手不及,变成三刀各相互砍在一起!

于是,萧白的刀"亲"上了萧煞的"小辟地"之刀,而萧煞的"大开天"之刀,一刀斫向萧白的头颅。

萧白也反应奇急,百忙中把头一拧,萧煞这一刀,只砍在他的左肩上,登时砍断了胛骨,鲜血汹涌而出。

不过萧煞也同样不好过。

他的刀虽然杀力十足、威力无边,但一旦遇上了萧白那把以柔制刚文文静静的刀,竟立即给绞碎了,萧白那一刀,刀势未尽,哧地刺入他的小腹里,顿时鲜血长流。

张三爸以"反反神功",使出"反反神步",使二萧互伤,他这次再不仁慈,立即把握时机,攻出了左右"封神指"。

他这次的"封神指",仍是拇指自无名、中指夹紧凸出,但既没指劲,也没指风。

他的手指,忽然变成了武器。

至刚极硬的武器。

"哧"的一声,他的左指插入了萧煞的咽喉。

"噗"的一响,他的右指刺入了萧白的胸口。

这两指,立时要了萧白和萧煞的命。

这一下,也登时使方应看红了眼。

——效忠于他的"八大刀王",一下子,"藏龙刀"苗八方死了,信阳萧煞死了,襄阳萧白也死了:就只剩下五名刀王了!

这还得了!

是以，方应看似再也不能沉住气了。

他已忍无可忍。

他身形一动，就要拔剑而出。

他腰畔的剑也蓦地红了起来。

隔着鞘，依然可见那鲜血流动似的烈红光芒！

他正要拔剑而出，却听米苍穹长叹了一声："如果真要出手——让我出手吧！"

米苍穹一见连折三名刀王，就知道这回可不能再袖手了。

——那是自己人，死的不再是蔡京那方面的心腹了！

方应看按剑睨视着他："你不是说不动手的吗？"

米苍穹无奈地苦笑道："这也是情非得已，到这地步，我还能不出手吗？再这样下去，外人倒要欺'有桥集团'无人了！"

方应看却道："能。"

米苍穹倒是怔了怔。

"你不必出手，"方应看天真地道，"我出手便可！"

米苍穹惨笑了起来，连银发白眉，一下子也似陈旧了一些：

"你才是集团里的首领，怎能随便出手？得罪人、杀敌的事，万不得已，也绝不该由你动手。如果我们两人中必须要有一个人动手，那么，让我来吧。"

他长吸了一口气：

"毕竟，我不是你。"

然后他大喝了一声：

"棍来！"

他一喝，棍就来了。

马上就来。

米苍穹终于要亲自出手了！

　　稿于一九九三年五月十一日："乌蝇炆牛屎"发烂渣。十二日：方电察觉阿细似"出事"，我不以为意，信心依然。十三日：P危全幸免度过；毒瘤全消，意外奇迹；巨款汇至；搜购"破壁而入""绿彩太空船""海底飞针""寂寞高手""天下有雪""玫瑰三角""玉中宝""佛彩""三角行星""介石"等珍品。十四日：新水晶布阵；购得紫水晶巨型母体；"无敌小宝宝"二荪宝；新VA政策。十五日：晨星版税已汇出；宋寂然于《年青人周报》评论"说英雄·谁是英雄"系列；倩变梁生事；大翻身。十六日：购得"太极"；乌灯黑火XW。十七日：悉另笔款项已汇到培新处；心碎；右白齿隐疾出奇好转；遇曼玉。

　　校于同年五月十八日：VV危机加剧；铭民汇款至；褕自德国入电：《武魂》依然连载《凄惨的刀口》。十九日：情真到头大悲收场；断情日；哀莫此甚。二十日：FB起意；《新生活报》要访我大陆讯息及转载《快报》专访；颖勤国际来函要合作在深圳出书。中国友谊的牛震要"四大名捕超新派系列"版权。廿一日：极度沮丧、心死时期；台湾大苹果国际版权公司来传真洽谈在大陆推出我"四大名捕"系列事；何必由我联系陈永成、郭崇乐谈我大陆出版事。廿二日：达明王来电作经济支持我全力续写"说英雄"系列；深圳"海天"有版税将至；何梁往"雅兰"洽谈版权事；"无敌小宝宝"易名"大吉""大利"，情非得已的明智决定；至爱置我生死于无视，可怖复可哀；罗维兄仍热烈希望为我作品"做点事"。廿三日：SW隐忧过去，大喜；续修佛门念力气功；梁何约谈郭先生在大陆出版我书事；始动意以赴神州行。廿四日：生死不理，情以何伤；知北上大有可行；恩断义绝，此等作为，亲痛仇快，情以何堪。廿五日：喊餐死，悲莫抑，决裂已无可避免；中国行，无挂碍；苦守至此，终告知音绝情事。

修订于一九九四年十一月八至十日：依兰重出江湖；渡KIN劫，险过剃头；方凡、陈芳来信评我作品，佳妙；何首乌寻获"中华文化"＋"知识与生活"报道上海"温瑞安武侠小说热"一事；D新咭至，无限额／决赴沪／奉接师尊手谕、祝祷及灵咒加持／"四度空间"创刊邀为编委；狂风扫落叶M；中华版权暴淑艳代苏斌邀出版作品。

第壹回 我已非当年十七岁

"假如我是刚出来走江湖的，你这番话，我或许会相信你。假使我今天才刚入京，你的话，我或许会动心。可惜我已非当年十七岁。"

"放下你的箭，王小石！"叶神油在背后咆哮道，"有种的转过身来，跟我决一死战！"

王小石笑了一笑。

他的反应只是笑。

牙齿又圆又白，像一颗颗打磨得匀圆的小石头。

"放下箭吧，王小石。"一爷语音十分恳切，"我知道你是一个很正直的人。你才不会自背后猝袭暗算相爷的，是不是？"

王小石笑了："我们现在可是面对面的，你们人多我们人少，我们还身陷在你们高人满布、好手遍伏的府邸里，我可没有暗算他。"

蔡京觉得自己的汗湿重衫：他维持这样的姿势，已好一段时间了，却不知正张弓搭箭的王小石，会不会比他更累？

所以他立即有话快说："放下吧，小石头。我也知道你是一个很傲的人。你这就放下弓、松了箭，我答应让你当京城武林总盟主，你要把天下武林引向正路跑，我由你，二十万禁军、七万近卫、三万大内高手，全任你调度如何？"

王小石这回又叹了一声，道："假如我是刚出来走江湖的，你这番话，我或许会相信你。假使我今天才刚入京，你的话，我或许会动心。可惜我已非当年十七岁。我现在的要求只是：一、马上放了唐宝牛和方恨少；二、对今次劫法场事概不追究。只有这两件事。不过，我要你马上下令；令达人释后，我才放下我的弓和箭。记住，我早已不是十七岁那种年纪的人。"

蔡京嗫嚅道："我怎知道一旦把人放了，你还会不会依约放下弓箭？不如……"

王小石已不想多说："你就再耗着试试吧，反正，我已很累

了，很累很累很累……办好这件事，只怕还得要耗费好些时候，万一我手一软、指一酸，那么，这箭就要射出去。"

蔡京又用舌尖一舐鼻头上的汗珠（他的舌头倒颇长），毅然道："好，我就叫人去放了唐宝牛、方恨少，并下令不去追究今天的事——可是，往来破板门、菜市口费时，我可不担保一定赶得及。那时候，你可别怪到我头上，因而反悔……"

王小石眼神一亮，截道："来得及的，只不过，你派你的手下去，我怎知道你的命令会不会是真的传达了？人是不是真的放掉了？——万一你只在这儿说说，却把各路弟兄杀的杀了，活的抓回来要挟我，那这桩生意我不是倒着蚀吗？"

蔡京狡猾地道："那你能怎样？总不能押着我过去吧？怕到得了时，那儿只剩下人头和血了。"

王小石比他更狡黠地笑道："——我有办法。"

蔡京诧道："这你也有办法？"

王小石反问："你要派两个亲信——至少你的部下全都相信他们的话就是你的命令，而且，你还要亲下手令。"

蔡京知道再无"讨价还价"余地："这个可以。"

他等对方说下去。

王小石果然接下去说："光是你的部属，我信不过，这两位，当随你的部下一起出发，旨在监督。"

他指的当然就是："用手走路"梁阿牛和"老天爷"何小河。

蔡京讶然道："你遣走了他们……你一个留在这儿？！"

——这里早有大军团团围布，敌手如云，王小石在此际居然还要把自己身边的人遣开办事，若不是大胆惊人，全没把相爷手下高人放在眼里，就是发了失心疯、猪油羊脂蒙了心了。

王小石笑而不答，反诘："你派谁去传令？"

蔡京沉吟一阵，即道："我派屈完和黎井塘……"

话未说完，王小石已截道："不行，他们还未足以担此重任……万一你在破板门和菜市口的部下不认账、不肯收手，我既救不了人，你也保不了命，可大家都没讨着了好，你最好换人！"

黎井塘气得脸都白了："王小石，你——！"

屈完更涨红了脸："——你别欺人太甚！"

蔡京一想也觉是，便道："我派我儿子儵儿、儵儿过去……"

王小石即截道："最好不止两人，以示分量。"

蔡京知王小石早已摸清了"别野别墅"内内外外的底子，一咬牙道："好，我把儵儿、儵儿也派去传命便是。"

王小石居然说："这还不够。"

蔡京怫然道："这还不满意？莫非你想借机遣走这儿的高手一爷、'天下第七'不成？那岂不是把我的安危置于绝境吗？这可不成！当我是好欺易诈的么！"

王小石正色道："当然不是。你要调度他们，我也不肯，我怎知你不是派这些一级高手去屠杀我的弟兄们的！"

蔡京愕然道："那你要我派遣什么人去？"

王小石一字一句地道："'四大名捕'。"

蔡京怔了一阵，这才恍悟：为啥今晨开始，"四大名捕"一直在自己别墅之前巡逡不去了！

王小石补充："我叫他们，是因为他们正直清廉。如果你只找你的心腹爪牙去下令停手放人，就算你的手下听令，我的兄弟也不见得就会罢手，是不？"

蔡京铁青脸色，到这地步，他才明白这布置有多周密，简直

是深谋远虑，而且对自己的计划和部署几乎了如指掌，他现在不明白的只有一点：

　　——一切都解决了之后，王小石却是如何活着出"别野别墅"！

　　王小石继续他的说明："我是潜进来之前才发现'四大名捕'就在外边的，想必是：他们要保护你免受伤害，才义务在门外守卫的吧？你可真够面子：'四大名捕'也给你当了护院！"

　　蔡京嘿嘿冷笑，反问："'四大名捕'可不必四人都赶这一趟路吧？总要留下两人来给你护法啊！"

　　王小石马上澄清："嗳，话别那么说，他们是捕快，我算什么？这会儿连你都给得罪了，我被逮便是死囚，拒捕就是钦犯，逃亡就是逃犯了。只不过，通知菜市口和破板门的事，就追命和冷血去好了，追命脚程快，冷血冲劲够。这件事，已急不容缓了。快下令吧！我的手已开始麻痹了。"

　　蔡京心有不忿，但王小石最末一句话，仍教他动魄惊心：

　　"好，好，好，你撑着，我也抵着。我马上就在这儿写一手谕，并传两个犬子、两位名捕来办这件事，这……你可放心了吧？"

　　随后他又忿忿地说："我知道了。我明白了。我了解了。原来是这么一回事。"

　　王小石没有问他所知道/明白/了解的是什么事。

　　他知道蔡京要说的，必然会说；若不说的，问他也没用。

　　果然蔡京喃喃自语道："这事……想必也煞费诸葛先生的心血了吧——"

第贰回

勇笑

温柔不戴面具，其实，她做事自觉光明磊落、直来直去，不需作何掩饰，虽属本性。

温柔不戴面具，其实，她做事自觉光明磊落、直来直去，不需作何掩饰，虽属本性，但对她这次而言，仍只次要。

重要的是：

她漂亮。

她不戴面具，因为她自觉面具画得再好，也比她的花容月貌丑。

而且还丑多了！

何况戴面具又很焗，她既怕弄坏她的绝世容貌，又生怕自己的花容月貌，在这次可留名青史的劫法场侠行义举里没得"露相"，那才是真的教她遗恨千年的事哩！

她在跟陈不丁、冯不八折返"回春堂"，一起包围"惊涛公子"吴其荣之前，却先救了两人——当然都是她温大姑娘的无意之间有心促成的。

她救的两人，说来也真凑巧：也是押来"破板门"斩首示众的。

要知道，在京里可以下令将人犯斩首的部门，可不止一个：天子高兴，可以着人在午门外枭首；相爷不高兴，可以下令把看不顺眼的人在菜市口斩首；同样地，刑部、衙里抓了罪大恶极、恶贯满盈的囚犯，也一样可押至这里那儿的砍头行刑。

问题是：对于"罪大恶极""恶贯满盈"的判别，因人的看法不同而已。

——一个官判的"恶人"，在平常百姓、大家的心目中，可能还是个大善人、大好人。

同样地，一个民间人人目为大恶霸、大坏蛋的恶人，在官方看来，反而可能是一个值得褒奖、堪获重任的良民殷商。

这种事，向来是有理说不清的——何况官家两张口，有理也轮不到你来说。

巧合的是，同时在"破板门"问斩的，是两师徒。

一般要犯则枭首于菜市口；在"破板门"砍头的，多是地痞流氓、杀人放火、奸淫掳掠、无恶不作之徒；在那"三不管""三教九流"会集之地行刑，主要是借此杀鸡儆猴，以儆效尤。

蔡京精心部署将方恨少、唐宝牛斩头一事，巨细无遗，声东击西，深谋远虑，赶尽杀绝，但他看得了大的，便遗漏了小事——反正也是无关重大的芝麻绿豆小事件：那刑部刚也判下了两个死囚，也正好在这时分在这地方砍脖子！

这可就遇上了！

这对师徒既没想到眼看就要人头落地了，但突然杀出救兵——而且还是一大堆、一大群、一大众的高手——前来相救，不，随后便弄了个清楚：

根本不是来救他们！

——而是救"隔离"的那一尊大块头和那个斯斯文文的书生！

那一股人可轰轰烈烈、热热闹闹，也砑砑杀杀、死死生生，但他们这一档子，可冷冷清清、安安静静的，毫无人管，也没人理会！

——竟连给他们主持行刑的官员和砑脑袋瓜子的刽子手，也不知一早就鸟兽散到哪儿去了！

幸亏是唐宝牛、方恨少处斩在先，当其时手起刀未落，各路英雄已经出手、下手，这一来，乱子可大了，那一干押这两师徒的官员哪敢再耗着等送命？全都脚底抹油朝远里溜去了。

不过，就算是这两师徒问斩在先，凭这小小两口囚犯，这些

押斩的官员还真不敢争先，只恐露面太早招非。

——敢情，连抄斩也分高低等级，处境不同，待遇也不一样；有些人坐牢，坐得天下皆知，人人为他喊冤、着急、申冤、抱屈，但有的人为同一事给关了起来，无人闻问，有冤无处诉，就算有日真的逃（或放）了出来，大家也漠不关心，甚至以为他（她）是冒充顶档，当作过街老鼠，人人喊打，活该之余，有的还多踩几脚，唯恐不置之死地呢！

是以生死荣辱，本就没什么重于泰山、轻若鸿毛的，问题只在人怎么看法：像方恨少、唐宝牛这般轰轰烈烈、兴师动众地押解他们受刑，已属风光至极了，至于隔开三四十尺外的师徒两个，就可没那么理直气壮的了。

温柔忒也多事。她本来也一心一意要救方、唐二人（她跟唐、方本就有极深厚——简直是"情深似海"——的交情），但见温梦成、朱小腰早已率一众兄弟连同"不丁不八"都出了手，看来方恨少、唐宝牛那两个活宝大致一时三刻还死不了，于是她就着眼也着手游目全场要找出还有没有更好玩的事儿来。

这一找，便发现那破板门残破的板墙外的废墟前，还有两个就缚屈膝待斩的人。

温柔出招，至少打走了七八名官兵和拦阻她的人——以她温大姑娘出手，要打倒这些"闲杂人等"，还不算什么难事。

况且，那对师徒没啥人理会——主角和主场，都在唐宝牛、方恨少那边！

温柔不理三七二十一、四七二十八，打了过去，一眼看见那一中年汉一少年人眼露哀求之色，再一眼便发现二人给点了穴道，她也不问来龙去脉，叱道：

"我来救你们!"

一脚踢开少年人的穴道。

少年人"噗"地跪了下去,居然在兵荒马乱中向她"咚咚咚"地叩了三个响头,大声道:

"女侠高姓大名?女侠貌美如仙,又宅心仁厚,真是天仙下凡,救得小子,敢情天赐良缘,请赐告芳名,好让小子生生世世、永志不忘!"

温柔听得高兴,见他傻憨,又会奉承自己,当下噗嗤一笑,调笑道:"我叫温柔。救你轻而易举,不必言谢,只要每年今日今朝,都记得我温柔女侠大恩大德便可!"

那小子死里逃生,本犹惊魂未定,但听得芳名,早已色授魂予,一迭声地说:"温柔?啊,真是丽质天生、天作之合、天造地设、举世无双。温柔,温柔,温柔,啊,没有比这名字更适合形容女侠仙子您了!"

温柔从来不拘小节,这小子这般说得肉麻,她也给人奉迎惯了,不觉唐突,只随便问了一句:

"傻小子你又叫什么名字?"

那小伙子一听,可乐开了,心里只道:她叫我"傻小子",她叫我傻小子,傻小子,傻小子……多亲昵啊,正要回答,却听那中年人愤然大喊:

"你……你这逆徒,只顾着去跟女人勾搭,不理师父了——?!"

温柔奇道:"他是你的师父?你为何不去救你师父?"

这少年搔头抓腮的,抓住中年汉拧扭了半天,只说:"都怪你!一味藏私,没教会我解穴法。"

转首跟温柔赧然道:"他嘛,确是我师父。我姓罗,字泊,天

涯漂泊的泊，很诗意是不是？号送汤，送君千里的送，固若金汤的汤，很文雅是不？人叫我……"

话未说完，他师父已大吼道："罗白乃，你还不救我？！"

罗白乃没了办法，只好撒手拧头向温柔求助："麻烦女侠高抬贵手，也解了师父他老人家的穴道……他可年纪大了，风湿骨痛，我怕万一有个什么不测的，我这当徒弟的也不体面嘛，我看……"

温柔听得好笑，心里暗忖：怎么这儿又出来两个要比唐宝牛、方恨少更无聊、无稽的家伙来了！

当下，发现群侠似一时未能在"海派"言夷虚、"哀派"余再来、"服派"马高言、"浸派"蔡炒这些人手上救得方恨少、唐宝牛，心里也着急，当即一脚踢开那师父的穴道，匆匆吩咐道：

"好吧，你们各自求生吧！江湖险恶，你们可惹不得，还是明哲保身是宜！"

温柔这几句话，自觉说得冠冕堂皇、成熟深思，她自己也觉判若两人，大为得意。

她说完便走，耳畔却传来刚给踢开了穴道的师父破口大骂道：

"什么妖女！竟用脚来踢我？当我'天大地大我最大'班师之是什么东西？！吓！咳……"

"师父，您别这样子嘛，人家是好意救您的呀！"只听那憨小子罗白乃"左右做人难"地呼喊："女侠女侠，您也可别见怪，我师父叫'天大地大'班老师，全名为班师之，但江湖中人多称他为班师……他不喜中间那个'老'字……他的人是火躁一些，人也为老不尊，但人却挺好、挺老实、挺老不死的——"

"啵"的一声，显然他的头顶已给他师父击了一记：

"死徒弟！逆徒！你敢在大庭广众之下这样奚落自己的师父？

你看你，一见上个标致的，就一味傻笑，你知道你像什么吗？"

他徒弟居然问："大侠？"

师父也居然答："不。"

徒弟竟然又问："猪？"

师父竟然也答："不。"

徒弟回答："那像什么？"

师父回答："色魔。"

"师父你错了，"徒弟竟正色且义正辞严地道："我这种笑，叫作勇笑，即是很勇敢、很有勇气的笑，绝不是普通的、平凡的笑容。要知道，在这千军万马中，独有你爱徒罗白乃一人，还能在此时此际、无视生死地笑得出来！"

话未说完，却听一阵铺天盖地、震耳欲聋的大笑，自"回春堂"正对面刑场上轰轰烈烈地传了过来。

第叁回

勇退

——不是逞一时之勇，而是为大局、为大义、为珍惜朋友性命而暂退的，是为"勇退"。

　　发出这般笑声的，正是唐宝牛！

　　原来那边蒙着面的温梦成、朱小腰、银盛雪、唐肯等人，率领着"发梦二党""金风细雨楼""连云寨""象鼻塔"的一众兄弟，尽力冲击抢救方恨少、唐宝牛二人。

　　"天盟"盟主张初放、"落英山庄"庄主叶博识、"浸派"老大蔡炒、"海派"老大言衷虚、"服派"老大马高言、"哀派"老大余再来的部属弟子，还有龙八手下的一众官兵，奋力抵抗厮杀，正打个旗鼓相当。

　　龙八一见局势还稳得下来，放下了七八个心，向多指头陀道："这些什么小丑，算不了什么，想当年，我领兵——"

　　话未说完，忽听西南一带呼哨四起，喊杀连天，张铁树即去查探，一会儿即满额是汗地前来报讯：

　　"西南方又杀来了一堆人，都是脸披红巾的女子，相当凶悍，守在那儿的'风派'兄弟，已全垮了。"

　　龙八听得一震。

　　"那也难怪，'风派'刘全我已殁，就没了担大任的人才。"多指头陀略作沉吟问："来的都是女的？"

　　张铁树说："都是女子，且年龄应该都甚轻。"

　　多指头陀："可都是用刀？"

　　张铁树眼里已有佩服之意，"是用刀，还有一手狠辣暗器。"

　　多指负手仰天叹道："是她们了。没想到经过那么多波折，仍然那么死心眼。"

　　龙八好奇，"谁？是什么人？大师的老相好？"

　　多指脸容肃然，只一字一句地说了三个字："碎云渊。"

"碎……云……渊……?"龙八想了老半天,仍没能想起那是什么东西,只顺口说了另外三个字:"毁……诺……城……?!"

一说完之后,自己也吓了一大跳,见多指头陀和张铁树俱神色肃穆地点了点头,这才知道真是事实:

"——真的是专门暗杀当朝大官的'毁诺城'?!从前文张、黄金鳞等就丧在她们手里!她们……也来了么?!"

多指头陀又在抚弄他的伤指,仿佛伤口正告诉他一个又一个沉痛的故事一般:

"是息大娘、唐晚词领导的'毁诺城',这一干女夜叉,可不是好惹的……"

是真的不好惹。

西南一隅,已给"碎云渊、毁诺城"的人强攻而破,非但"风派"弟子全毁,连"捧派"的人也全给击溃了。"服派"马高言即调去全力应敌。

更风声鹤唳的是,东北方面的战情,忽然加剧,而且兵败如山倒,原守在那儿的"抬派"子弟,全军覆没;"哀派"余再来马上领手下堵塞破口,眼看也是不支。

张烈心气急败坏,飞速来报:"东北方来了一群青布蒙面汉子,人不多,用的全是奇门兵器,已冲杀进来了。"

龙八听得很有些彷徨。

"智利、张显然已死,'捧派''抬派'自然守不住。"多指头陀徐徐道,"来人可是都不用刀或剑,而且人人都擅用火器?"

张烈心道:"是。"脸上已有崇敬之色。

多指头陀又长吁一口气:"是他们了。"

龙八忍不住又问："谁？"

多指头陀道："封刀挂剑。"

龙八大吃三四十惊："'霹雳堂'雷家堡？！"

多指头陀摇首："不是整个雷门，但却是'小雷门'主持人雷
卷的部下。"

龙八这才放下了十七八颗心，"还好，不是整个'霹雳堂'
的人。"

多指头陀却不舒颜："那也够瞧的了。幸好'连云寨'的首领
已洗心革面，久不出江湖，不然……可更棘手了。"

龙八向那抱剑稳守、结成剑阵的"七绝神剑"嘀咕道：

"他们是干什么的？来这儿装腔作势，只袖手看热闹的吗？"

多指头陀横了他一眼，语音里洋溢了相当的不屑：

"你最好别惹火他们。"

龙八没惹事。

因为他就算不服，也不敢再生事。

来劫囚的群雄加上"小雷门"和"毁诺城"的力助，已收窄
包围，若再不见救兵，龙八等人已岌岌可危了。

龙八一见情形不妙，语音也软了起来，向多指头陀恳求道：
"大师，大师，这样下去，可不是办法，你得想想办法吧——？"

多指头陀道："借剑一用！"

他"唰"地抽出了龙八腰畔的剑，一剑搁在唐宝牛的脖子上，
道：

"你们来救这两人是不？再不住手、退后，我马上先杀了他！"

他是那么气定神闲地一说，可是语音却滚滚轰轰地传了开去，

在场厮杀的人无不为之一震，各自纷纷住了手，望向多指头陀这边来。

一时鸦雀无声。

只有一个"啊"的一声，似惊醒了过来：

那人正是"七绝神剑"里的"剑"——

——罗睡觉。

敢情他并不是在装睡，而是真的一直在恬睡，直至如今，给多指头陀一轮喊话，才像是如梦初醒过来。

可是他睁开眼，左望望，右望望，像发觉不过是打打杀杀、血肉横飞、血流成河，也没啥大不了的事之后，又合起眼皮，呼呼大睡过去了。

龙八看得只吹胡子瞪眼睛：

——这算是什么帮手？！

——这叫作什么神剑？！

多指头陀这么一喊，大家都住了手，多指头陀又把剑往唐宝牛的脖子捺了一捺，扬声道：

"我的剑正架在这姓唐的头上，你们再逼进，我就先下手，要他身首异处！"

本来因为浓雾未散，大家在对峙厮斗中也不是人人都能把场中心（虽然那儿地势略高）看得一清二楚，但多指头陀倒先把话说得清清楚楚，群侠就再没有不分明的了。

所以他们都停了手。

多指头陀叱道："先给我退到一边去！"

各路群豪不敢妄动，经温梦成、唐肯等人示意，都退到一边，大家肩并着肩，与官兵对峙。

这一退，却不是败退，而是勇退。

——不是逞一己之勇，而是为大局、为大义、为珍惜朋友性命而暂退的，是为"勇退"。

是以他们退得井然有序，毫不慌乱。

多指头陀瞧在眼里，也心里暗叹。

龙八见多指头陀要挟之计可行，便自其副将"饿虎"马上锋手中抄来一把斩马刀，也往方恨少脖子上一搁，喊道：

"放下你们的兵器，速速就逮，否则咱就先杀一个示众！"

话才说完，只听一阵铺天卷地的笑声，惊天动地地响了起来。

大笑不止的人，正是命系于人剑下的唐宝牛。

第肆回 他心口 有个勇字

——因为平凡，所以才要不寻常。

唐宝牛大笑不已。

他自己笑得全身震动，全场的人也觉震耳欲聋，目瞪口呆。破板门一带现场的人，除了正在"回春堂"内凶险血战的六大高手外，其他的人全都停了手，望向这边来。

他笑得直似人在刀口下的不是他，而是他一人已足能主宰全场人的生死成败般的。

多指头陀也觉得给他这样笑下去，气势必为其所夺，所以用剑锋往下一压，嘴里叱道："住口！不许笑！再笑洒家就要你人头落地，看你还笑不笑得出来！"

唐宝牛一听，笑声一敛，多指头陀心才稍安，却听唐宝牛突如其来地向他吼道："多指，你这留发秃驴！不只多指，还多口呐！我唐巨侠宝牛前辈要是怕你杀，我还笑得出来？好，你杀，你只管杀吧！你有种就一剑斩下来，我等着！谁不敢杀的就是他祖宗没种借种弄了个野种的日他妹子的直娘贼！"

这一番话铿铿锵锵、敲锣打鼓地骂下来，比狂笑声还要响多了，不但一时鸦雀无声，还人人都屏息细聆，且都为唐宝牛的生死安危捏了一把汗。

"死便死，怕什么！"唐宝牛直似天生就在心口上刻了个"勇"字，拼死无大碍地道："你要杀便杀，我唐大宗师宝牛少侠皱一皱眉头不是好汉。"

这一来，多指头陀还真不敢一剑杀下去：因为这来自四面八方的劫囚高手，全盯着他，只要他一剑杀下去，他知道，这些人这辈子都不会放过他，他只怕这辈子都得要去应付这些人和他们的复仇行动。

——就算是跟唐宝牛、方恨少向无深交的，今儿来只是虚应

事故的人物，但自己若是手起剑落，斩了这厮，只怕这些人单是为了面子义气，都会跟他耗上一辈子。

那么他一辈子都得要提防。

不得不防。

而且不是防一个人。

——这么一大票、各门各派、三山五岳、黑白二道、官民双方、文的武的都有。

那么，这一辈子恐怕都不易在江湖上混了。

多指头陀至了不起的本领，不是指法（包括他在音乐上和武功上的造诣），而是他的"诡秘身份"——正因为他非正非邪、亦正亦邪，在江湖上，大家多不知他是忠的奸的，但都给他这个面子，而他利用了这一点，大可当"卧底"，把人出卖得个不亦乐乎，把朋友杀得个措手不及，把自己人背弃得不留痕迹，是以，就算武功、地位再高的，也得折在他手里。

这次主事为蔡京押犯行刑，他若不是为了在蔡京面前跟龙八争宠，为部署日后在京里有足够的实力与米苍穹争权，他还真不想这般"抛头露面"地出来"亮相"呢！

所以，这一剑着实不好斫。

但不斩又不行。

箭在弩上，火已烧上船了。

——唐宝牛这么一闹，他要是不马上杀了，救他的人，胆自然就壮了，一定冒死攻进，士气大增。

相反，自己这方面的人就会军心大沮，对劫囚强徒排山倒海的攻势，恐怕就很不易应付了。

这时候，多指头陀可谓"杀不是，不杀又不是"。

——怎么办是好？

这时候，他忽然想起还有个龙八！

——正好！

龙八正以刀抵住方恨少的脖子。

多指头陀灵机一触，即道："八爷，先杀一个。"

龙八威武铁脸一肃，苍眉一竖，瞪目厉声叱道："说得对！"

多指"打蛇随棍上"，立加一句："你先杀姓方的立立威再说。"

龙八闷哼一声，脸肌抽搐了一下，连将起袖子露出的臂筋也抽动了一下，终于刀没斫下去，声音却沉了下来，道："你先请。"

多指道："你请。"

龙八道："你先。"

多指："你官位比我大，你先请。"

龙八："你江湖地位比我高，你请。"

"请。"

"请请。"

"请请请。"

"请……"

两人互相谦让。

唐宝牛蓦地又发出了一阵惊天动地的大笑，催促道："怎么了？不敢杀是不是？不敢动手的放开大爷我和方公子逍遥快乐后放把火烧你全家去！"

看来，唐宝牛非但心口上刻了个"勇"字，敢情他全身都是由一个"勇"字写成的。

他像是活得不耐烦了，老向二人催迫动手。

多指头陀心知龙八外表粗豪心则细，胆子更加不大：敢情他和自己是"人同此心，心同此理"，都不敢一刀或一剑扎下去便跟天下雄豪成了死对头；只不过，他不斩，龙八也不斫，这样耗下去，唐宝牛又咄咄逼人，眼看军心战志就得要动摇了，却是如何是好？

忽而他灵机一触，右手仍紧执长剑，斜指唐宝牛后头，左手却自襟内掏出一管箫，贴着唇边，撮唇急吹了几下。

箫音破空。

急。

尖。

而锐。

——却似鸟惊喧，凄急中仍然带点悠忽，利索中却还是有点好听。

其实唐宝牛爱脸要命，远近驰名。

他现在不要命得像额上刻了个"勇"字，主要是因为：

他豁出去了！

他可不想让大家为了他，而牺牲性命，都丧在这儿。

他眼见各路好汉前仆后继地涌来救他，又给一批一批地杀退，长街喋血，尸横遍地，他虽然爱惜自己性命，也不想死，可是，他更不忍心见大家为了他们如此地不要命，这样地白白地牺牲掉！

所以他看开了。

想通了。

于是他意图激怒多指头陀。

——只要多指头陀一气，把他杀了，那么，谁也不必为了救他而丧命，谁也不必因为他而受胁了！

唐宝牛不能算是个伟大的人，他只是个必要时可以为朋友兄弟爱情正义牺牲一切，但却不可以容忍朋友兄弟爱人正义为他而牺牲的人。

他平常常把自己"吹"得丈八高，古今伟人中，一千年上下，五百年前，五百年后，只怕都不再有他这种不世人杰，不过，其实他自己是个什么人，有多少的分量，也许是他自己心里最是分明。

——因为平凡，所以才要不寻常。

——就是因为位于黝黯的角落，所以他才要"出位"。

——"出位"其实是要把自己放在有光亮的地方：至少，是有人看得见的所在。

如果你身处于黑暗之中，所作所为，不管有多大能耐，多好表现，都不会有人看见，难免为人所忽略。

他现在不是要"出位"，而是不想太多人为他而牺牲。

所以他先得要牺牲。

这看来容易，做到则难。

——君不见天底下有的是不惜天下人为他而牺牲、他踏在一将功成万骨枯的血路上一脚登了天的伟人吗？

比起这些"伟人"，莫怪乎唐宝牛一点也不"伟大"了！

方恨少呢？

他也是这样想。

只不过，他的表达方法，跟唐宝牛完全不同。

他知道，越是诱逼对方杀他们，对方可能越不动手，但同党弟兄，却可能因而更是情急疏失，所以他宁可死忍不出声、不发作。

他可不想大家为他伤、为他死，他虽只是一介寒生，可是他有傲气、有傲骨，他绝不愿大家都看见他就那么样地跪在地上，不能挣扎、无法反抗的窝囊相！

他也许忘了一点，当日在"发党花府"，任劳、任怨和白愁飞等人下了"五马恙"，制住了群雄，任凭宰割之时，却是他一人和温柔独撑大局，拖住了危局，群豪才不致全军尽没，是以，今次来劫囚的江湖好汉，越是见这文弱书生低首不语、逆来顺受，就越是激愤矢志：非救他报恩不可！

江湖上的汉子，讲的是两个字：

义气！

微妙的是：此际，唐宝牛和方恨少，一个张扬一个沉静，无非都是希望敌人快点动手把他们杀了，使兄弟友好不必再为他们受胁、牺牲；这同一时间，多指头陀和龙八太爷，都各自祈冀对方先行下手，一可立威；二不必由自己跟这干江湖人物结下深仇。

两派人马，想法不同。

大道如天，各行一边。

——乃分黑白，各有正邪。

一个女子长得漂不漂亮，跟她是否纯洁、善良，其实完全没有什么特定的关系。

破板门的剧战虽然因为唐宝牛和方恨少二人性命受胁而凝住了，但只有一处不然：

那是"回春堂"里的战役。

花枯发本来守在"回春堂"里，他就在这儿发号施令，温梦成则在外围调度人力，两人里应外合，相互呼应。

这样一来，"回春堂"就成了"发梦二党"的"指挥中心"。

而今，吴惊涛哪儿都不走，专挑这地方走了近来，还走了进来。

也不是没有人拦他。

而是拦他的人（甚至只是试图想拦他的人）全都给击倒、击溃、击毁了。

他边行边抹脸，边走边唱，边唱边摸。

他的左手摸自己的脸，摸胡楂子，摸菱形的唇，摸鬓边耳垂，摸衣衽喉核，主要的还是摸出哪里有汗，他就去用布小心翼翼地将之吸掉抹去。

但他照样伤人、杀人、击倒敌人。

只用一只手。

右手。

他一面走，一面手挥目送，把拦截他的人一一干掉，然后走入"回春堂"。

走入"回春堂"等于掌握了作战的中枢。

——这还得了？！

这是一种"勇进"：在强敌环伺里如入无人之境！

所以花枯发马上迎上了他。

他知道来者何人。

——"惊涛公子"吴其荣看去的年轻和他实际功力的高强，恰好成对比。

另一个对比是：他脸目之良善和手段之狠辣，又恰好形成强烈对比。

正好，花枯发迎着他的面前一站，也形成了另一大对照：

一肥。

一瘦。

形容枯槁的当然是花枯发。

他的人本来就很猛憎，稍遇不中意的事就大发雷霆，暴跳如雷。

尤其在当日任劳、任怨宰杀了他的独子花晴洲，他的人就更形销骨立了。

无论再多欢宴，"发党"势力更强更盛，花枯发再大吃大喝，但他好像从此就再也长不胖，也拒绝再增添任何一块肉、一点脂肪了。

大家都知道他很怀念他的儿子。

大伙儿都晓得花党魁始终念念不忘要报仇。

仇是要报的。

——那确是血海深仇。

他只有一个儿子。

他恨死了任劳、任怨。

所以群侠也特意安排他来这一阵"破板门"劫法场。

而不是"菜市口"。

因为负责押犯监斩于菜市口的是任劳和任怨。

如果花枯发见着了"两任双刑",很可能会沉不住气,为子报仇的。

可是这不是报私仇的时候。

——在这种大关节上,私怨积怨极可能会误大事。

这是救人的行动。

是以,花枯发负责"破板门"这一边——他也明白王小石等人调度的深意,并且服从。

仇是要报的。

只不过不是现在。

他仍然焦躁、愤怒,和瘦。

吴其荣则正好相反。

他一向和气、微笑,还有胖。

他的样子,看去最多只不过二十来岁(但没有人知道他的真实的年纪)。

可是,他却十分"丰润"。

如果说他只有二十四岁,那么,他的腰围至少有四十二寸。

他曾笑说:我吃下去的每一片肉、每一粒饭,都"物尽其用",连喝到肚里去的每一杯水,都拿来长肉、长胖。

他像个小胖子。

小胖子通常都很和气。

和气生财。

不过,"惊涛书生"有一大遗憾就是:

他会长肉，却赚不了几个钱。

没有钱也就没有地位，他练就了一身好本领，只好节衣缩食、郁郁不得志地过活，要他打家劫舍，杀人掠财，他还不屑为之；再说，不是有武功就可以恃强乱来的，毕竟，世上有"捕王"李玄衣、"捕神"刘独峰、"四大名捕"、单耳神僧、"鸳鸯神捕"、霍木楞登、诸葛先生、"大胆捕快"李代、"细心公差"陶姜、"鬼捕爷"这些人，主持法纪，制裁强梁。

他因慕雷纯，而给招揽入"六分半堂"内。

雷纯为图在蔡京面前博取信任，才能在京师里争雄斗胜，所以也故意在蔡京面前炫示了自己手上有"惊涛公子"这样的人才。

蔡京是何等人也：他一面对吴其荣嘉许，并力激吴惊涛在处斩方恨少、唐宝牛二钦犯一事中出力，但暗里却积极招揽吴其荣的对头敌手叶神油为其效力。

蔡京曾试探并招引过吴其荣为他效命，但他却无法打动这个年轻人。

其实吴其荣不是不动心，而是他有几点顾虑和隐忧：

一、他知道蔡京是极为老奸巨猾的人，而且位高权重，跟这种人做人难、做事也不易，只有他把自己吞掉，没有自己能吃掉他的事。

二、蔡京手下高手如云，人才极多，自己虽然也是不世人物，但纵能受其重用，也斗争必多，他喜欢享乐，只对有兴趣的事有兴趣，但可不愿意把时间心力耗费在明争暗斗上！

三、蔡京打动他的方法，他不喜欢：好像一副只要跟了他就会荣华富贵、青云直上的样子，他觉得没意思。

何况，他想跟从雷纯。

他喜欢雷纯。

因为他跟雷纯做事，可以使他满足、骄傲，甚至更像个男子汉、大丈夫。

这只是第一个理由。

原因可不止这一个。

雷纯还能"对症下药"：

由于多指头陀的引介，雷纯一见这个年轻人，就摸清楚了他的性情，她马上把"六分半堂"里三件"最重要的事"都交给吴其荣去办，而且还跟他这样说："你是人才，我们'六分半堂'虽然在京城里也是数一数二有实力的帮派，但还是请不起你。你若能为我们做事，我们唯一能报答的，就是给你做大事，和做重要的事！"

就这一句，惊涛书生就服到了底。

他本来就对雷纯有好感，而且更不惜为她卖命。

因为他只要个"识货的人"。

雷纯赏识他。

而且，其实雷纯也口里说"请不起他"，但在他加入"六分半堂"后，只要他要，银子花不完；也只要他把"大事"做好，他的地位就屹立不倒，而不需要去应付些什么官场上的事。

专才，固然重要，但人才都得要银子培养出来的。

雷纯派他"陪侍"苏梦枕，实则是"监视"苏楼主，对这任务，吴其荣初不愿意，但雷纯只向大家问：

"我有一项极为艰巨的任务，执行的人不仅要身怀绝技，还得要聪明绝顶，能随机应变，且又能忍辱负重的不世人物才能执行。"

她一早已叫狄飞惊暗示大家，谁也不要挺身出来认这号人物。

然后她又幽幽地道："既能屈又能伸、武功智慧皆高的人，太少了……我心目中是有一个，但请他做这事，确又太耗费了他这等人才，太过委屈了他。"

说着时，眼尾瞟向吴其荣。

吴惊涛便立刻出来表明愿为效力，雷纯也在表欣慰之余，马上补充了这任务的重大意义：

"你表面上是陪伴一个病人，但这病废者却是当今开封府里第一有势力的可怕人物，他随时可能复起、造反、对抗我们，他一个人胜得过一支军队，但，也只有你，能一个人制住一支军队。"

从此，吴惊涛便盯死了苏梦枕。

苏梦枕在形格势禁、病入膏肓而又遭树大风喂毒纵控的情形下，加上惊涛书生这等人物昼夜不懈的监视，他才无力可回天、无法可翻身，最后只好一死以谢天下。

但他在撒手尘寰之前，仍然把自己一手培植上来但也一手毁掉他的结义兄弟白愁飞打垮。

如此，雷纯更摸清楚了吴惊涛的脾气。她知道惊涛书生喜歌舞古乐，她予之奖赏，便多赐予他些精于此道的舞娘乐伎。

她为要向蔡京表示并无二心，而又真的掌有实力，只好在"监斩"事件中出力"示威"，但她又不欲"六分半堂"的子弟全面陷入跟开封武林豪杰对立的绝路上，是以她就派出了惊涛书生出阵。她知道吴惊涛不会背弃她的。

吴其荣向来只记恩怨，不理是非。

他觉得这是大事。

雷纯派他去办"大事"，他觉得十分荣幸。

他当然全力以赴。

蔡京见雷纯荐了个惊涛书生来，就心知这人他拨不动的，他一面欢迎接受，暗自请动叶神油相助；一方面他又表示这次"伏袭"的事，是由多指头陀、龙八等负责，与他无关，所以，吴其荣应向他所指派的人效力。

他不想受雷纯这个情。

——最难消受美人恩，像蔡元长这种狡似狐狸精过鬼的人，当然知道什么要"受"，什么得"卸"，什么应"授"，什么非得要"推"不可，什么一定得要"消"还是"化"才可以。

吴惊涛当然不服龙八、任劳任怨这些人。他勉强对多指头陀有好感。

是以他愿意接受多指头陀的调度。

多指头陀与他联系的方法，便是用乐器：

箫。

他本与多指头陀就是先以音乐相交。他素喜音乐，见多指头陀以九指捻琴，却能奏出千古奇韵，心里总想：

——能弹出这等清绝的音乐来的人，心术再坏，也坏不到哪儿去吧？

——这朋友能深交吧？

殊不知他这种想法，就似当日王小石觉得"蔡京能写出这样清逸淡泊的字，人品必有可取之处"一样：其实字是字、音乐是音乐、艺术是艺术，跟人品没什么太大的关系；你至多只能从那个画家作品里看出他感情强烈，但绝看不出他是否曾经施暴强奸。其实王小石也不见得就信蔡京的字，他主要为的是要使白愁飞相信他会去格杀诸葛。

他服膺于雷纯，也是一种思慕之心；可是这道理也跟前例一样：

一个女子长得漂不漂亮，跟她是否纯洁、善良，其实完全没有什么特定的关系。

可是吴其荣完全是以一种赤子之心来思慕雷纯，甚至还想尽办法来使自己"瘦"点，"好看"一些。

惊涛书生这个人很奇怪，他一旦心情不好，或生起了怀才不遇的感觉，他就不断地吃东西和上茅厕，并且任由自己胖下去。

这是一种自我放弃。

他只要心情一坏，便也不爱惜自己了。

他一旦遭受挫折，就会这样子。

直到他遇上了雷纯。

雷纯关心他。

对他而言，那比世上任何报酬都要高、都更好。

那是令他看重自己的感觉。

所以他要为她做事。

为她而使自己别那么"胖"。

为她卖命。

——有时只要雷纯一句温言柔语，便胜过一切奖赏。

雷纯就是知道吴惊涛这点特性，所以她放心让惊涛书生参与蔡京的阴谋计划，因为她知道她不会失去他的：

他只会为她去做"大事"。

第陆回

大事急事
重要事
关你屁事

有些事对某些人来说，是了不起的"大事"，但对其他的人而言，根本不是什么重要的事。

大事不一定是重要的事。

有些事对某些人来说，是了不起的"大事"，但对其他的人而言，根本不是什么重要的事。

例如你为应考而紧张，觉得这是不得了的"大事"，但对主考官来说，这只不过是"平常事"一件。

就算国家"大事"，也是一样。

的确，有的"大事"，也是"重要事"。历史上很多重大的战役、重大的改革，都如是观。

但大部分的"大事"，却不如何重要，在历史的长河里，一些当时叱咤风云的人物、一些震惊天下的变局，乃至一些血肉横飞的斗争，只不过是一口井里的风波，算不了什么大不了的事。

雷纯只让吴其荣办"大事"：

"大事"使惊涛书生觉得自己很重要。

可是这些大事其实并不重要：一如皇帝任命童贯、朱勔等去江南运办"花石纲"，他们觉得都是何等风光的"大事"，但在历史的评价里，那只不过是"丑事"而已。

——其实，纵办不成这些"大事"，对"六分半堂"和雷纯也依然无损。

办成了，自然最好不过。

如果是举足轻重、定判成败的重大事，雷纯当然在委派上自有分寸。

而且她会先征询狄飞惊的意见。

狄飞惊只用了很短的时间，已弄清楚了雷纯的策略，和执行计划的方式；他又用了很少的时间，已适应了雷纯的方式与风格；他也只用了极有限的时间，已弄明白了吴其荣的个性和雷纯任用

他的办法。

他理所当然也责无旁贷地去配合雷纯——一如他去配合雷损一样。

于是，吴其荣在"六分半堂"里继续去办他的"大事"，当然，有时也常办"急事"。

人的一生，多办的是"急事"，但"急事"不见得就是"大事"，更不一定是"重要的事"。

像要"如厕""吃饭""服药""喂（孩子吃）奶""洗衣""耕种""工作""购（日用品）物""应酬"等等，就是"急事"，但完全不能算是什么"大事"。人的成就，八成以上要押在去办"重要的事"里，而特别大成功的人还会办成"大事"。可惜，一般人的时间，多浪费在琐碎的"急事"里，"急事""琐务"愈多，能花在完成"重要事"、专心在"大事"上的时间和心力愈少，自然成就也就愈低了。

这是很遗憾的事。

惊涛书生自从在水晶洞里习成"活色生香掌功"和"欲仙欲死掌法"，立志要作一番惊天动地、惊涛骇浪的志业，但入江湖不久，便知道光凭武功，还真不能遂志如愿，于是，他把"办大事"的野心日渐收敛，连"重要的事"（例如像以前一样勤加习武，以俾有日大展身手、尽展才能）也少办了，日常里，得享乐时便享乐，听歌看舞爱美女，已是办"急事"的多，做"好事"日少了。

一个人的成就，主要是在他做了多少"重要的事"上，而不是在"急需的事情"上。

——久而久之，吴其荣已愈来愈不长进了，而且也愈来愈甘于不长进了。

花枯发则不然。

他既无意要做大事，也不管政事，但却跟温梦成一样，都是民间百姓各行各业所推举出来的领袖，他们也都喜欢"管不平事"。

他们只要稍有"抱不平"之心，就难免跟蔡京一党的人对立；事实上，只要稍有正义感的人，就一定不容蔡京、朱勔、童贯、王黼、李彦、梁师成等人所作所为。

由于蔡京当政当权也当令已十数年矣，虽二遭罢相，但仍大权在握。他投机钻营，盘剥人民，已到了无耻已极的地步。由于得到皇帝赵佶的极度信宠，他又好虚饰颜面，所以一旦妄作胡为，便先号称"这是先帝之法""此乃三代之法"，甚至还谎说那是神宗熙宁、元丰时期的"遗意"，而且竟可以不必知会皇帝，私发手诏，谓之"御笔手诏"，妄布圣旨，用以杀尽忠臣良将，广植党朋，因而，事无巨细，国家大事，万民生计，全落在蔡京一人一党手里。

凡是大臣有疑，他就下诏格杀灭族。凡有颁布，怕人疑他为私谋，就说"此上意也"，而且一个命令颁布下去，善则称己，过则称君，更使民意沸腾，天下之怒愤均加之赵佶身上。

可是说也奇怪，赵佶还是信之不疑，甚至蔡京几次假意辞官，赵佶还哭着哀求挽留他，并赞他："公纵不爱功名富贵，也得为社稷着想啊！"

蔡京既有皇帝的信任，更胡作妄为：譬如他的"方田均税"法，把天下地主土地强加"浓缩"，本来多的，忽然变少；本来大的，突然变小。本来三百多亩地，现已缩为三十亩；但农民的税却大为"暴涨"，本来三十文钱赋税，而今却要交近二千文。这使得天下农民俱叫苦连天。

他又实行"免役法"，使得凡是中上等人家不必缴纳免役的税银，全让下等人家代缴，税务重苛，竟比神宗变法时还多加了八十余倍。官僚地主，虽不住进奉蔡京，负担倒减轻了，但平民百姓可苦极了。

蔡京这还不够，还实行了"盐钞法"。他垄断了盐的专营，要盐商交钱给他，利益全归于他控制的部门。盐钞经常更换，旧钞没用完，又发新钞，常以三至五倍的价钱，才换得同一份货。没有钱换新盐钞的，旧钞全废，不少人倾家荡产。就连富商巨贾也有赔几十万缗钱的，而流为乞丐，只好跳水自杀。当时，百姓食不起盐，吃不起米，脸有菜色，饿殍遍野。客死异乡，孤儿寡妇，号泣更呼天抢地，奄息求生者不知其数。闻者为之伤心，见者为之流涕。蔡京趁机提高盐价，原一万贯可买三百斤盐，他一点头就抬到四万贯，且在米中掺砂，盐里掺泥。

这一切狂征暴敛，任意敲诈，肆意搜刮，也不过为了蔡京的享用奢靡，以及附同蔡党官僚冗滥花费，还有就是供皇帝赵佶一人的无度挥霍而已。

这还仅是盘剥勒索天下百姓黎民之一二例而已。至于蔡京其他榨取人民血汗劳力的作用，像著名害人残民的"花石纲"等所作之孽，还不包括在内。至于他怀奸植党，尽斥群贤，由于不是直接冲击"发梦二党"，虽然不是直接对付花枯发和温梦成，但其中好些忠臣烈士，温、花二人或素仰其人或曾是旧识，对此也十分厌愤。

何况，温梦成和花枯发曾在寿宴上受到任劳、任怨的暗算，着了"五马恙"，以致受制于人，连累门人、友人受辱伤亡，心知"二任双刑"当然是蔡京遣来杀害京里正派武林人物的，本已十分愤恨，后来白愁飞一番造作，且任怨手中居然还持有"平乱玦"（这"平乱玦"原是御赐给"四大名捕"，用以敉乱杀贼、警恶除奸时，可以先斩后奏，有生杀大权，不必先请准而后行刑之信物），九成也是向来"假造圣旨""欺冒御诏"的蔡京而为，对蔡党一伙人更是痛恨切齿。

再说，花枯发更曾有目睹亲子给蔡京派来的刽子手活生生剥皮而死的血海深仇。

所以，他更是仇恨蔡党的人。

他们在低下阶层的黎民百姓间，甚孚众望，故此，常听贫民哭诉，频闻江湖中人谈起，而今奸相当道，民不聊生，生灵涂炭，尸横遍野的情形，"发梦二党"的人都甚为悲愤，恨不得要食蔡京髓、啖蔡党肉，且将蔡氏当权一族挫骨扬灰，方才甘心。

因而，他们听闻"金风细雨楼"的好汉（同时也是"七大寇"里主要成员的）唐宝牛和方恨少，居然在"寻梦园"里把他们心目中的"天下第一猪猡"皇帝赵佶，以及"天下第一奸恶"丞相蔡京揍了一顿，且打得脸青鼻肿的，当下人人拍手称快，喝彩不已，只恨唐、方二人，没真的横狠下来一气把没骨头的皇帝、没良心的丞相活活打死。

之后，又听闻蔡京要当市处斩方、唐二人示众，"发梦二党"的人已下定决心劫法场，于是，花枯发和温梦成各自带党里人马、派中子弟，里应外合，营救这两名他们心目中的汉子。

事情变成了这样：

吴其荣为了要帮雷纯"做大事"而跟为了要跟蔡京作对的温梦成、花枯发二人成为敌对，决一死战。

或许，这在佛家而言，两个完全本来毫不相干的人会因为一

些十分偶然的因素而聚在一起，不管为敌为友，都是缘分。

只不过，他们非友，是敌。

所以，这是恶缘。

同时，也是恶战。

"惊涛书生"吴其荣一面抹汗，一面杀入"回春堂"。

由于"回春堂"是指挥这次"劫囚行动"的中枢，主持这行动的花枯发，他当然不让吴惊涛夺得这重地。

于是他一个箭步就跳了过去，作势一拦，叱道："退回去！"

吴惊涛笑了。

嘴很小。

牙齿很白。

说话也很轻柔。

"你是花党魁？"

花枯发哼道："我知道你，我识得你。'惊涛公子'，我们本没仇没怨，你干吗为奸相杀我党人？"

吴惊涛又在揩汗，却答非所问："我不想杀你，也无意结怨。你走开，我进去，各走各的，我就不杀你，大家都好。"

花枯发怒极了：

"蔡京胡作非为，关你屁事！要你为虎作伥！滚回去，否则我要你血溅五步！"

吴惊涛摇摇头，只管向前走了一步，说："蔡京的事，关我屁事？不过——"说着又踏了一步，睨向花枯发："我既然来了，而且答允过要制住你们的中枢，我就一定要做到——"

又行了一步："反正，我手上已染了你们党徒的血，已洗不清了，你要活得不耐烦，那我就成全你吧——"

边说时又走了一步，忽然停下来，凝视花枯发，道：

"我已走了四步了——你真的要我走第五步才肯倒在自己的血泊中吗？"

花枯发怒吼一声。

出了手。

第柒回
试招喂招
阴毒招
不打自招

一个好战的人是不易气沮的。

花枯发向吴其荣第一次出手，旨在试招。

他瘦小、精悍，身上的每一两肉似都榨不出油却能磨出铁汁来。

他容易狂怒。

他时常暴跳如雷，打人骂人，甚至杀人——就别说他的敌人了，就连他的亲友、门徒，也很怕他。

不过，其实他一旦对敌的时候，他的狂暴便完全转为冷静、敏锐，绝不受个人情绪所影响。

当然了，要不这样，他也不成其为一党之魁。

——能在京华里当上个市井豪杰的首领，可绝对不是简单的。

花枯发看来毛躁，但也心细如发：这可以从他接管了佟琼崖（佟劲秋之父——详见《一怒拔剑》一书）的盐、油、布、柴、米、酱及马、驼、骡的行业后，不到三年，便可以应付苛税繁征，并团结了各路好汉，为"发梦二党"效力，便可见一斑了。

他第一次向惊涛书生出手，并没有用武器。

他只向对方出手。

真的出手。

——手就是他的武器。

他五指骈伸如一叶，直戳向吴其荣。

吴其荣头也不抬，立即反击。

他也是用手。

掌。

两人就这样，对了一掌。

这一掌对了下来，好像都没什么。

吴其荣眨眨眼。

花枯发扬扬眉。

两人都没怎样。

但半晌之后，忽然，在花枯发身后十一尺余靠正面墙壁有一桌子，桌上有一口大瓶，瓶子忽"啵"的一声，裂了，碎了，瓶中药丸，滚落一地。

嘚嘚嘚嘚嘚……

冯不八、陈不丁这时赶到，看了迸裂的瓷瓶碎片，再看看滚动中的药丸，转首才发现花枯发原来已退了三步。

这时际，吴惊涛又拔步前行。

花枯发也在这时"拔"出了他的武器。

叶。

叶子。

他的武器是一片叶子。

——不是小叶子，而是偌大的一片叶子：椰子叶。

他把椰叶舞得发出破空尖啸，就像一把两边布满锯齿的锯刀，猛向吴其荣当头耙落！

这叶子竟像是纯铁铸造的。

谁都看得出来，花枯发这一击，是动了真火。

惊涛书生抬头看了一眼。

只看了一眼。

他出手，出手一掌，一掌拍在"椰叶"上。

"啪"的一声，惊涛书生晃了晃，花枯发闷哼一声，看来，跟先前一样，谁都没有什么异样。

可是，花枯发背后墙上原来挂的一张王小石手书"一蓑烟雨任平生"的字画，忽然碎裂成片，片片翻飞纷然落下。

这挂轴是一张纸，软的，能给内功激成碎片，远比撞碎花瓶更难上三十倍！

这使得陈不丁、冯不八马上感觉到：

好像是花老头吃亏了。

所以他们越发感觉到他们赶援"回春堂"此项行动是做得对了。

他们立即加紧了阴招、毒招，冯不八的"虎头龙尾狂风扫落叶"一阵狂扫，了账了七八名官兵，陈不丁的"五鬼阴风爪"，一爪一个，已拧断四名官兵的脖子，三名官兵的膀子，两名官兵的腿子。

他们要立援花枯发。

可是花枯发并没有气馁。

一个好战的人是不易气沮的。

——何况是他：一向在挫败中建功立业的花枯发！

他马上还招。

这一次，他又"拔"出另一件"武器"：

还是树叶。

——一张好大的树叶：

芭蕉叶！

他一叶砸向吴其荣，就像持着一把大关刀，呼风唤雨地斫向这文弱书生头号大敌！

吴其荣只哦了一声，出手。

仍是一掌。

掌击芭蕉叶上。

闷响，像是一个人给拘在布袋里暗哑地叫了半声。

之后，吴花二人，同时向后退了一步，也没什么事故。

看来，他们二人就像在互相喂招，既没什么恶意，甚至也没啥敌意似的。

过得一会，"轰"的一声，花枯发背后的整面墙，忽然倒塌了。

完全坍倒了。

完完全全彻彻底底地溃倒了。

花枯发居然笑了。

他猱身又上，这一回，他是芭蕉叶、椰子叶左右开弓、双龙出海，一齐攻去！

吴其荣仍沉着应战。

冯不八、陈不丁却一眼已看出来了，知道花枯发已吃了大亏了，连忙呼啸连声，拐杖铁爪，一齐攻向惊涛书生。

——花枯发"双叶"并攻，再不从容，等于对自己败象已不打自招。

经过丧子之痛的花枯发，还有在寿宴上惨被羞辱的"不丁不八"，对付敌人，已再不容情。

第捌回

怒笑轻笑
美人笑
请勿见笑

　　世间偏偏就有这种人：她（他）也许不是有什么特别的本领，但就凭运气、贵人和美貌，能如意吉祥、自在快活地在天下闯荡，偏又不生什么意外，纵有意外也能化险为夷。

冯不八的杖法，只有一个诀要，那就是：

——砸！

她一面打，身子一面不住地旋转，凡她杖风风过处，无有不当者披靡，无有不摧枯拉朽的。

她一面运杖如风，一面披头散发，尖啸不已，不知者以为她发了疯，其实这也是她制敌、慑敌之法，使敌人心乱神悸，她便急攻猛打得利。

甚至以穷追猛打取胜。

——这种战术，本只属于天生魁梧的猛汉才能以势逼人，但冯不八却艺高人胆大，非但敢用，而且反而能将她瘦小的身形作最猛烈的发挥。

她是以性情运使杖势，而不是以身形。

陈不丁则不。

他夫人冯不八使的是至刚至猛的杖法，他的爪法却至阴至柔，更十分狠毒。

他跟他的夫人一样，也有成名兵器。

他的兵器是一支伸（有八尺长）缩（只一尺四寸）自如的精钢鸡爪挝。

他的笔挝专捣人要害、死穴。

他不止扭断人颈、头部要害，也拧折敌人的手足四肢，更连耳朵、鼠蹊、十指、十趾，无一不沾着即为之绞碎扭折。

他以右手执钢挝，左手空着。

但空着的左手，使出鹰爪、虎爪、豹爪、鸡爪、鹫爪功，杀伤力尤甚于拿武器的那只手！

他与冯不八合攻吴其荣，再加上花枯发的"双叶"。

可是，吴其荣依然前行。

虽然他前行已缓，但仍在前行。

他的双手，也发出了一种斑斓彩芒，渐成紫色。

他每遇上险招、绝招，他的手也只不过是动那么一点点、一些些、一下下，就把对方可怕的攻势瓦解了、消解了，而且还是解决于无形。

他好像只心意一动，就能马上作出反应，他的劲气完全是来自丹田，但又似蕴自天地间，只要一动意就马上抖决迸发，似乎已达到了绝代高人的那种"一羽不能加，一蝇不能落，一触即有所应"的绝灭境界。

他仍向"回春堂"内徐徐走去——仿佛他一旦起步，就绝不回头，决不停步；又仿似有人向他下令"攻入回春堂，否则死在当堂"，他已没了回头路可走，就只有前行一途了。

所以他在进。

换句话说，反而是合战他的三大高手：陈不丁、冯不八、花枯发在节节后退了。

不过，由于这四人交手之际，罡风、阴风、花叶风狂起，而又绽发出极其艳丽的紫光霞彩，这却吸引了刚救了班、罗二师徒的温柔之注目。

她一看：哗，很好看。

所以她决定要加入这战团。

——你说，她温柔大小姐决意要加入的战团，能有人拦得住她么？

我们的温姑娘自己心里明白：不知怎的，很多人都无缘无故

地喜欢她，而她也常很好运气地遇上了许多贵人，但也有不少的人不问情由地妒忌她、嫉恨她，巴不得她快些消失、希望她早些死——可她温女侠就是不死，就是不退，她偏要在这多风多雨多险恶的大江大湖里晃来晃去，且做些更教人羡煞、空自忌恨的大功大德大件事来！

她也知道：这些年来，她闯了不少祸，惹了不少事，但只要她温大姑娘本意是良善的，宗旨是帮人助人的，管他什么人嫉之恨之妒忌之，她依然我行我素、自由自在、人见人爱，大颠大沛、高来高去地闯江湖，混红尘，开开心心过日子，快快活活度岁月，管他渔樵耕读，理他帝王将相，她姑奶奶照样对对她好的人好、对对她坏的人坏，帮善人行善，与恶人斗恶，除了苏梦枕的死，使她伤怀，白愁飞的逝，令她惆怅外，她可斗鸡摸鱼、闹狗追猫地照样逍她的遥、自她的在！

她一向都很任性。

她就算明知自己任性，但仍率性而为，就算她日后因而遭厄，但她至少已任性任情过，最少也曾率性人间走一回！

她才不管！

也不后悔！

她赶了过来，是要惩戒胆敢闯入"回春堂"的人。

她也不很明白要参与这场格斗的真正理由是：到底是为了不容任何人侵入当年王小石替人治病疗伤的根基之地，还是为了那爪声杖声叶声及灿亮好看的紫霞之气而来的？

谁也不知道。

——反正，她要过去，就过去了。

她掠了过去，对吴其荣戟指大骂，且一刀便斫了下去!

刀光美丽。

美丽的刀光。

刀法轻柔。

轻柔的刀法。

吴其荣这人也没有什么特殊的战略。

在"特别命令"未接得之前，他已选定了占领"回春堂"这一作战意图:

只要占据了敌人的指挥中枢，且不管整体战役有没有落败，囚犯有没有获劫，都不重要，重要的是:

——他已占领了敌人的要害，已替雷纯挣回了一个面子。

他对敌的方式也很简单，几乎跟一般人全没啥两样:

挡我者死!

逆我者亡!

所以，多一个敌人跟少一个敌人，对他而言，并没有多大的分别，也许分别只不过是在:

他又得多杀一敌而已!

他出手就是一掌。

这一掌遥劈迎向温柔，居然还带着极其好听的声音，令人如闻仙乐。

温柔根本想也不想，一刀就劈了过去。

她不怕。

——她根本什么都不怕。

江湖上，很多人就是讨厌她这个：因为她什么也不怕。

而且根本就不知道什么叫害怕。

但世间偏偏就有这种人物：他也许不是有什么特别的本领，但就凭运气、贵人和美貌，能如意吉祥、自在快活地在天下闯荡，偏又不生什么意外，纵有意外也能化险为夷。

武林中有的是忌妒他们的人，但更多的是羡慕者，特别想知道他们的消息，无限向往。

温柔这一片刀光明净如星光——但是不是能抵得住"活色生香掌"的第二层境界，殊为难说，甚至大家不看结果，也能测出一二。

但更无稽的是：温柔竟然撤去了自己斫出的那一刀。

因为她觉得那音乐很好听。

所以她忘了——同时也不想煞风景——把那一刀继续砍下去。

她连那一刀都撤了，如何还抵挡得住吴其荣那名列当今六大高手的看家本领？

温柔索性不挥刀，还冲着那一掌，笑了一笑。

这一笑，可真是好。

而且美极。

——这一笑，也许对任何人都起不了什么作用，但对吴其荣，可真管用！

吴惊涛呆了一呆，怔了一怔。

——他可是一个爱极了女人的男人。

这时，花枯发、陈不丁、冯不八想上来抢救，都没有用。

他们闯不过吴其荣另一只手，惊涛书生以单掌施展"欲仙欲死"神功。

掌影如山。

他们闯不过去。

突不破。

三人欲救无及，吴其荣却因那一笑，长叹一声，忽然也撤了掌，而且居然还有点失魂落魄。

温柔见了他的样子，忍不住又笑了。

轻笑。

吴其荣撤手的原因很简单：

他喜欢女子，尤其喜欢美丽的女子。

他也不算是太好色，至少，从没有为了性欲和恃着自己一身武艺去欺凌过任何女子、占过任何女人的便宜。

他总觉得美丽的女子是最干净的，就像他当年躲在水晶洞里修炼绝世掌法的奇石一样：最晶莹漂亮也最是圣洁。

出道以来，他总是不忍心杀女人——尤其是靓的女人。

他也不知道为什么，对女人，总是有一种温柔的感觉，而且还有一种莫大的亲切和友善。

他甚至有点恨自己为啥不是生而为女人，但却不幸已身为一名臭男子！

所以，他忽见美丽的女子这一笑，还带着薄怒轻嗔，竟瞑目噘起了红唇接受自己一掌的旖旎神情，他这一掌，竟拍不下去。

温柔见对方那一掌竟没劈下来，而且音乐声已消失了，但香味仍在，她大失所望地说："什么掌法？声音好听，而且好香。"

吴其荣居然有点赧然地说："是活色生香掌，姑娘请勿见笑。"

温柔正待答话，忽听"吱呀——"两响，眼前忽然一黯。

原来又一人掠了进来。

这人一身红袍，白发如皓，说话如雷响，正是"梦党"党魁温梦成：

"这点子扎手！咱们关起门来打狗！先把他放倒再说！"

原来温梦成知道惊涛书生难惹，生怕知交花枯发和老友不丁不八及故人之女温柔吃亏，所以便闯了进来，先关起门来合力把这头号大敌格杀了再算。

这一下，门已闩起，温梦成、花枯发、陈不丁、冯不八，外加一个温柔，五人就对付一个惊涛书生吴其荣。

第玖回

拼命搏命
不要命
注定有命

要是有一个人，忽然上前来抢走你手

上的重要事物，你本能的反应会怎样？

吴惊涛以孤身一人，力敌花枯发、冯不八、温柔、陈不丁、温梦成等五人，战况如何，因"回春堂"的门紧闭，外头的人不得而知。

直到多指头陀吹响了箫声。

箫声奇急。

情也急。

箫声甫响，"轰"的一声，"回春堂"的大门像着了雷殛，忽然开始像一头给抽了筋的熊似的，坍倒软塌了下来。

但就在未坍毁之前的一刹那，大门给"砰"地撞了开来，一人呼地掠了出来。

那人飞掠得如许充满劲道之气，以致那栋厚厚的板门还未及裂开掉落，人就已经如劲矢一般弹了出来，使得那木门正面出现了一个像用刀剜出来的人形。

飞掠而出的是吴惊涛。

不。

他是倒飞而出的。

他急（退）掠向多指头陀。

他是闻箫而至的。

但他才撞出了个人形洞口，倒掠而出，另外五人，已一起撞开了木门，追杀而至！

他们的身形也极快。

因为输不得。

——五个人（要不算温柔，至少也有四大高手）尚且拦不住一个后辈，日后再待在江湖岂不给人笑个脸黄？

而且也输不起。

——要是给吴惊涛回援战局，岂非让劫囚的同道们更雪上加霜？

他们急追而至，但五人一齐撞向木门，两扇木板门自然粉碎——他们就在碎木屑片中急追吴惊涛。

——他们一离屋子，"回春堂"的大门始告完全倒塌。

人未到，看家本领已至。

花枯发的"双叶"：他以叶片为暗器，追射吴惊涛！

温梦成使的是"百忍不如一怒神功"，他在盛怒中出手，发出了排山倒海的攻势，每一道攻势都必杀惊涛书生。

陈不丁的"五鬼阴风爪"、冯不八的"虎头龙尾狂风扫落叶"，自是追砸猛击吴其荣，连温柔都飘身而出，挥刀斫向惊涛书生。

——皆因他们都省悟了：惊涛书生吴其荣既能在酣战中乍闻箫声，说走就走，马上就能撇开跟他对敌的五人，即援主战场，也就是说：此人战斗力之强，远超乎想象，若制他不住，要救待斩的唐宝牛、方恨少，可谓庶几难矣！

这次连温柔都省觉了这点。

所以他们都倾全力追击。

这时，群豪在朱小腰引领冲刺下，往龙八、多指头陀押犯之处猛攻不已。

吴惊涛一面倒踩而掠，每一步都踩踏在官兵和群豪身上，都准确无误，只要足尖在他们颈、肩、背乃至头上轻轻一沾，立即弹起，如巨鸟般投向战斗的轴心；但他另方面却不闲着，他迎着五名追击的高手，一一还招：

他的左掌发出灿烂的色彩，向陈不丁攻出了十四掌。

陈不丁的"五鬼六壬白骨阴风爪"完全无法施展开来。

他的右掌响起了极好听的风声，向冯不八劈了三掌。

冯不八几乎招架不住，连"虎头龙尾狂风扫落叶"镔铁拐杖也几乎脱手而出。

他的左手和着檀香味，软绵绵地向花枯发送出了一掌。

花枯发的"双叶"攻袭已给他这一看似无力的掌势瓦解，连"一叶惊秋"的杀手铜也给他一掌化解摧毁。

他的右手震起一种极微妙的悸动，向温梦成攻了十七次。

温梦成几乎给一种"欲仙欲死"的颤动激得攻势完全消失于无形，他自己也几乎"欲仙欲死"去了。

只有温柔能追及他。

温柔的轻功，绝不在温、冯、陈、花之下。

她外号就叫"小天山燕"。

她的身法是"瞬息千里"，那是红袖神尼的独门身法。

所以她后发而先至，居然追得及惊涛书生。

但当她追及吴惊涛之际，陈不丁、花枯发、温梦成、冯不八四大高手都给迫逼退了下去，吴惊涛对她能追得上来，似也颇感意外，轻喝了一声道：

"你真的要迫我杀你？"

一掌迫退了她。

然后他就出了杀手。

——杀的不是温柔。

而是朱小腰！

不只他杀向朱小腰，另一个人也掠向方恨少那儿！

而且出了"剑"！

——谁？

"剑"！

他是世上唯一以一个"剑"字为名的人：

罗睡觉。

罗睡觉本来好像是已睡了觉，而且还是睡得极恬、极沉也极入梦，就算动手，也好像不应该是他，而是他身边的其他六位剑手，他只是专程来睡这一场觉的。

然则不然。

他突然醒了。

睁目。

拔剑。

动手。

——要知道：醒了、睁目、拔剑、动手，这四个动作，是同在一刹瞬间完成和发生的。

而且他拔剑的方式很奇特。

极为奇特。

天下绝对不会有人这样拔剑。

武林更不会有第二把那样的"剑"。

他"拔剑"的方式是：

脱鞋。

他穿的是靴。

长靴。

他一脱了靴，就完成了"拔剑"的动作。

因为他的脚就是他的"剑"。

脚剑。

——这就是他命名为"剑"的真正原因：

他人剑早已合一。

脚就是他的剑。

甚至还发出浸浸的剑芒来。

苏醒、睁目、拔剑、动手，四个动作，一气呵成，主要是因为：

他听到了一个命令。

他这次来这一趟，只答允一件事：

—— 一听到箫声，即得赶援，只要听到暗号，就即杀掉命令里要杀的人！

他收到的命令其实与吴其荣颇为近似！

—— 一旦闻箫，马上出手杀掉命令中要他干掉的人！

现在箫声已起。

命令已下。

杀人的时候到了！

就在这时，一条人影，越众而出，抢在众人之先，左手五指，直插多指头陀剑下唐宝牛的面门。

这一下，可谓十分意外。

人人都出于意料之外。

——这身材窈窕，身着粉红色衣裙，高髻长袖，面罩绯巾的女子，不是属于来劫囚的那一伙人的吗？

——何况，这女子还明显是这一干劫钦犯恶客的领导人物：她曾带领人马，几次冲击，无奈都给"服派"马高言、"哀派"余再来、"浸派"蔡炒、"海派"言衷虚等人勉强敌住。

可是，这一下，本来大家都凝住了，她却突然冲了上来。

本来，冲了上来还不打紧。

因为多指头陀还应付得来。

但多指头陀再聪明审慎，也没料到的是：那女子上来，竟不是向自己而是向唐宝牛下手！

不但多指头陀料不到这一点，大家都没料到。

要是一个人，忽然上前来抢走你手上的重要事物，你本能的反应会怎样？

多指头陀的反应是：

马上揪起唐宝牛，向后一扯。

——唐宝牛是钦犯，这人一上阵就杀了他，说什么，也不大妥当。

——而且，来人在他手上杀了唐宝牛，就跟自己亲手杀死唐宝牛没什么两样：来者要选在这时候杀唐宝牛，必有阴谋，他才不让对方得逞。

所以他拎起唐宝牛往后一挪。

唐宝牛牛高马大，可不是轻量人物，多指头陀虽及时拉开了他，但也扯痛了伤痛之指。

这一痛，倒疼得他龇牙咧嘴的。

然而那女子的攻势，却十分狠辣、狠毒！

她二指一骈，又戳向唐宝牛印堂穴来！

多指头陀再也不及细虑，又将唐宝牛往后一扯：索性藏在自己身后再说！

可是这一下，那出招狠毒的女子才发动了真正的攻势：

她右手五指骈伸，急戳多指头陀喉头！同时左手两指"二龙争珠"，疾挖多指头陀双目！

她从一现身率群雄冲击法场起，就以出手狠、辣、毒、绝见称，而今更是招招狠，着着毒！

多指头陀眼见今回她是冲着自己下手，心下不敢怠慢，八指弹动如穿梭，左铁闩门，右拦江网，封锁住女子的来袭。

但仍防不胜防。

防不了的是她的脚。

——而且不是踢他的脚。

那女子的杀手锏是在双手猛攻向多指头陀的同时，也无声无息地疾踢出两脚。

最难防的，还是这两腿，不是踢向多指头陀，而是踢向唐宝牛。

多指头陀大吃一惊，招架得住这两招，却已不及挪开唐宝牛了。

唐宝牛顿时着了两脚。

多指头陀这下当众给一个女子逼住了，处处吃亏，颜面何存？当下怒叱一声，八指像狂蛇乱舞，激颤了起来，攫向那女杀手。

那女子腰身纤细，随风而舞，到得了后来，竟随多指头陀身上所逼出来的杀气、指上所激出来的劲气而飘而舞，端如天女，无依如一袭漂泊在空中、风中的舞衣。

——好美。

但触不着。

沾不上。

多指头陀猛攻了几招，忽听身旁有异响，心里大呼：上当！

但他反应已迟了一步，整个人已给人牢牢抱实，只听背后的人呵呵大笑道：

"小腰，还是你救了我！"

说话的人正是唐宝牛。

上来施辣手也下毒手对付多指头陀的当然是朱小腰！

她看准了多指头陀的心理，所以，她一上来，反而不是救唐宝牛，而是要"杀"唐宝牛的样子。

这一来，多指头陀只有为唐宝牛抵挡攻势一途。

然后她才转而力攻多指头陀。

多指头陀只好防守——她就趁其不备，踢向唐宝牛。

这一上阵心理转易，就算多指头陀发现她出腿，也只以为她踢向唐宝牛，当然是先防御她的攻势保住自己，再理会唐宝牛的安危了。朱小腰正是要他这样想。

其实，朱小腰那两脚，一脚踢活了唐宝牛身上给封住了的穴道，一脚鞋尖弹出了刀锋，割断了缚住唐宝牛的粗索。

唐宝牛一旦解缚，自然又能自由"活动"了。

他见朱小腰亲来救他，而且救得那么拼命、搏命、不要命，显然是对他有情有义，他跟她的缘分看来已命里注定，而他自己

却是注定了要捡回这条性命的；他高兴之余，哈哈一笑，已老实不客气地，只管把对敌中略失防备的多指头陀抱个死实的，活像抱住的是他的情人宝贝一样。

第拾回

亲情友情 夫妻情 不如无情

人世间最重要的三种情感，是：亲情、友情、爱情。

以多指头陀的武功，当然不怕朱小腰。

不过一如前文所说，多指头陀最厉害的，还不是他的武功，而是他的智谋。

但多指头陀之所以能无往而不利，说来也不是因为他的智谋，而是他使人信重、让人信任——因而，他下手、出手时每每多能得逞。

可是这一回，他对上朱小腰，一时失着，便处处失利。

俟他再要以力战扳回局面，但背后已遭唐宝牛牢牢抱住。这一抱，他连手上的箫也给打落了。

这一来，他的局面就凶险了。

甚至可以说，他遇危了。

抱住了多指头陀的唐宝牛，忽然回过头来，睁大铜铃般的大目、掀开盘根错节的乱髯厉髭，张开血盆大口，向龙八吼了一声：

"放——开——他——！"

他？

——"他"，自然就是方恨少！

局面急转遽下。

多指头陀非但已控制不住剑下的唐宝牛，反而还给他紧紧揽着，龙八本已够惊心，唐宝牛这下对他猛吼一声，更令他失心丧魂、胆战心寒。

龙八心一慌，手便乱，他本来就紧贴多指头陀而立，原在这变局中是最能及时解多指之危，并助他一把、扭转局面的人，而今却因这一怕，胆已生怯，两人已迎面扑至，一支龙尾虎头拐、一柄五鬼阴风爪已迎面打到——

　　龙八虽是武将，但他从来未真的带过兵打过仗，完全是靠奉迎王黼、童贯擢升上来的人，而今又得蔡京赏识，成了相爷在京师官道和武林的召集人，此际忽逢变局，便缺乏应付的急智和胆色。

　　他第一个反应便是：保命要紧！

　　——敌人正排山倒海地一拥而上，而且来势汹汹。

　　他知道这些人不是为了他来。

　　而是为了要救他手上的囚犯。

　　他甚至明白这些悍夫也不是只为了方恨少，那是要用来"表态"：

　　——表示支持那两个不知天高地厚的死囚打了天子和宰相的态度！

　　龙八是聪明人。

　　——一个人能在狡诈贪婪、专权阴毒的蔡京手上当红人，而且红了这么久，当然是聪明至极的人了。

　　所以他不是不明理。

　　他只是为了自身的利益与安危，并不选对的事情去做。

　　——而只做对他自己有利的事。

　　这也许就是忠臣与奸官的分别。

　　龙八就是因为知道这些，所以他立即下了一个"保命"的决定。

　　离开！

　　他马上身退。

　　——远离囚犯方恨少！

　　这一来，来人志在救囚，就不会追击他了！

——何况，就算失了囚犯，在责任上他也不必捐得最重！

因为还有多指头陀。

——相爷既把调度"七绝神剑"和惊涛书生的号令和大权也交予那头陀，这事自然就让他背个正着好了！

而他自己？

还是保命要紧！

——有什么要比活着更重要？

龙八当真潇洒，对他身上职责，真是"理他也傻"，抽身便退，转身就走！

只留下了多指头陀。

可凶险了！

要是龙八能及时声援他，或胁持方恨少以制唐宝牛，定必能舒缓多指头陀此际之劣势，可是，龙八这一走，对多指而言，无异于雪上加霜、落井下石，使他孤立无援，更难以扳回局面。

所以他为了"保命"和"扳回胜局"，只好做了一件事：

"杀！大圈、崩头、大菠萝！"多指头陀忽然大喊，他给唐宝牛箍住了胸颈，又忙于应付朱小腰急剧狠辣的攻势，因而喘气急促，好不容易才嘶声喊得出这几个声音："杀了救囚犯的人！"

这是命令。

——大圈、崩头，大菠萝都是"暗语"。

"大圈"是罗睡觉这次参与行动的号令字眼。

"崩头"是吴其荣这次答允雷纯助蔡京监斩行动的"密语"。

"大菠萝"则是共同的"决杀令"!

——除了箫声,只要有人说出这三个辞句,他们便会听令行事。

至少做这件事。

这其实也是多指头陀之所以参与及主事这次监斩埋伏行动的重要理由。

因为他得到蔡京的信任。

蔡京告诉他"暗号",由他来号令罗睡觉和吴其荣。

——有"剑"和惊涛书生这等强助,他难道还怕完成不了这事?

一旦计划得成,他的身份地位,可必然远超龙八、朱月明、"天下第七"之流了。

他知道相爷身边有的是人——且不管那些是不是人才,但总有能人;他要出类拔萃,就必须"出其类而拔其萃",也就是特别"出位"的意思。

——"出位"就是所处的位子比别人突出,比别人出色!

要突出自己,就得要借机留意,做一两件大事立功才行!

——所以他这次才肯从"暗"走到"明"处来,立意要在此役里不只立功,还要立威!

这一下,他可遇了险。

所以他即下"决杀令"!

令一下,罗睡觉和吴其荣立即杀向巧救唐宝牛的朱小腰,以及抢救方恨少的陈不丁、冯不八!

惊涛书生的身法不是掠，也不是跃，而是飘。

一"飘"就"飘"到了朱小腰身后。

朱小腰是个很警醒的女子。

她急于救唐宝牛。

她也听到了多指头陀喊出了她不甚明白的号令。

她是个敏感的女子。

——她感觉到那是个杀人的号令。

她为唐宝牛急。

她要救他。

她要他走。

她不要他相助。

——她只要他活命，其他的人、其余的事，由她来顶！

她这次来，只是为了救唐宝牛。

主要只为了救唐宝牛。

因为她要还他一个情。

恩情。

朱小腰这种女子，是欠不得情的。

欠情不得的。

她一生都不想欠人的情：她自小喜欢跳舞、舞蹈，要是她真的肯苦苦央求、要求，她的家人虽然反对，不一定就不让她涉猎舞艺的。

但她不。

不肯。

也不愿。

所以她一直没有机会好好习舞，反而因机缘巧合，练成了武。

这是她一生里莫大的遗憾。

就算她加入了"迷天七圣盟"当上了二圣，但她在盟里仍是做一件事算一件事，杀一个人是一个人，她只是做事、尽责，谁也没欠谁的情！

至少，她坚持不欠人的情。

她也不要人欠她的情。

所以她宁可放了许多小狗小猫小兔小龟小动物，她放了它们，它们不知道，她也忘了，如此两无相欠，那就很好了。

但她最少还是欠了一个人的情：

颜鹤发。

至少，颜鹤发把她从青楼赎了出来，而且也教了她武功。

她很感谢他。

由于她已没有别的亲人，她对他就像对待亲人一样。

——但只是亲情。

不是爱情。

她不能爱他。

她的爱在于舞。

那种：翩然若云鹤翔鹭，雪回飞花，舒展间腰肢欲折不折，流转自如，就像风吹过枝头，花儿经霜轻颤，但却摇而不落，若俯若仰，若来若往，绵绵情意，顾盼生媚的舞。

但已过去了。

那只是一场暗恋。

也是一次失恋。

她年岁已大，已不及练舞。

而且她把舞已练成了武。

她的天分已然转易。

——舞，对她而言，就像是一个永远都赶不及赴长安应考的书生。

一样的失落。

一般的遗憾。

她记得颜鹤发。

她也纪念他。

那是因为亲情。

人世间最重要的三种情感，是：

亲情。

友情。

爱情。

她对颜鹤发是亲情，但却拒绝了爱情。

她也知道唐宝牛对她的一往深情。

她一样不能接受他的情。

她知道他的好意，还有这大男人的可爱之处，以及这条汉子的痴情特色。

她不是不动心。

也并非全没动意。

她也暗自喜欢他的"憨"、自大、自卑以及自吹自擂、自以为是。

还有他的自得其乐。

　　她甚至也在暗里希望：他若有心，若真的有意，再主动示好时，再表明一下，以示坚贞，说不定，她就真的会答应了、默许了、接受了，也对他像他对她一般地好了。

　　但一切还差那么一步。

　　只差那么一点。

　　朱小腰不是无情，她却但愿自己不如无情。

　　——颜鹤发刚死不久，她还没适应过来。

　　她只来得及从当他是朋友，转而待他像兄弟，然后在心目中已把他视作密友……

　　她的心情仍只赶得及接受了他的友情。

　　——那是相当丰富、感人和令人动心的"友情"。

　　一切只差咫尺。

　　也许唐宝牛就再有那么一次机会，再献一次殷勤，她就会让他遂了心愿……可是，转首已是天涯。

　　——唐宝牛已经闯了祸。

　　出了事。

　　他和方恨少打了皇帝。

　　那是弥天大罪。

　　她决定去救他。

　　纵舍身、舍命也不惜。

　　她要报答他这些日子以来，对她的恩情。

　　她不能无情。

　　她这次部署"劫法场"的事，反而不多说什么，只默默做事，她就是等这一刻，她要舍死忘生地把这大小孩的汉子从死亡的关口里救出来，除此无他。

——这一种情义，只怕可直比夫妻之情深吧？

可是一个人再厉害，只要有了情，总是会为情所苦，为情所累，对朱小腰这样一个爱上舞蹈的女子而言，总不如无情，更教伊潇洒、曼妙、明丽吧？

"折腰应两袖，顿足转双巾"，对一个舞者，舞到极致，不仅是"流"出来的，更进一步，也是"绽"开来的，罗衣从风，长袖交舞，逸态横出，瑰姿谲起，舞到最后，谁不是乘风欲去、天上人间？但又恐琼楼玉宇、高处不胜寒。像朱小腰这样一个舞者，从飙回风转、流采成文的舞失足舞成了武，她已不再飘逸俊秀，婉约娴静，反而成了驰骋若骛，英气逼人；舞，对她而言，只是一次心碎，一场早雪。

斜身含远意，顿足有余情，这种屈肘修袖平抬抚筝的优美姿态，对朱小腰而言，此际已成了杀人的绝招！

一招杀向惊涛书生！

杀吴惊涛是为了要救唐宝牛。

她已别无选择。

谁叫吴其荣掠了过来、逼近了他——且不管对方要对付的是唐宝牛还是她，她都得杀了他！

第壹壹回

走狗恶狗
乞怜狗
关门打狗

——他是一个爱女人的男人，然而，
他刚才却出手杀一个舞得最柔的美丽女子！

吴其荣这次参加这一役，主要是因受雷纯之所托。

他打算立了一个功便走。

要立的，当然是大功。

小功他还不看在眼里。

所以他准备立即打杀正在救唐宝牛的人——或者杀了唐宝牛也可！

所以他一掌就劈了过去！

然后他才发现那是个女子。

而且是个极婉约、幽怨、动人的女子。

那女子也马上发觉了他的攻袭。

并且马上还击。

她的还击极美。

也极狠。

美在身姿和风姿。

那简直是教书生输尽了整座长安之一舞，这一舞就像舞出了许多江南：

多花多水多柳多岸多爱娇的江南。

她斜曳着水袖罗袖像在云上作凌波微步，时似拧身受惊回顾的蛟龙，有时像有羽翼的仙子乘风归去，有时却又像一朵风中的雪花，孤零而飘零地旋转着过来。

太真先把一枝梅，花下偉偉软舞来。娉婷月下步，罗袖舞风轻。翩如兰苕，婉若游龙。

——那都是极美的。

但在绝美中，却是至狠的。

舞者的指、指尖、指甲乃至脚、鞋尖、鞋头上的刀，都在这楚楚引人的舞动中，向他发出了最要命的攻击。

吴其荣觉得好美。

他本身就是个极喜欢观赏女子曼舞的书生。

——雷纯就是因为看透了他这点，而把奖赏换着送他几名特别出色的舞娘，让他如愿以偿。

何况朱小腰的舞，是天分，她的人更不是一般经调训而成的庸脂俗粉。

她自成一家。

一举手、一投足、一进一退、一流盼一回眸间，完全恰到好处，自成一派。

所以惊涛书生看得为之目眩。

喝彩。

神往。

他几乎一时忘了还击。

还几乎忘了闪躲。

故此，当吴惊涛再省悟到身处危境时，朱小腰的狠着已离他很近、很近很近、很近很近很近的了。

吴惊涛情知不妙。

他这人虽一向游离独处，但绝对忠于自己。

——什么都可以牺牲掉，就是不能牺牲了自己。

这时候他也跟朱小腰一样，除了杀死敌手，已别无选择了。

他在危急关头，双手忽祭起了七种不同的色彩交融在一起，然后大放异彩。

那交汇在一起的色彩很夺目、很亮丽。

——那是他的"活色生香掌"和"欲仙欲死神功"交糅一体

之一击。

他本来是个爱女人的男人。

他一向很爱护、也很珍惜女人。

但他现在要保住自己，已没了退路。

他双手一齐打了出去。

"啪""啵"二声，像一朵花，在枝头上折落了；又像手指轻轻在面颊上弹了那么一下。

朱小腰就哀哀地飞了出去。

她掠过之处，鲜血如花，纷纷洒落，就像一袭无依的舞衣。

待唐宝牛蓦地放了多指头陀，接住她时，她粉红色的衣裙，全染了一摊摊怵目惊心的血，就像一朵朵血的花，开在她的身上。

唐宝牛一接住了她，就发现：

一、她的腰脊已折断了。

二、她的五脏六腑已离了位。

三、她已奄奄一息了。

唐宝牛第一个反应（也是第一个感觉）就是：想哭。

但他张开了嘴巴，哭不出。

一声也哭不出来。

这时，她绯色的面巾半落，露出了半边绯色的脸。

她无色的唇带血。

星眸半张，似乎还带着点哀怨的无奈（那仍是嘲笑多于悲凉的），仍是那一张绝美中带着慵乏的容颜。

吴其荣一招得手，自己也呆住了。

他看着自己双手。

彩华渐褪。

他的神情很奇特：

——他不知是在得意，还是有点懊悔，甚至是十分憾恨？

他的双掌刚击中了朱小腰，就乍听有人大吼道："走狗！"

叱骂的人是花枯发。

他旋舞双叶，飞斩了过来！

但温梦成比他骂得更响，也更烈，而且更愤慨！

"你这头恶狗！我只恨刚才关起门来的时候没把你这禽兽一气打杀了，却让你又害了人命！"

温、花二人，已把吴其荣恨之入骨，两人一面叱喝，一面向惊涛书生作出极其猛烈的攻击。温柔这时也挺刀斫到，由于刚给击退，收刀回气之际，亲睹朱小腰给这坏鬼书生击伤，更是气煞，刀刀抢攻，招招不容情。

温梦成、花枯发二人，当然是真的愤激不已，但事实上，他们的"一叶惊秋"和"百忍不如一怒神功"，确是越愤怒则功力越能发挥得淋漓尽致——"一叶惊秋"是以狂劲使柔物达无坚不摧之境地，而"百忍不如一怒神功"则以战姿、气势先慑住敌手再予取胜，他们一边骂、一边打，以壮声势，就是此理。

然而惊涛书生这回却心不在焉。

甚至不像平时一般，他还忘了擦脸。

他只看着自己一对雪玉似的手——这对手保养得很好，很干净、整洁、白皙，甚至如果不是指甲太长方形的话，它像女人的手还多于像男人的——就像那是一只黑手，另一只是血手。

他脸上的表情也很诡异。

甚至还在喃喃自语。

他像是失望。

也似是喜悦。

但最明显的是有点如痴如醉。

"好一场舞……"

向他攻袭的人隐约听见他这样低声呢喃似的说着，"好一个女子……"

吴其荣虽不专心，但却仍能一一躲开一花二温三人的猛攻。

——虽然总带点险。

不过，似乎他也不大在意。

——他是一个爱女人的男人，然而，他刚才却出手杀一个舞得最柔的美丽女子！

他的心情也不好过。

但这却使这两大党魁暗自惊惧。

甚至，刚才在"回春堂"五人围攻吴其荣之时，久攻无效，相持不下之际，这书生却乍听萧声相召就能立时抽身退离"回春堂"，这仿佛已证实了一点：

——就凭他们五人，还制不住这看来有点痴痴骏骏的书呆子！

这当然不是好事。

更坏的是他们发现：

多指头陀已缓得一口气，转而绕过去要向唐宝牛背后偷袭了!

　　然而唐宝牛却在极大的悲恸中。

　　他抱着朱小腰。

　　他的膝头像已折断了似的跪了下来。

　　他张大了口。

　　眼泪像一拳一拳地大滴滚落下来。

　　他望着天。

　　上天。

　　——天若有情天亦老。

　　温梦成、花枯发情急之下,再也不向吴惊涛攻袭、恋战了。

　　他们立刻扯走了温柔,改掠向唐宝牛那儿,一面大叫道:

　　"不可大意闪神!背后有敌!"

　　"唐巨侠,挺起你的腰脊来,快救走朱姑娘——不要做乞怜狗!"

　　他们同声高呼,人未到,飞叶和劲气已分别向多指头陀激发了过去!

第壹贰回 多情总被无情伤

仿佛在这一次对望，要记住对方到来世；好像这样一次互望，是今生的最后。

唐宝牛这儿还不算惨烈，更惨烈的是方恨少那一战团。

龙八刚才给唐宝牛一唬而撒手就走，就把待斩立决的方恨少留在原地。

方恨少苦于穴道受制，身上又有多重捆绑，无法动弹。

话说惊涛书生自"回春堂"一路退了出来，追出来的人，除了温柔、温梦成、花枯荣之外，还有两人。

两个年纪虽大，但脾气亦大、胆子更大的人：

陈不丁。
冯不八。

冯不八和陈不丁原对惊涛书生紧迫不舍，后转而吓退了龙八，正要解开方恨少身上受制的穴道和受缚的绳索；与此同时，花枯发和温梦成也飞掠了过来，先攻吴惊涛，转袭多指头陀，以解唐宝牛之危。

这一霎间，局面已成了大对决。

但龙八、多指那一伙人的确高手太多，单是"开阖神君"司空残废，以及余再来、言衷虚、张初放、蔡炒、叶博识、马高言等剑派掌门死守着，犹如铜墙铁壁，"江南霹雳堂""碎云渊毁诺城"，乃至佟劲秋率领"好汉庄"的人，正好斗个难分难解、难分轩轾。

这时，有一名全身白衣、脸蒙白巾的人，身法洒脱，剑法凌厉，单袖飘飞，鹊起兔落之间已杀伤官兵十七八人，眼看就要冲杀入龙八、多指头陀、唐宝牛、方恨少那儿，但他的所向披靡、势如破竹，却激怒了另六人。

这六人立即对他出了手。

六大高手。

六大用剑的绝顶高手。

他们是：

"剑神"温火滚

"剑鬼"余厌倦

"剑妖"孙忆旧

"剑怪"何难过

"剑魔"梁伤心

"剑仙"吴奋斗

六人终于出手。

这"七绝神剑"，已不是当年随蛮兵侬智高跟狄青作战的"七绝神剑"本人。那七名剑客，已为蔡京招揽，年事已高，久不出江湖，人多已改称他们为"七剑神"，而他们已把一身剑法绝学，各授予一位徒弟。这数十年来专心培植下，新的"七绝神剑"，在剑法上的造诣，恐怕要比当年诸葛小花和元十三限力战上一代的"七绝剑神"更高更强！

他们一直不出手，好像是因为还没等到有足够分量的人来逼得他们出手。

而今他们等到了。

他们终于一齐出手，攻向那白衣剑客。

那白衣剑客以一敌六，单剑战六柄神、仙、妖、魔、鬼、怪的长剑，却丝毫不惧、越战越勇。

一时间，也打得剑气纵横、舍死忘生。

陈不丁与冯不八正要趁这大好时机杀掉龙八、救走方恨少。

可是，他们忽然感觉到一个感觉：

不祥。

冯不八、陈不丁二人平时虽然常常打打闹闹，但其实夫妻情深，心意相通，所谓打者爱也、骂者关心也。他们夫妇二人，鹣鲽情深，打打骂骂反而成了他们日常生活里的乐趣。

可是，这霎间，他们一同生起了一个感觉：

一、有敌来犯；

二、他们彼此间深深地望了一眼；

三、然后才一齐返身应敌。

——"有敌来犯"是一种警惕。

——回身应敌是反应。

——真正的感觉是：彼此深刻地互望一眼：

仿佛在这一次对望，要记住对方到来世；好像这样一次互望，是今生的最后。

敌人来了。

敌人只一个。

这唯一的敌人并不高大。

他飞身而来，一绺长发，还垂落额前，发尖勾勾的，晃在鼻尖之上。

他眼睛骨溜骨溜的乌亮，还带着一点稚气、些许可怜。

他向冯不八、陈不丁点了点头，算是招呼，然后才出手。

他向两人点头的时候，相距还有十二尺余之遥，但他出手的时候，突然地、陡然地、骤然地、忽然地、倏然地、遽然地、蓦然地、乍然地……总之是一切都令人意外地快速，他已人在冯、陈二人之间，然后出剑。

剑攻破陈不丁的爪影里。

剑刺入冯不八的杖影中。

可是他手上无剑。

——他的剑呢？

脚。

他是罗睡觉。

对他而言，他的脚就是剑。

——而且是两把剑。

对他的敌人而言，他的一双脚都不只是剑。

——同时也是死亡。

在陈不丁铺天盖地的爪式尚未真正全面全力施展之前、冯不八排山倒海的杖法刚告一段落新力未生之际，他毫厘不失地、右脚一踢、足尖如剑锋、切入陈不丁的咽喉；同时，左脚一蹴、趾尖如剑尖、刺入了冯不八的胸膛。

两人闷哼一声，罗睡觉"抽剑"，双腿一收，血喷溅，附近几成了一片血雾。

他已完事。

——完成了一件优美的工作。

杀人的事。

他很满意自己所做的事。

他做得十分专业。

而且简直就是"专家"。

——如果他不是个绝对且一流的"专才",他的代号也不会只有一个字:

"剑"。

因为剑就是他。

他就是剑。

——他已代表了剑。

剑就是他的一切。

陈不丁身历数百战,冯不八比她丈夫更好斗,他们两人一旦联手,更是夫妻俩一条心,合起来的武功绝对是冯、陈其中一人的三倍以上。

当然,他们两人并非无敌,但要找赢得过这对镔铁爪加虎头拐的人,只怕也寥寥可数了。

可是,罗睡觉只用了一招。

二式。

不光是赢了他们。

也杀了他们。

干净利落,好像他生来就是要杀他们的,而他俩生来就是给他杀的一样。

如此这般。

如此而已。

陈不丁、冯不八死了。

众皆哗然。

"不丁不八"既殁，朱小腰也伤重，群雄战志大为受挫。

"剑"杀了二人，他的脚"立时"又"变"成了与常人无异的一双腿子，缓步退回其他六剑阵中。

他看来轻松。

且带点不经意。

他的发丝依然垂落玉粉粉的颊上，看去可爱得多，至多只带点儿神秘，一点也不像是个出手一招就杀人的可怕杀手。

何况他杀的还是高手。

他看去浑似个没事的人一样：好像什么事儿都不曾发生过。

但有两件事，只有他心里知道：

一、他胃痛。

胃部像有一只山猫在示威，狂抓怒噬，使他痛苦不堪。

二、他心疼。

他的心在抽搐着，像正在给人大力拧扭、揸压着，使他痛不欲生。

他每次杀了人，就会这样：不是手臂像脱了臼般地痛楚，就是呼吸闭塞哮喘不已，总之，一定会感到肉体上的折磨。

所以他每一次杀人，都形同是在折磨自己。

他就像是给人下了诅咒一样。

但他却不能不杀人。

所以他不得不忍受这种苦痛。

而且，他还不能让人知道。

——一个杀手的缺点是决不能让人知道的。

让人知道缺点的战斗者，如同把自己的罩门卖给了敌人。

同理，一个好杀手若让你知道他的弱点，那你得提神了：那很可能是假的，甚至有可能那才是他真正的强处。

唐宝牛一向好强。

他认为自己顶天立地。

他一向都要拣惊天动地的事来做。

不过，他现在全身都是弱点。

他完全变得脆弱、易折。

因为他的心：

碎了。

他没有流泪。

他紧紧地抱着朱小腰。

朱小腰比平常更倦、更慵、更乏。

——看她的样子，似是历经许多风霜了，她想放弃了，要歇歇了，要撒手了，不再理会那么多了。

"小腰……"唐宝牛低声喊，"……小腰。"

说也奇怪，朱小腰这时脸色反而并不苍白了，玉颊很绯、且红、很艳。

她的眼色也不狠、不毒了。

她还是那么美，尤其受伤之后的她，在唐宝牛拥抱下，只显得人更柔弱腰更细了。

"……小腰，"唐宝牛哽咽，"小腰……"

朱小腰微微半睁星眸，红唇翕动，好像想说话，唐宝牛忙揭去了她面上半落的绯巾，第一句就听到朱小腰像带着醉意地说："……真倦啊……"

然后一双美眸，流盼定在唐宝牛脸上，像用眼波来抚掌着他那粗豪的脸，好一会才说：

"……你第一次见我的时候，我的草帽就给劈了开来，还记得吧？"

"记得，记得。"唐宝牛很艰辛地才从呜咽中整理出话绪来，"我还逗你……我那时候……还……还不知道……不知道你……你是个女的……"

朱小腰倦倦无力地一笑。

颈肩就要往旁一侧。

唐宝牛一颗心几乎也要折断了——却忽听朱小腰又幽幽地说：

"……那时候，你还说——"

唐宝牛用尽力量用一种连他自己也没听过的声音但也是他用尽一切真诚才逼出来的三个字：他把这三个字一连重复了三次：

"我爱你。"

"我——爱——你。"

"我——爱——你——"

　　——是的，当年，在三合楼上，他和朱小腰相遇，他为了要气她、要逗她，还公然对她说出了这三个字"我爱你"；然而，当时，他不知道她就是朱小腰，也不知道她是个女的。

　　"……你，傻的。"朱小腰微微地、倦倦地、乏乏地笑了，像看一个孩子对一个心爱的孩子说话一样，"多情总被无情伤，我要去了，颜老在等我呢。你自己一个人孤零零地留在世上，要记住多情总为无情苦啊……"

　　忽然，她没有再说话。

　　她清明的双眸微微映红。

　　唐宝牛一怔，好一会，才反应过来，随她视线望了过去。

第壹叁回

红狐

——她是个有恩必报的女子。

那是一只狐狸。

红狐。

——它不知在何时，竟奇迹地潜进这杀戮战场里，走入这人类的血肉阵地里，微侧着首，黑鼻尖抽搐着，眼睛红着，像有两点暗火在那儿约略点明，眼神就像人的感情，哀怜，且低低发出悲鸣。

它在看她。

它在呼唤她么？

——这狐狸，就是以前她"小作为坊"遇伏时放生的红狐！

它是怎么来的？

它来做什么？

想起"三合楼""万宝阁""小作为坊"的种种奋战，"愁石斋"、"瓦子巷"、汴河雪夜桥畔的生死与共，历历在目，唐宝牛只觉撕心裂肺，他想号啕大哭——

但，他哭不出。

竟哭不出来。

再回头，朱小腰已溘然而逝。

两行清流，流过她桃色的玉颊，连泪水也带着如此傲色、如此倦。

她最后的一句话，隐约是：

"……待来世再跳这一场舞吧……"

语意像雪，在唐宝牛心里不住飘落。

——毕竟，她是为他而死的。

而今，她确是为他而死了。

她已还了他的情。

她为他送了命。

——她是个有恩必报的女子。

可是他呢？

他再举目的时候，那只红狐已经不见了。

——跟它来的时候一样，完全似不曾出现过，谁也想不出它是怎么来的？如何去的？几时出现的？为何不见的？

人逝了。

狐去了。

只剩下了唐宝牛。

和他的伤心欲绝。

他依然没有泪。

他：

哭不出。

一向感情丰富的他，竟连一颗眼泪也没有，一声也哭不出来！

他虽然哭不出，没有泪了，但他还是有生命的，而且是钦点要犯、候斩立决的死囚！

不少高手，杀向前来，要救他。

更多高手，杀了过来，要杀他。

在他身旁不远处的方恨少，情形也是一样（凶险）。

就在这时，忽听快马如急雷响起，有人洪洪发发地大喊：

"相爷有令，统统住手！"

大家果就停了手。

——本来相爷纵使有令，住手的也只不过是听他命令的官兵，来劫囚的英雄好汉是不必赏这面子给他，马上停手的。

但他们停手不战，是因为喊话的人：

"四大名捕"中的老三——

追命！

——崔略商！

稿于一九九三年六月十一日：法律问题有周折，川草报道有关我在大陆出书热之资料；一天一C；MAB之制限。十二日：明、兴联系；首相访中；ETC失效。十三日：Kotaraya 灯箱宣传我书；游 KR Complex 大购礼品。十四日：Ja.Lan Alor 读者老板相认，《风采》《新生活报》均要刊出报道＋专题。十五日：清早与余律师上法庭办事，幸避炸弹惊魂；何梁入"星洲"；《南洋商报》将在七月连载《朝天一棍》并作宣传。

校于同年六月十六日：黄雅泰、吴国清、郑志明、陈圆凤代表《周末不设防》现场访谈；"领尽风骚"系列已刊出《武侠小说风云再起：温瑞安骚尽中国》一文；小方议定，我取消赴槟之行；遇叶雪梨载我等三人返丽晶酒店。十七日：另有连续三杂志约访；《风采》将连载刊出我"谈玄说异"系列；商魂布写伊之三大恩人提我，惭愧；"《南洋商报》约访"、《新潮》请圆凤访我；《风采》林惠霞以我有四百多个孩子（书）名义相访；到 Yao Han；至 Corona 酒店；分别会美、萍、黄、Mei、Wong 等。

四大皆凶

第壹回

黑光

——只有看透了一切武林人的心态，
才能让他们疑神疑鬼、讳莫如深。

——想追命和冷血师兄已赶到菜市口和破板门了吧？

——不知兄弟们的伤亡可重不重？

——不知是否可以及时制止对大方和唐巨侠的行刑？

然而王小石仍然和蔡京对峙着。

蔡京现刻很担心。

他很少真正地去关心过些什么人，由于他在权斗利争上不遗余力，也不择手段，所以几乎六亲不认，就连家人、亲朋，只要对他有害的、不利的，他也概予铲除，毫不容情。

唯有这样，他的地位才数十年屹立不倒，无人可有足以动摇他的力量。

他甚至还认为这才是他的长处。

可是他现在竟然很担心一个人的精神和健康状况。

而且他所担心挂虑的人，居然是王小石！

这是没有办法的事。

自从王小石闯入了“别野别墅”用一弓三矢对准了他之后，他的命运便跟王小石的体能挂上了钩，他的手筋颤一下自己的心就颤一下，他的眼眨一次自己的呼吸便窒了一室，没办法。

——他们的命运已彼此互相地拴在这儿了。

蔡京应付紧张的方式，是：

笑。

——人在开心时才会笑。

所以，只要你保持着笑容，别人就会以为你很开心。

为什么会开心？

——当然是因为胜利。

故此，蔡京尽力保持了个微笑：尽管他现在已担忧和紧张得几乎完全笑不出来：

因为他已瞥见王小石的手指在微颤，前臂筋肉也微微抖动着：

这不是张易拉的弩。

这更不是好搭的箭。

何况，他所瞄准的，更不是个好对付的人。

蔡京当然不好对付。

而且还十分深沉、可怕。

——只有这个人，王小石到现在还弄不清楚：他到底会不会武功？

如果会，他的武功一定极高。

——只有武功极高的人才会隐藏自己的实力；只会两三下子三脚猫功夫的，反而会不慌不忙地唯恐天下不知！

要是不会，那他一定是个最能看透武林高手心思的人。

——只有看透了一切武林人的心态，才能让他们疑神疑鬼，讳莫如深。

更何况王小石要面对的不只是蔡京，还有对他已重重包围的高手：

单只是"天下第七"、神油爷爷、一爷这三大高手，已够不好对付。

更何况现在又来了增援。

大将童贯。

——这大将军其实既无战功也无战绩，只靠得到皇帝信任，就扶摇直上的人物，是以并不足畏。

童贯带兵打仗的特色是：只敢平内乱，不敢对外战。兵马在前线打个你死我活尸横遍野，他则在后方耽迷酒色，大事搜刮。他领兵作战，无一不败，但凡败仗，他都找部属背罪；报上朝廷去的，则全是他诳称报捷、打了胜仗。

世事无奇不有。童贯这样子的"领兵率军"，居然可以连连迁升，权重天下，其实他的本领无他，既懂跟权相蔡京拉关系，又深谙如何讨皇帝欢心，如此就功勋无数，恩赐不绝了。

此人虽不是高手，偏偏他却掌有大权，有权的人自然手上便有许多高手。

童贯身边有五个人。

——这种人倒绝对懂得把"老弱残兵"拨去打仗，把精锐之师，则留在身边。

这五人在朝中向有"五大将"之称："拼将""狠将""少将""天将""猛将"。

这五将虽是强将，但王小石还不放在心上，主要是因为：这什么什么"将"都是一伙人自我吹捧，大家互相封号而已，如果王小石跟他们取名，则认为只有"吹将""捧将"最合适他们。

——这些不打仗、光夸口、爱认功、只懂搞关系的家伙凭什么称为"大将"！

嘿！

王小石顾忌的是另一人。

这个人站在那儿：蔡京背后、他的面前，然而他却看不见他的脸孔，他的五官，只感到一团"光"，竟似是黑色的。

——"黑光"！

王小石潜入"别野别墅"作出胁持蔡京的行动，他最担心的有几件事，包括是否能制伏蔡京、对付"天下第七"等，但其中担心事项的第一件便是：

——"黑光上人"詹别野。

这时期，道教盛行，皇帝大臣，总相信些什么祭天拜神便可以长生不老、白日成仙的传说。这詹别野原是武当派近五百年来难得一见的高手，但他一旦成名，自成一派，又通晓炼丹导引之术，传闻中他不但武功高，而且颇有法力，能通鬼神，使得皇帝赐封为"国师"，而蔡京也特别为他把原来的"蔡氏别苑"，改建为"别野别墅"来供养、讨好他。

不过，他早些年可能倒行逆施太甚，挟道术显威，作了不少孽，惊动了豹隐多年、仙踪无定的懒残大师，亲自出手，把詹别野教训了一顿，自此而后，詹国师气焰稍敛，较少张扬生事，涂炭生灵；听说那一役里，他负伤不轻，元气大损，自不敢太无法无天了。

这些年来，詹仙师几已销声匿迹，甚至大多数的人都传他已改邪归正，到峨嵋山静修去了。

近几年来，已很少听到他的劣迹异举，也很少人再见得着他了。

然而，再怎么说这里毕竟还是以他为名的"别墅"。

——蔡京敢在这个时候来这地方坐镇指挥剿灭武林各路好汉豪杰的大军，必然有他可无一失的理由。

王小石担心的"理由"就是：

詹别野还在这儿，而且仍为蔡京效力。

而今，他瞥见蔡京身后有这样"一团黑光"似的人物，他担心自己的担心很可能会成为事实。

所以他死死地盯住蔡京，万一有什么异动，他就先第一个盯死他！

蔡京好像看出来：王小石似乎有一点儿的慌乱，至少不如初时镇定，所以他笑得越发自然。

"就算你救了他们，你又怎么撤走？"

王小石没有作响。

"不如你先放下箭，人，就让他们放了吧，你加入我麾下，我重用你，以你一个别说换两人，就算全京的好汉，也是值得。"

王小石没有回答。

"你别怕，虽然你今天用箭对准了我，我可不是一个记仇的人。我知人善任，以德报怨，而且识英雄重英雄，我不会对你今天所作所为报复的。"

王小石笑了。

"你不信？我身边、背后、这里的全部人都可以为我作证！"

顿时，厅内的人都七口八舌为蔡京作证，有人指天作誓，相爷为人确光明磊落；有的言之凿凿，胪举蔡京德行无亏，尽列义薄云天之种种事迹。王小石听得只是笑。这时，其他舞女全走避一空，蔡璇等也退避入房。

"你年少气盛，不辨忠奸，不信事实，枉了好身手，不肯弃暗投明，确令老夫抱憾。"蔡京叹息地说。

王小石笑道："你要我相信你？你凭什么要我相信你？凭这里的人？这里的人今天在你得势时为你说话，他日若你失势了呢？还会不会为你说话？"

他这几句话下去，堂里的人都噤了声。不一会，又阿谀奉承、詈言詈语，此起彼落。

蔡京的手一挥，大家才真正地住了口。

"这些人今天在这里，才会为你说话，你真的要问，到外边问去，跟老百姓打探打探去，看谁相信你？哪个维护你？还有什么人会说你的好话？"

王小石又一笑，露出珍珠一般洁白的贝齿，"你现在怀奸植党，布列朝廷，威福在手，舞智御人，把兵权、宗室、国用、商旅、盐泽、赋调、尹牧等政事，全抓在手，交亲信揽权，你还是大权在握，他们当然都会为你说话，有朝一日，你失权失势，这些人就一定会用你对付人的方法来对付你！"

"我对付人？"蔡京一哂道，"我问心无愧，做事不悔。"

"不愧是你没有廉耻之心，不悔是你无反省之力。不愧不悔有何了不起？只要厚颜凶谲的人，都说自己不悔无愧！"王小石斥道，"你没对付人？嘿！方轸向有风骨，不肯为你所用，向皇上指责你的过失，弹劾你气焰嚣张、颠倒纪纲，你就把他削籍流放岭南，并派人将他刺杀在那儿。你这叫……以德报怨？！"

蔡京冷哼一声："我原要重用方轸。那是他太不识抬举。"

"好，我就当他和你是个人恩怨。可是，刘逵呢？他只不过不想与你同流合污，你就加害于他，借苏州一起私铸钱案，强把刘逵乃至他亲戚章绖入狱，派开封府尹李孝寿审讯，迫着他株连千余人，而当中刑杖强抑致死者三倍于此数。你却还嫌处理太宽，特派御史萧服、沈畸去换了李孝寿。"王小石忿然道，"萧、沈二位御史，却很有良知，曾感叹地说：当天子耳目，怎可附会权要，以杀人求富贵！他们当天就释放七百多名受冤的人。"

蔡京哼道："这不就好了吗？我换了人就是要开释受冤的人！"

王小石道："你说得倒好听。这一放，萧服御史就给你调去羁管处州，沈畸御史则贬到信州，都有去无回。章绦更给流放海岛，尸骨全无！还有章绨……"

"章绨？"蔡京倒一时想不起是谁，"……什么章绨？"

王小石怒道："你害人太多，早已忘了给你害得家破人亡的苦主姓名了。你私自更改'盐钞法'，高兴废钞便废钞，喜欢发行新钞就印新钞，危害至大，章绨是狱吏，他为此上奏陈情。你一气之下，不但怒夺其官，还让他黥脸刺字，全家为奴，发配边疆。"

蔡京倒是有点迷糊的样子："有这样的事吗？我倒记不起了。你记性倒好，一一为我记住，难为你了。"

"你少给我装糊涂！章绨的事，你记不得，长溪瑶人因受不了你苛政暴征，起事生事，你下令把瑶人全抓起来杀头。荆南郡守马城马大人只不过告诉你：瑶人分有多族，生事的仅是一族，不必滥杀无辜，激起民愤。你非但下令照杀不误，还要赐绢赏银，按级升迁，以致官兵以杀人为乐，跟瑶族结下深仇。这事你总记得了吧？"王小石不齿地道，"马城大人只不过说了几句正义的话，你罢了他的官，还害了他全家，他的儿女全变成你家奴、妾侍，你可真会惜英雄、重英雄啊！"

蔡京道："这些都是我们朝政大事，你们这些草野莽民怎会懂！我若不得殿堂大臣支持，若非待朝中同僚恩深泽厚，我这个位子，怎可能十年如一日，风大雨大，都丝毫不受动摇？"

王小石道："屹立不动，树大根深，那确是你的本领。他们不是不反你，只是反不了你。你把稍有良知的群臣不是杀头就是贬谪，不是驱逐就是流放，朝廷良将忠臣尽为汝所空！你还把反对变法的全当作奸党处理，刻石立碑，立'奸党碑'，却为自己建数以千计的'长生祠'！如此造孽，天理何在！你能容人？你的变法只不过全为了自己。你还要赶尽杀绝，明令禁止宗室与奸党子孙成婚，以致酿成多少悲剧！刚才出手分你们的心之女子，她之所以会予人卖入青楼，她父母离异沦落，就是你的'德政'一手促成的！你这是现眼报，只要有对付你的事，她一向不遗余力。"

蔡京强笑道："好好好，你说什么就什么好了……最重要的是敬请你挽好你的弓、把稳你的箭……别别一个失手，大家都……"

"不是大家，只是你；"王小石冷哂道，"我来得了这儿，早已豁出去了。我们生下来，就是以有限的生命跟无尽的时空搏斗——而我却选定了你！"

蔡京生恐王小石毁诺、变卦，忙道："王大侠可事先约好，我布在菜市口、破板门的人一旦住了手，只要把犯人放了，你就不会……杀我的，王大侠可是大侠，说过的话可算数吧？"

王小石笑道："你少来用话挤对我。你奸我也一样可以用诈，你不要让我有借口就是了。——就算我不杀你，我可没保证过不伤你。"

蔡京悚然："你你你……你这话是什么意思？你敢伤我……？！"

王小石哈哈笑道："有什么不敢的？四年前我就要杀了你，结果只杀了你的狐群狗党傅宗书。我只要重伤了你，让你自己伤重而死，我既不算亲手杀你，也不算违诺了，是不？"

"你你你这样……可是……？"蔡京可变了脸色，再也无法镇定从容了，"……你这是耍赖……"

"我本就是无赖！我是无奈才跟你耍泼赖！"王小石道，"现在言归正传，你要我不伤你，除非你答应我一件事。"

蔡京忙道："别说一件事，纵十件、百件，我全都答允。"

王小石道："我也不要你答允千件百件，你只要应承我：今天劫法场的人，绝不要去追究查办。"

蔡京忙不迭地道："这个当然没问题……"可是他马上生了警惕：他本来就想先敷衍着，答应了再说，只要一旦脱身，那又是另一回事了。但他又随即想到，要是允诺得太过轻易，王小石必然不信，所以故意显示为难地说："……不过，这件事闹开了，只怕人也伤亡了不少，完全不……那个……在皇上那儿不好交代，刑部那头……也没了面子。"

王小石说："你可以追究，但只追究主事的人。"

他昂然道："——我就是主事人。"

蔡京当然明白王小石的用心和用意：

——王小石一定是个自命英雄的人，什么事都要揽到身上去。

——这样正好。只要能把他从这儿诓走，看诸葛老儿还能不能维护他！

——再说，他这头不妨答允下来，只要王小石一旦放下弓和箭，他马上就下令追缉王小石：既然是他自己认的账，大家都听实了，他要铲除王小石就更名正言顺了。

——就算未必一定能把王小石正法，至少，也能把他迫出京城，王小石一旦离京，就似龙游浅水，鱼跃旱地，他手上那一群"金风细雨楼"的子弟，迟早都变成他手里的雄兵、蚁民了！

——话说回来，不到万不得已，他实力再大，也不想太正面地与武林各路人马为敌：能用是最好，要不然也不宜全部开罪。就算他这次设计歼灭这干绿林上的反对势力，也是借处斩唐、方两名钦犯之意才能堂而正之行事，而且主要还是借"有桥集团"的主力，以及归附于他的武林势力来行事，这叫"以夷制夷"。绿林黑道，有的是卖命、拼命、不要命的呆子，他可不想跟他们全招了怨。

——不过，王小石今儿到了这里，是绝逃不出去的：难道他还能一个人战胜"黑光国师"、"天下第七"、神油爷爷、一爷这四大高手不成？！

——不可能！

既然王小石就要死了，所以他不妨什么都答应他——但答允太快，反令人不信，何况王小石绝顶聪明、善于机变！

所以蔡京故意沉吟道："……这样也好，不过，光你一个，还是说不过去，除非……在这闹事或劫法场上，凡是露了面的，就公事公办；没亮相的，我们就只眼开、只眼闭算了！"

王小石冷哼道："这也难矣。只望你说过的话是话！"

蔡京把胸一挺，嘿声道："我说的每一句话都是算数的！"

王小石森然道："那也不由你算不算数。你下矫诏杀害忠良、伪称变法乃至搜刮聚敛、营私牟利的种种情事，我等搜集资料已久，你以假诏诛杀元祐旧党同僚，还不放过他们子孙，兴大狱，罗织罪名。你一向无耻变节，排挤忠良，稍不附从，则诬以罪。奸臣作恶，古已有之，但大宋江山，就得断送在你一人手里，你之怙恶不悛，也到了无以复加的地步了！你别以为暗中造孽，天下不知——你至少有七道伪诏矫旨在我的手上！"

蔡京这次倒真的蓦然吃了一大惊——这一惊，只怕真的要比他的房子还大了。

"你……你们……你们这干逆贼——！"

"谁才是逆？谁才是贼？"王小石冷诮地道，"皇帝的诏书圣旨，你都胆敢作伪私代，只要你一不守信约，我会着人呈到圣上那儿去，就算你有通天本领，看皇上这次还烙了印一般信你不！"

蔡京这大半生，做尽无耻无道、强取豪夺的事。当他拜官户部尚书的时候，监察御史常安民已对他提出了弹劾：

"蔡京奸足以惑众，辩足以饰非，巧足以移夺人主之视听，力足以颠倒天下之是非。内结中官，外连朝士，一不附己，则诬以党，于元祐非先帝法，必挤之而后已。今在朝之臣，京党过半，陛下不可不早觉悟而逐之，他日羽翼成就，悔无及矣。"

可是当时哲宗极信任章惇，章惇又重用蔡京，弹劾的结果，反而是常安民被贬到了滁州。

蔡京大权于是已定。

到了赵佶登位，蔡京之势，已无人可以动摇，他也为所欲为、无法无天了。为了排斥政敌（其实只是稍有异议者），不管死的、活的、在朝的、在野的，他都绝不放过，连他的恩人、同僚、上司全都一棍子打翻，踩死了还倒打一耙。

他还把当年栽培过他的旧党的司马光，以及文彦博、吕公著、吕大防、刘挚、范纯仁、韩忠彦、韩维、李清臣、苏辙、苏轼、范祖禹、刘安世、曾肇、天置、丰稷、程颐、晁补之、黄庭坚、常安民、郑侠、秦观、龚夬等一百二十人，称为"元祐奸党"，立"党人碑"于端礼门，且把敷衍不满于新党的人王珪、张商英等也列为"奸党"，连同一手提拔重任他的章惇也不例外，新旧二党成了全家福、大杂烩，只有一个共同的取向，那就是：

——凡他所不容的人，就是"奸党"！凡不附和于他的，立即加害！

于是"奸党"名额，扩大至三百九十人，由蔡京亲自书名，不只在京师立碑，还颁令各州郡县，命监司、长吏，分别刻石，传于后世，而且还毁坏司马光、吕大防、范纯仁、吕公著、刘挚等十人景露宫的画像，且把范祖禹著的《唐鉴》，以及苏洵、黄庭坚、苏轼、秦观、苏辙等著的诗文集，劈版毁灭，不许流传。

他所打击的对象，是如此不分新旧，不计亲疏，只有效忠于他一人的走狗奴才，以及和他利害交攸的恶霸，他们才臭味相投、狼狈为奸，一起做那惨无人道、伤天害理、祸国殃民的事。

是以，到了这时分，朝中忠直之士已尽为之空，唯武林、江湖间，仍未完全由他纵控，还有些打抱不平的人不甘雌伏；由于朝廷仍急需肯效命之的杰出高手来保住大位，才不致赶尽杀绝，是以也有些有本领又肯主持正义之士，勉强在这风雨危舟的场面下挣扎求存。

——苏梦枕、王小石等，就是属于前者。

——诸葛正我、舒无戏等人，便是属于后者。

由于蔡京对稍不附和他的人这般凶残绝毒，而他所实行的法制，无一不是让自己获利得益的，所以他除了出力讨好奉迎皇帝欢心，以巩固他的权势之外，还在军事上，全面抓紧不放，把军力的精英全往"中心"调拨，都成了他的私人卫队，还时常不择手段，假借上意、矫造圣旨，来残害一切他不喜欢的人——这么多年做了下来，再干净也总会留下些罪证。蔡京本恃着自己官大势大，加上皇帝对他千依百顺，信重有加，谅也无人能动摇得了自己分毫，所以从不畏忌。但而今经王小石这一说，看来真捏有自己矫诏伪旨的证据，这一来，皇帝亲眼看了，纵再信任只怕也得龙颜大怒，这可不是开玩笑的！

这顷刻间，蔡京可是目瞪口呆，心知王小石这回是来者不善、善者不来，就算能把他格杀当堂，只怕对方也早有安排，始终是个心腹大患，一时也无应对之策。

"一个人是做不了英雄的，"这回似乎是轮到王小石觑出了蔡京的心乱神迷，冷峻地道，"今天我一个人用一张弓三支箭对着你，可是我背后却有千千万万的正义之士和无数的正义之士在支持我。"

他语音肯定得像天神镌刻在铁板上的命书箴言一般：

"你今天得势，可以嚣狂得一时，但到头来，你只是万人唾弃、人神共愤的垃圾渣滓，不会有好下场的！"

蔡京本就穷凶极恶，给这几句话迫出了真火，龇牙咧齿暗声吼道："下场？！我才不管什么下场！"

话一说完，他只觉脑门晃了一晃，好像什么东西掠过、飞过，眼前只觉有一道光芒，待要看时却不是亮的，反而还黯了一黯，黑了一黑。

——还几乎没晕了过去。

第贰回

猛步

偷看的人是一个就像方应看一般温文
一般文秀一般文雅一般尔雅的年轻人。

米苍穹一棍在手，一拳朝天，蓦的一声大喝：

"不想死的就住手！"

他的大喝开始时原本元气十分充沛，但到了后面几个字，却变成尖声刺耳。

厮斗中的群豪谁也没为他的喝止而不再战斗：

一、有桥集团和蔡京手下不是不想停手，而是对方不肯罢手。

二、劫囚好汉既已来了，就豁出去了，才不管谁出手、谁不出手。

三、江湖上对"米公公"的武功颇多传闻，有的说他有绝世奇功，有的说他有魔法异术，有的说他通晓一种天下第一的棍法，而这种棍法听说还是达摩大师东渡之前所创的，少林一脉只得其三招，便成了当今少林七十二绝技中之一的"疯魔杖法"（而米苍穹却似九九八十一招全都通晓！），但更有人说他根本不会武功，只尸位素餐、滥竽充数地在那儿唬唬人而已！是以，劫囚群雄有的基于好奇、有的原就不信：都要看看这传说里的人物到底能耍出个什么绝艺奇功！

四、这时际，大伙儿已形同杀到金銮殿上去了，实不能说收手就收手的了；是以有进无退，拼死再说！

五、何况，米苍穹那一喝，中气显然不足，大家也就没怎么放在心上。

但米苍穹接下来的动作，却吸住了全场的人：

他朝天舞了九个棍花。

舞动的棍子发出了尖啸。

一下子，全城的雾仿佛都卷吸到他棍风里来。

他的棍子极长，越到棍头越尖细，像一根活着而不可驾驭的

事物，在他手里发出各种锐响：似狮吼、似虎啸、似狼嗥、似鹰咻，棍子同时也扭动、搐动、弹动不已，像一条龙，而这头龙却旋舞在米公公手里；似一条蛇，而这条蛇却纵控在米苍穹掌中。

米苍穹这一舞棍，犹如丈八巨人，众人尽皆为之失色。

失惊。

他一连几个猛步，众人衣袂为之惊起，视线全为之所吸引！

有人看见他白花花的胡子竟在此际苍黄了起来，像玉蜀黍的须茎。

有人乍见他的眼珠子竟是亮蓝色的，就像是瓷杯上的蓝描花碎片打破了嵌入他眼里去了。

大家神为之夺。

起　越　众　人　头　顶
而　　　　　　　上
掠　　　　　　　持
一　　　　　　　一
他　　　　　　　棍
见　　　　　　　砸
只　　　　　　　下

他要打谁？

谁能经得起他的打击？

在这霎间，在场群豪和官兵，大家都感受到一种特殊而从未有过的感觉：

那是"凶"的感觉。

——"凶"得一如"死亡"一般无可抵御、无法匹敌、无以拒抗、无有比拟的。

那么说，这也就是"死"的感觉了不成?

可是，这么一个白发苍苍的老人，手中这么一舞棍子，还未决定往谁的头上砸下去，怎么却能令全场数百千人，都生起了"死"的感觉呢?

这时，全场神采俱为米苍穹那一棍朝天所带出来的"凶"气所夺。

只一人例外。

他趁此迅瞥见方应看:

只见方应看雪玉似的脸颊上，竟起了两片酡红，既似醉酒，又像病人发高烧时的脸色，但他的额角暗金，连眼里、眼纹、笑纹里也隐约似有股淡金色的液体在肌肤内汹涌流转。

方应看看得入神。

他看那一棍，看似呆了。

但也奋亢极了。

——奋亢得以至他花瓣般搭着剑柄的玉手，也微微抖动着，就像少年人第一次去抚摸自己最心爱女子的乳房。

观察他的人只观察了那么一瞥，已觉得很满意了:

他已足可向相爷交代了。

偷看的人是一个就像方应看一般温文一般斯文一般文秀一般文雅一般尔雅的年轻人。

任怨。

他只看了一眼，就立即收回了视线。

可是任怨并不知晓：

当他迅疾而以为神不知、鬼不觉收回视线之后，方应看却突然感觉到什么似的，向刚才望向他的视线望了过来。

这时候，他的脸色是暗青的。

眼神也是。

可是任怨没注意。

可惜任怨没发现。

米苍穹人仍在半空。

他双手持棍。

棍子发出锐风。

急啸。

棍尖朝天，仿佛要吸尽、尽吸天上一切灵气杀力，他才肯砸下这一棍似的。

——他这一棍要打谁？！

——这一棍子砸谁都一样，只要能收"杀鸡儆猴"之效。

米苍穹是为了制止敌方取胜气焰而出手，他那一棍自然要打在群龙之首上。

这次劫法场来了许多高手。

好手。

但如果一定要选出这几帮（已杀进刑场来的）人马的首领，显然只有三个：

率领"金风细雨楼"子弟帮众攻打过来的:

——"独沽一味"唐七昧。

——"毒菩萨"温宝。

另外就是领导其他帮会人手联攻的首领人物:

——"天机龙头"张三爸。

好!

他就先往"龙头"那儿砸下去:看没了龙头的龙子龙孙,还充不充得成龙!

第叁回

怒步

　　　　杀人的感觉如同野兽，但救人才像在
做一个人；一个人若能常常救人，那种感
觉可就不只是像人了：简直像神！

　　他一棍打向张三爸。

　　张三爸刚杀了萧白、萧煞。

　　他气势正盛。

　　但也正伤心。

　　他正在看他的师弟蔡老择，垂泪——他正在想：每一个人都有他的亲人朋友，每一个人死了都会有人为他难过伤心。老蔡死前也至少杀了苗八方，自己因为他的死而格杀萧氏兄弟，既然有那么多人死了有更多的人难过，却为啥人间依然杀戮不绝、血腥不辍呢——他只想到这里……

　　米公公就来了。

　　他是和他的棍子一齐来的。

　　朝天的一棍。

　　这一棍朝天，然后才往下砸落。

　　张三爸是"天机组"的龙头：

　　"天机"到处替人打抱不平，替无告苦民出头，并常暗杀贪官污吏、土豪劣绅而威震天下。

　　张三爸领导这个组织数十年，自然有着丰富已极的江湖经验。

　　他成过、败过。

　　他成时威风八面、叱咤风云，败时落魄江湖、退无死所。

　　他真的是那种历过大风大浪的人，而不是光用一张嘴说"我什么大风大浪没见过"然而其实只不过是在一个小圈子里小茶杯中兴几张茶叶片那么丁点大的所谓风所谓浪的那种人。

　　他年纪虽然大了，病痛也多了（纵然武功再高，病痛也总随

着年岁而与日俱增，这是免不了的事），但身手却没有因而减退。

只不过，反应仍然慢了一些。

——那也只是一些些而已，那是一种年老所附带的"迟钝"，不过，姜仍是老的辣，虽然在某方面的体能反应已"迟"了一些、"钝"一些，可是在江湖经验和遇事应对上，他却更准确、精练了！

所以他杀了人：

萧煞和萧白两名刀王就刚死在他手里。

可是他本来就不喜欢杀人。

——自己也不喜欢被杀，别人也一样不愿死，杀人其实是一件自己和别人都不情愿发生的事，只有禽兽和没杀过人的幼稚年轻人，才会对杀人有向往和迷恋。

他只喜欢救人。

——救人的感觉好舒服。

杀人的感觉如同野兽，但救人才像在做一个人；一个人若能常常救人，那种感觉可就不只是像人了：

简直像神！

不过，在现实中，却是杀人容易救人难，而且，要救人，往往就得杀人。

何况，你不杀人，人却来杀你。

眼下就是一个实例：

米苍穹正一棍子砸落！

——不是你死，就是我亡。

当然你死，不可我亡！

张三爸身形忽然"不见了"，他像是给人踢了一脚、推了一把似的，突如其来地跌了出去，就像是给那尖锐的棍风卷走似的。

同一时间，他的"封神指"：以拇指夹穿过中指与无名指第三节指根缝隙，反攻了过去！

——他一直都在留意：那老太监有没有出手、会不会出手、向谁出手？

而今，那传说中的宫廷里武功最深不可测的人终于出手了：

而且是向他出手。

张三爸早有防备。

——你要我的命，我就先要了你的命！

可是，身经百战、遇强愈强的张三爸，此时此际却生起了一种前所未有的感觉：

——那不是"凶"。

而是"空"。

一切都"空"了，没有了的感觉。

没有了战志，没有了拒抗，没有了路（包括没有了末路也没有了出路），没有了力量，没有了棍，没有了指，没有了敌我，甚至连没有了也没有了。

那就是空。

也就是无。

——所以也就无所谓胜，无所谓负，无所谓生，无所谓死。

张三爸没有料到对方这一棍子砸来，却能产生这样的效果。

这样可怕的力量！

那不是存在的力量。

——它不是"有"。

那是无所不在但又是"无"的力量。

——它就是"空"。

不仅是空，而且是四大皆空，而且"空"中藏"凶"：

四大皆凶！

张三爸马上抖擞精神。

他知道米苍穹不是好惹的。

他要全神贯注应付这一棍。

——一个人，也许学习了多年，锻炼了许多日子，力求的不过是一次、一回、一阵子的表现。

但对张三爸而言，这养精蓄锐只为一展所长的时间可更短、更急、更精练了：

盖因他们这等高手就算是决一死战，也只不过是刹那间的事。

——真是成败兴亡转瞬间。

张三爸的第一步，是"怒步"。

他先愤怒。

——愤怒可以带出杀气。

而且是凌厉的杀气。

他用一种燃烧式的愤怒点燃了他体内的一切潜力和能量。

他的步法是先"怒"而"奇"。

不单是"奇"，而且突然。

他像给棍风所袭般地忽而"吹"了出去——跟张三爸交手的

敌人一直都有一个解不开的"结",也是一个"噩梦",那就是根本"触"不着他。

只要对手一扬兵器、一出拳,哪怕只是动一根指头,张三爸都会"倏然无踪",或者,整个人给"吹""扬""飘""震"了起来。

——这之后,就到张三爸的反击了。

这就是"怒步"。

别人一抬足他就能借力"飞"起,更何况米苍穹那如同霹雳雷霆呼风挟雨之一棍了。

张三爸的人也马上"掠"起,然后便反袭米苍穹——他的步法活似米苍穹棍法的克星。

尽管那棍法一起,他心头就为之一空。

甚至还失去了斗志。

甚至还萌生了死意。

甚至还起了一种强烈自戕的意欲。

张三爸的倏然消失,再以"封神指"反攻,出乎人意料之外。

但更出人意表的是米苍穹。

以及他的朝天之棍。

第肆回

怒红

　　人生在世，最凶险的招式，得要自己一个人来接，这正如造爱的欢乐绝对要自己去感受享受。而病痛的折磨也完全由自己来忍受一样。

就在张三爸身形倏然而变之际，米苍穹的身形也遽然作了完全的、绝对的、不可思议的大变化。

他全然改了向。

他改变得毫无蛛丝马迹，连一点征象、先兆也无。

他忽而变成转向温宝那儿。

他身形大变，棍法却一点儿也没变更：他一棍往"毒菩萨"温宝那儿当头砸下！

温宝刚杀了祥哥儿。

米苍穹原就是要拿他来开刀，以挫劫囚群雄之气盛。

温宝虽然笑嘻嘻的像一尊与世无争的活宝宝，但其实是"老字号"中的一名十分精明、醒目、机变百出、心狠手辣的年轻高手。

他也一直留意米苍穹的出手。

俟米苍穹飞跃半空，持棍猛攻张三爸之际，他担心"爸爹"应付不过来，正要赶去施援手。

——却没料米苍穹却突然、骤然、遽然、倏然、蓦然、霍然转攻向他！

这一下子急变，他已不及闪躲。

那一棍已至。

他只好硬接。

他以手中的鬼头刀硬接。

一直在他身边几乎是并肩作战的唐七昧，也马上赶过来救援。

——谁都看得出来：米有桥这一棍子不好接。

　　这一棍不但不好接，仿佛还凝聚了上天的一切无情、不公、杀性和戾气，以致温宝刚抬刀招架之际，忽觉浑身没了斗志，竟生起了一种：

　　——斗志全消，只求速死的冲动！

　　这是什么棍？

　　这是什么棍法？

　　这是什么人使的什么棍法？！

　　温宝在这一霎间，要同时抵挡两个敌人的夹击：

　　一是那一根仿佛是来自天庭行雷电闪交击时掷下来的棍子。

　　一是那一股强烈的死志。

　　而这两种攻袭力都来自一个人：

　　米苍穹。

　　——我不要死我不要死我不要死我不要死我不要死我不要死我不要死我不要死我不要死我不要死！！！

　　……我不可以死！

　　我不想死……

　　于是温宝抬头：

　　举刀。

　　他要招架那一棍。

　　——那要命的一棍！

　　他至少须要挡住那一棍：最早的援手也得要在他抵挡得住这

一招之后才能赶到。

人生在世，最凶险的招式，得要自己一个人来接，这正如造爱的欢乐绝对要自己去感受享受，而病痛的折磨也完全由自己来承受忍受一样。

温宝为了要接这一棍，不惜大喝了一声。

他要叱起自己的斗志。

他要叫醒自己的战意。

他一叱喝，才发现了一件惊人的事：

他竟听不到自己的声音。

——难道他竟失去了声音？！

他没有哑。

而是米苍穹的棍啸和呼啸，听来只过分尖锐但并不算太响，却能完完全全地遮盖了自己发出的叱喝之声。

米苍穹的棍风和啸声，竟比他的棍子和招式还先发制人，击中了他敌手的耳膜与听觉，使对方的战力全为他所控。

斗志为之所制。

神亦为之所夺。

米苍穹一棍打下。

温宝横刀一架。

他架住了这一棍。

但却保不住自己的命。

他招架的那一刀，招式有个名字，就叫作：

"问天"。

他的"问天一刀"刚封住了对方的棍势，借势还击，他攻出了一刀：

"笑天"。

可是那一刀才削出，他发现他自己所接的那一棍"实"的力量虽已尽放，但"空"的力量仍未发出：

然而那一刀，是"空"大于"实"。

——也就是说，他挡住的，只是虚力，当实力为空力所取代时，那一棍的力道才源源滔滔汹汹涌涌而至！

他只好把"笑天一刀"的攻势，反转为守，变为：

"问天"。

这"问天一刀"原是守势。

可是却在这一瞬间，有一件事发生了：

谁也没觉察。

谁也发现不到。

温宝忽觉右腿"环跳穴"一麻。

——似有件什么事物，射在他那穴位上，使他本来边退边避边回刀"问天"的一刀，因这一失足而不退反进。

既然是进，"问天"就不成其为守势了。

他只好反攻。

这时急变遽生，他已不及细思，一刀"啸天"就递了出去——

他的反攻使米苍穹没有了选择。

他原只想一招把温宝迫退，再一棍把唐七昧震伤，好教他们知难而退。

他可没意思要一出手就跟群雄结下深仇。

他只想吓退他们，或震慑住这些人，使他们不致过分嚣张、步步进迫。

可是他这时已不能选择。

因温宝不退。

反进。

且出手。

一刀。

他知道温宝的毒力。

他亦深知"老字号"温家的毒性。

他更知晓温宝手上的是毒刀。

他若不立杀此人，让他欺近身来，不但再也吓不走眼前这些人，只怕自己也得要惹上一身的毒蚁。

所以他只好一棍砸了下去。

用了全力。

—— 一种全然是"空"的力道。

——真空的力。

血。

血红。

战士的血特别红。

——也许是"老字号"温家子弟的血更烈更红。

那是一种愤怒的血。

怒血。

怒血愤潰地溅溢出来。

温宝倒地，就像一只打碎了的元宝。

唐七昧想扶住他。

可是扶不住。

——谁能扶住一只打碎了的杯子、碟子或碗？

鲜色的血触怒了唐七昧炽热的心。

他也没有别的选择。

他在愤怒中出手。

他的暗器迸射向米苍穹。

——这些暗器形体可爱好玩，有的像甲虫，有的像蜻蜓，有的还像小孩子那圆圆的腮、颊、眼甚至鼻头。

可是这些暗器的效果都很可怕：

因为都会爆炸。

强烈的爆炸。

——同时也是强力的。

第伍回

怒花

那一切都是空的。

不存在的。

——梦幻空花。

爆炸的暗器炸向米苍穹。

——在苍穹的迷雾间，像极了一朵朵愤怒的花。

米苍穹发现从他一出手、一舞棍伊始，一切都没有的选择。

一切都失却了选择的余地了。

他尖啸。

出棍。

棍是硬的、尖的。

然而棍势却是空的、无的。

唐七昧忽然发觉自己发出的暗器，没有爆炸。

——正确来说，不是没有爆炸，只是没有了爆炸的声响。

他看得见它爆它炸，但却寂静无声。

他情知自己耳膜若不是已给对方震破，就是爆炸声已为敌手听去并不怎么响亮的啸声所掩盖。

他忽然觉得"空"。

——五脏六腑，似给同时掏空了一样地空。

眼前也为之一空。

——青天白日灰雾满地空！

就在这时，米有桥一棍迎头打落。

也在此时，唐七昧全身发出了一种味道：

臭味。

只要对方能闻得着这臭味，他就有本事把对方毒倒。

——因为"味道"也就是他的暗器。

　　全场有那么多人，但这"一味"他只向米苍穹发出，别人就
不会闻得到。

　　因为他是唐七昧。

　　——"独沽一味"的唐七昧。

　　四川蜀中、唐门唐家堡的唐七昧。

　　——是他先毒倒了他？还是他先一棒子将他打死？

　　不知。

　　因为其间出了点变化。

　　变故。

　　这变动不大。

　　只不过他们之间，忽然来了一个人。

　　张三爸！

　　——"天机"的龙头：爸爹！

　　张三爸可以说是丢了一个脸！

　　他以为米苍穹正攻向他，所以要全力反击，结果，不是他让
米有桥打了一个空，而是他自己上了一个当。

　　米公公根本志不在他。

　　是以，温宝惨死，张三爸觉得好像是自己一手造成的。

　　所以他绝对不能让唐七昧也命丧这儿！

　　他迎上了米苍穹。

　　还有他的一棍朝天！

　　他越是接近那一棍，越有一种强烈的感觉：

那一切都是空的。

不存在的。

——梦幻空花。

他们就像是亘古以来就安排好了的一对死敌，今日狭道相逢、决一死生，谁都再也没有退路。

张三爸没有用兵器。

什么兵器都没有用。

——虽然他十八般兵器，啥兵器全能用、会使。

他不但不退，还反攻。

用他的手指。

——天下独一封神指！

张三爸用手指（而且不是拇指便是尾指）去对抗那样长如此粗这般尖而且还这么凌厉的棍！

——朝天一棍！

米苍穹以长棍直取张三爸。

他的兵器，气势凌厉，但越是迫近张三爸，他越有一种感受：

这一切都是直见性命的。

甚至是迫出性情的。

一句话，四个字：

——性命攸关！

米有桥的棍长。

三四〇

朝天一棍·第壹篇 他的掌·第玖章 四大皆凶

长一丈二。

而且它竟似会伸缩，能缩能伸的。

伸长了、伸直了，竟长足一丈八。

那是一种绝长的兵器。

张三爸的手指，再长也不过三四寸。

但他居然敌住了这长棍。

棍子虎虎作响，当头砸下。

张三爸用手指（而且还是指尖）去接。

——血肉骨指怎能承受这疯狂疯魔疯癫的棍子？

但每次棍子眼看要击着张三爸身上时，张三爸都是急不容缓但总能及时从容地用手指的指尖在棍身的首部位上一弹、一顶、一抵，棍子所带的所挟着的无匹巨力，竟就完全给抵消了、不见了、转化了。

——要是用别种兵器，还绝对没办法那么圆滑这般巧妙简直妙到巅毫地做到这点！

张三爸却一一做到了。

米苍穹每攻一棍，他就不退反进。

待打到了第十一棍（张三爸也接下了第十一棍）时，张三爸离米苍穹，也不过是三尺之遥了。

这一来，大家已几近肉搏，十分凶险，招招专打罩门、式式只攻死穴。

最长的棍子，对上了最短的手指。

其实张三爸不是感受不到那可怕的压力，那可怖的死志，以及那可畏的：

空！

但他已为这凌厉攻势迫得退无可退了，他只有反击再反击唯有反击！

米苍穹也没有办法。

张三爸越接近他，他自己便越凶险：他的棍子宜长攻不宜近守，然而张三爸却已迫近咫尺。

他开始的攻袭是用棍尖。

到第七棍时，他已改用棍身。

至现在第十一棍之际，他只能用棍尾。

——然而，这时张三爸的手指（不管拇指还是尾指），已随时可以戳着他的要害和死穴了。

两人对决。

已绝对没有退路。

也失去了余地。

越接近米苍穹，张三爸就越知道自己的胜算越大。

他已出尽浑身解数。

——出道五十余年来，他从来没有用过这样大的力气心神，来对付过一个敌人。

他越发觉得这太监是他前世的宿敌，是上天特意使他和他在今天会在一起，一了上辈子的宿怨恩仇。

就在这要命关头，"呼"的一声，米苍穹手中的棍子，忽似神龙一样，脱手飞上了天。

一下子，阳光似给切成了许多片。

雾也给打散成了许多块。

棍子在半空呼啸旋转，打着棍花，像一朵朵盛开的怒花。

张三爸不禁抬首：

看那飞上天的棍子——

——它什么时候才落下来？

——它落下来之时会造成什么伤害？

——米有桥是故意使它脱手飞去，还是给自己刚才那双指并施的一招"鬼神之怒"指法震得把不住棍子？

这电光石火间，张三爸原可有两个选择：

一是速退。

——米苍穹棍已脱手，他已占上风，得饶人处且饶人，他该退再说。

——难保米有桥弃棍之后另有杀着，先退定观变也是上策。

（况且他跟米公公并无私怨！）

二是急进。

——趁他失去了兵器，杀了他。

——放虎归山，对米苍穹这种人，杀他的时机稍纵即逝，绝不可放过！

（何况他曾杀了温宝！）

这一下，他得要马上决定：

攻还是守。

朝天一棍·第壹篇 他的掌·第玖章 四大皆凶

进还是退。

——甚至死还是活!

你说呢?

第陆回

怒笑

人人都难免会有愤怒的时候。

每人表达他怒愤的方式就不同。

然而，张三爸却采用了这个方式。

他笑。

就在这时，有一件事，看似偶然地发生，却改变了张三爸的决定。

也决定了二人的命运。

那就是忽来一物，急取张三爸右足的"伏兔穴"。

可是，张三爸身边有一名高手，正为他"掠阵"：

这人正是唐七昧。

唐七昧何等机警，况且，他更是唐门好手，对任何暗器，均了如指掌。

他大喝一声：

"卑鄙！"

双手已夹住那件"暗器"。

他拍住暗器时，已戴了一双黑色的手套，这手套能保万毒不侵，同时，他一看"暗器"来势，已不敢轻敌，一抓之间，也用了全力，可是，他虽合住了那物，但身子仍给带动了一步半。

只一步半。

但那已非同小可——暗器的大祖宗唐门里的好手居然在全力全神接暗器还得落了下风！

不过，更令唐七昧震惊的是：

那"暗器"连他也没见过！

——连他也断断使不出来。

因为，那只不过是一条丝穗！

—— 一条剑锷上系的那种丝穗。

一条红色的穗！

一条剑穗，居然能隔空打人，且把唐七昧带跌了一步半！

——而唐七昧居然找不到发出这丝穗的人！

那是什么人！

这是何等骇人的功力？

这算哪门子的暗器手法？！

暗器没有打着张三爸。

唐七昧已替张三爸双掌夹住了暗器。

——尽管那只是一条剑穗。

但这剑穗依然改变了张三爸的命运。

原因是：

张三爸也感觉到背后下部有暗器袭来。

他那时正要决定进退。

——进还是退？

——反守还是急攻？

但就在这节骨眼下，既后头有暗器袭至，他已不能选择后退了。

只好迫进。

——唯有进攻，他才能让替他护法的唐七昧及时解他之危。

他深信唐门暗器好手唐七昧一定能解决这暗袭的。

果然。

唐七昧不负他之信任。

可是他自己却身陷危境。

绝境。

他不退反进，原已极迫近米苍穹，现到可更贴近这老太监了。

棍子还在上空盘旋、飞舞。

然而米苍穹却出手了：

用指。

他右手中指如棍，一指扑下！

——"指棍"！

原来他真正的要命的棍法，是手指的棍！

张三爸情急之下，竭力想避，但米苍穹左手食指运指如风，尖嘶而至，已迅速在他胸腹之间，划了一下。

只划一下。

——轻得就像轻轻地抹了一下。

然后米苍穹就身退。

立即全面、全速身退。

他在退身时，他身后四名为他"掠阵"的小太监，已为他接住了刚落下来的棍子。

米苍穹退身、立定，他苍黄着发，蓝着眼，左手指天，右手指地，全身散发出白色的烟雾，那阵子老人味，竟一下子使全场的人，都闻得到、嗅得出、感觉得十分强烈。

——好像那不是人，而是兽，不然就是魔，或者是山魈夜魅什么似的。

但绝对、不是、

不是、

人！

张三爸仿佛怔了一怔，甚至愕了半晌。

他双手捂着胸腹。

没有动。

也好一阵子没有作声。

大家都静了下来，凝视着他，全场像针落地的声音也清晰可闻。大家都屏住了呼吸，气氛似凝成了冰。

人人都难免会有愤怒的时候。

每人表达他怒愤的方式都不同。

然而，张三爸却采用了这个方式。

他笑。

当然，他的笑竟充满了悲愤，所以是一种：

怒笑。

"……好棍法！"

说完了这句话，张三爸摇摇欲坠。

他的徒弟、女儿何大愤、梁小悲、张一女全都蹿了过来，扶住了他，只见他胸腹之间，血汩汩地流了出来，也只听他衰弱地说了一句：

"我是决斗而死的，不必为我报仇……不必结此强仇……"

血如泉涌。

张一女想用手去捂，一下子，手都浸得红透了，手指也粘在

一起，但血没有止，反而涌得更多。

那血竟流得似小溪一般地快活。

何大愤马上在伤口撒上金创药。

可是没有用。

金创药一下子就给血水弄湿了也冲走了。

梁小悲立即封了张三爸身上几处穴道。

但也没有效。

血照样流着，且发出欢歌的声响，滔滔不绝，像许多孩童的精灵聚在那儿愉快地沐浴着。

仿佛非得血流成河，不止不休不可。

唐七昧一看就知道：

完了。

——救不活了。

他更震讶的是：

怎么一个老人家能流那么鲜那么猛烈的血！

——多得他从未见过，也听都没听说过。

那血浸透了张三爸的衣衫，染红了张一女的玉手，又流过石板地，还像是一路欢腾狂欢似的流着、淌着，流窜过温宝的尸体时，仿佛还有灵性，打了个转，径自流向正站立不动、一手指天、一指指地、蓝目苍发的米苍穹，仿佛要血债血偿似的，一路向他足部流攻过去，且带着鲜活的艳色，和鲜明的轨迹。

那血折腾扭动，不像是一场死去的代价，反而比较像是节日时酬神谢恩的庆贺。

——也许，张三爸这一辈子帮的人太多了，救的命太多了，行的善太多了，所以他的血才会那么多、那么红、那么有活力吧？

　　唐七昧只好为眼前这么不可思议的映像作出了自我安慰的解说。

　　然而，这时，张三爸溘然而逝。

　　他的脸上似还有笑容。

　　至少，那确是半个诡奇的笑意。

　　他的生命，仿佛不是消失的，而是流逝的：

　　随着那血，一路流去。

第柒回

怒啸

　　该流泪的时候，不妨声泪俱下，不惜
老泪纵横——只要还能打动得了人。

米苍穹缓缓地收回了一指朝天、一指指地的手。

他屹立在那儿。

发色苍黄。

他的眼已不那么蓝了，但身子微颤、微微抖哆着。

他接过了那四名小太监递来的棍子。

他横棍屹立在那里，不大像一个刚杀了强仇大敌的嗜血野兽，反而像是一个面对洪荒猛兽迫近的老人。

一个没有了、失去了退路的老人。

他杀了张三爸。

他等于同时：

一、得罪了所有的白道武林人物。

二、跟"天机"组织结了死仇。

三、与"风雨楼"及王小石结下不解之恨。

他不想这样。

他也不要这样。

他更不喜欢面对这局面。

——他一向"老奸巨猾"，甚至当这四个字是对他这种老江湖、朝廷大佬的一个最高赞美。

可是他犯上了。

不是他要杀的。

他知道是什么"事物"造成他身陷于这局面的。

——那"剑穗"要瞒过在场所有的人不难，但却仍是瞒不过他。

他知道是谁发的"暗器"。

他知道是谁把他今天迫入了这条路。

所以他生气。

愤怒。

他发出啸声。

怒啸。

他不服气。

可是，"天机"的子弟更不服气。

更加愤懑。

因为太监杀了他们的"龙头"。

——这老贼杀了他们的师父、恩人！

他们怒啸、狂嚎、咆哮，且一拥而上。

他们矢志要把这老阉贼乱刀、剑、枪、箭、棍、暗器……分尸，才能泄心头之愤。

米苍穹的眼瞳又重新剧蓝猛绿了起来。

他挥舞着棍子，竟发出了一种类似高山古寺哐哐的钟声，洪洪地响。

他已没有退路。

他要杀人了。

——已杀了这两个人，等于是跟"金风细雨楼""老字号温家""天机组"及所有的江湖豪杰结下深仇，没办法了，只好以杀止杀，以暴易暴。

该流泪的时候，不妨声泪俱下，不惜老泪纵横——只要还能打动得了人。

但到非流血不可的时候，那就让他血流成河吧！

米苍穹气蓝了的眼眸里，最先留意到的是方应看。

——方小侯爷，手按他腰间赤红色的小剑，居然笑着：

微微笑着。

咻咻地笑着。

就像他刚刚吃了一块世间最好吃的豆腐，而且还是最美艳的小寡妇卖的、最好吃的一块豆腐——而他还是把整块都吞到肚子里去。

并且没有人知道。

但还是有人知道的。

至少米苍穹现刻就知道了：

他已是给搭在弩上的箭，不管他愿不愿，他都只得射出去。

只是他不明白：

不明白对方为何要把他给搭在弩上？

他的棍子已不朝天。

而是朝着人：

冲来的人群。

他忽然闻到一种气味：

腐臭的老人味，像潮水一般地向他涌来，快淹没了他，连他自己也快变成一具腐蚀了且只会发出臭味的尸首了。

就在这时，忽听马蹄急响，有人大吼：

"住手！"

双方不得不一时住手。

因为下令停手的，除了蔡京的儿子蔡絛之外，还有一个黑白两道都十分尊敬的人：

四大名捕中的"冷血"：

冷凌弃。

他们手上不仅有蔡京的手令，还有御赐的"平乱玦"。

官兵和"有桥集团"的人都立时不再打下去，但群雄中"天机"和"老字号"的人复仇心切，却不肯罢手。

——只要他们不肯收手，劫囚群雄说什么也只好舍命陪君子了。

——在白道武林而言，"不讲义气""临危背弃"是罪大恶极的事，他们可不愿为、也不敢为的。

这也许是黑白二道最大不同之处：尽管都是武林人物，甚至也是不法组织，但白道中人（例如"金风细雨楼"的弟子、"连云寨"徒众、"毁诺城"的人、"小雷门"的子弟、"天机"杀手……），他们一不为私利而动武，二不做不义不公之事；因这两项戒守，江湖上才分成了黑白二道……

谁说正邪之间毫无分界？

有的。

——只不过，不是以别人（通常是掌握了权力的人士）分派好了的，不是自封自赐的，而是公道自在人心。

冷血知道"仇深似海"的心情，也知道"血债血偿"的愤恨。

他知道自己不该挡住这些人。

但他也没有选择。

——牺牲已很够了，谁都不该再牺牲下去的了！

他是个捕快。

他本来的职责：是帮好人将恶人绳之以法，除暴安良。

可是现在却不是锄强易暴的时候。

他现在更重要的是制止更大的杀戮、停止更多的流血、终止更可怕的牺牲。

一见那些红着眼、亮着利刃、狂吼着、只不过稍稍一停又冲杀上来的人群，蔡傺早已吓得打马退到丈七丈八外去了。

唯冷血不能退。

他一退，群豪就得面对米苍穹。

——这老太监是京城里武功最高深莫测的一人。

群豪纵使能格杀之，也一定会付出可怖的代价：

——这代价太大了。

——这代价不该付。

这样格杀下去，就白白浪费了王小石牵制蔡京于"别野别墅"之苦心了。

所以冷血不但不退，且长身拦于人前，长啸道：

"别过来！停止了！不要再杀下去了——"

可是群豪正在极大的愤怒中：

在他们此际的眼里，只要看到谁拦着不给他们手刃仇人的都是仇人；在他们这时的耳中，只要听到谁叫大家不要报仇的都是仇家——张三爸的血好像在地上欢腾着它的蔓延不绝、迂回曲折的路，他们的血液更因而沸腾得像刚当上将军的少年终于等到了他发第一个号令。

他们会因而停手吗？

第捌回

愤哭

——生命只有一次，你不面对它，便对不起这条命，也不算真正地"生"过。

不知道。

冷血只能"搏一搏"。

当年，诸葛先生一同训练他和一群大内高手、侍卫之时，曾有过一个项目：

赤足过火。

——俗称之为："火路"。

那是一条"路"，但都铺满了火红炽热的炭，大家都得要赤足步行过去。

那是可怕的经验。

而且十分骇人。

——谁也不许以轻功飞越或运内功抵御，只能很快地步行过去。

大部分的人，都不敢过；有的人脚软，有的人心寒，有的人却退了下来。

冷血却不。

他过了。

不为什么。

——只因为他相信诸葛先生。

他坚信"世叔"不会让他们无辜受到伤害的。

所以他赤足走了过去。

很多人都佩服他胆子大，但更多的人以为他跟那些跳乩或拜祭典礼中的神人一样，得到神明的护佑。

其实不然。

"我在火堆中没有做过手脚，也不是有神明特别护佑，凌弃

过得了，完全是靠他自己的胆色和信心。"诸葛神侯曾向大家解释道，"只要坦然面对、舒然步过，我们的脚底在接触火炭的瞬间，便立会有汗水释出，形成一层绝缘的保护体质，只要在那层汗膜尚未蒸发前提起脚再走第二步，汗水便会吸收了先前的热量，变作蒸汽，脚掌因而不致灼伤。"

然后他作了总结：

"任何制限，都是你给自己设定下来的。先说服得了自己的内心，才有制限。一个真正的江湖人，谁都该走这条路，也都该去走一走这种路。"

冷血最能明白诸葛所言。

在每个人的生命中，都有制限，都有所恐惧害怕做不到的事：那其实是一种"划地自限""自筑藩篱"。

冷血不要。

他要面对。

——生命只有一次，你不面对它，便对不起这条命，也不算真正地"生"过。

他决定面对。

所以他的剑法很狠。

因为他对敌一向只进不退。

——可是今天却不是对"敌"。

而是一群好汉。

——甚至是"自己人"。

如果这群红了眼豁出了性命的人，仍不肯罢手，他又如何面对？怎样拦阻？如何解决？怎么对付呢？

但他情知挡不住这一群形同疯狂的人，但他仍要去挡，就是挡一挡也好！

这时，那一群冲杀上来的汉子们有好些人在其中大吼：

"'四大名捕'，也是朝廷走狗！冷血是什么东西，吃官家饭的都没好货色！我们先做了他，再杀阉狗！"

世上最勇敢的人必然也是最孤独的人。

——不过，世上最孤僻的人却不一定是最勇敢的人。

幸好，冷血现在还不是"最勇敢"的人。

他是"勇敢"。

因为还有人像他一般勇敢。

所以他仍不算最孤独的人。

另一个和他并肩在一起，大喝声中阻截群雄簇拥杀来的是唐七昧。

他一手撕掉自己脸上的青巾。

这时候，他要站出来，而且还得要亮相：

——不然，给热血冲昏了头脑的群豪，一定会怀疑他的目的，并且不会接受他的劝谕：

"住手！不到最后关头，万勿轻易牺牲——这还不是时候！是英雄的就该为大局着想，马上停手！"

他人很瘦，平时说话语音又轻又低，但而今一咆哮起来，却如尖锥刺入人耳！

——问题是：他的话是不是能收服得了人心？

历来是：要人听见，易；使人听从，难。

他站出来也是责无旁贷。

因为他跟米苍穹交过手。

他知道对方的实力。

——群雄纵能杀得了这个人，只怕也活不了一半的人。

况且，就算牺牲了一半的人，亦不见得就能杀得了这老太监。

更可怕的是：这儿另有"高手"暗中掠阵：

——那"剑穗"！

能发出那"剑穗"的人，武功、内力，高得出奇，只要这个人跟米有桥联手，只怕这里的人纵全都不要性命，也不见得就能取对方之命！

他是"蜀中唐门"的人。

他幼受教诲："英雄是给掌声拍出来的"。

——掌声之下出英雄。

你给一个人掌声：他便容易成为英雄，纵牺牲掉性命也在所不惜。

你若只给他嘘声：他便会黯然得连狗熊都不如。

所以他要立即站出来，不是给这一群急着要为张三爸、温宝报仇的人喝彩，而是要浇冷水，要喝醒他们：

这时候，别当英雄；要人当流血的英雄是一种不道德的行为！

好些人停下来了。

他们听唐七昧的命令，虽然未必心服口服。就算不听唐七昧的，也相信正气喘咻咻赶过来的梁阿牛传来的讯息。

但仍是有人不顾一切，冲杀上来，有人还大喊："他杀了龙头，他杀了我们的龙头……不报此仇，还算是'天机'子弟么？！"

幸好这时候，又有一人挺身而出，与冷血、唐七昧那儿一站，大喝道：

"'天机'的子弟听着：不许动手！留得青山在，不怕没柴烧！我有'龙头令'！统统住手！"

说话的人是梁小悲。

"大口飞耙"梁小悲只能算是张三爸的"半个徒弟"，他是"带艺投师"的，同时也是"天机"的四当家。

他善于行军布阵，他本来就是宋军的参谋经略使，他因得罪了蔡京、王黼党人，一再被贬，一家发配充军，家人路上受尽折磨，都死光了，他则给张三爸领"天机"的人救了出来；他一发火，杀光了押解的人，变成了"天机"组员，专杀朝中贪官污吏。

他有一种特性，就是忽然"抽离"开来，观情察势：

这种"特点"，他倒是与生俱来。

小的时候，他在庙会时跟大家一起看酬神戏，锣鼓喧天之际，人人都看得如痴如醉、如火如荼，他看得一半，忽然"置身事外"，觉得戏是戏，我是我，于是他反过来看人看戏的样子，反自得别人不得之乐。

青年时候，他与人相骂，眼看骂得火红火绿、脸红耳赤之际，他忽然省悟：我们争个什么？！白云苍狗，须弥芥子，宇宙浩瀚，人生短促，我们争那么一点点儿小事干啥？

所以，他反而不骂人，且任人骂去。

别人见他不反驳，也就骂不下去了。

因此，到他跟家人给发配充军，受尽劫难之时，他在皮肉受苦、身系枷锁之际，也能以"我身体在受禁锢，但神思却仍无限自在"来作"自我安慰"。

甚至在他家人终抵受不住折磨受苦，一一逝去之时，他在别的家人号啕愤哭之中也突然憬悟：

——伤心也无补于事。

人生在世，谁都要死、谁都得死，看谁死得早一些、迟一点罢了。

所以他反而不伤心了。

也不哭了。

他反因而保住了元气。

而今的情形，也是近似：

张三爸惨遭杀害了！

大伙儿要掩杀过去为他报仇！

但他却突然省悟到一件事：

报仇——务必要报得了仇，才算是报仇；否则，只是送死而已。

他看得出这还不是报仇的时候。

所以他立即站出来，以"天机"的四当家的名义喝止了冲上来的弟子。

只不过，由于梁小悲在组织里，背后运计策划的多，真正负起责任打冲锋担大任的少，这干忠肝义胆而又悲愤填膺的子弟，有一半都未必肯听他的。

幸好还有另一人，在这时候立即表态支持了他的意见：

"不要过来，退下去！"

说话的人居然是张一女。

她是张三爸的独生女儿：

——她在丧父之痛的此际说了话，就如同是下了令。

"天机"弟子，不敢不从。

张一女能在此时强忍悲怒愤哭，帮梁小悲撑腰，要大家退去，
主要是因为她爹爹临咽下最后一口气之前，还在她耳边说了一句：

"……阿女，'天机'的人若现在想为我报仇，必全军覆灭于
敌手。你一定要制止他们。"

为了这句话，张一女才自悲恸中挣起，不许"天机"弟兄立
报此仇。

于是，冷血、唐七昧、梁小悲、张一女、梁阿牛等五人，一
起也一齐阻止了劫囚群众向米苍穹的掩杀与反扑。

米苍穹这才缓下了一口气。

他身后四名小太监，本来手都伸入襟内，现在才又放松下来。

这四太监本来都在等。

只等米公公一声号令。

——号令一下，他们就立即把四色烟花炮火放上半空，那时，
已埋伏好的一支二千三百人的禁军和"有桥集团"里九十七名精
锐高手，都会一起出动，歼灭这干武林盗匪、亡命之徒。

宫中兵卫的势力，毕竟不可忽视；"有桥集团"是各路王孙侯
爵势力的大结合，实力更不容忽视。——这些宫廷派系和皇亲国
戚，为了自保于不遭日渐坐大嚣张之蔡京党人的吞蚀，也纷纷把
资货、人才投注于"有桥集团"这儿，基础早固，牢不可拔，已

大可与蔡京党人相垆了。

所以米苍穹更不愿先跟江湖侠道人物结仇，不让蔡京离间得逞，且坐收渔人之利。

稿于一九九三年元月十九至二十日：温"巨侠"、梁"咪屎"、何"牛羊不分"三剑十二次回马行；自首都返金保首日逛街大购物；三妹香江电告培新款到手；海允可姊赴 KL 行一波三折；上三宝洞拜祭父母；小辫子一再破我功法，可厌；姊夫病渐显；怡保某处有我大量作品租售。

校于同年元月廿一日至廿二日：同门相斗智，局面何可悲；《光华日报》转载访我文章；方电遇我大悲／紫灵珠碎裂为二；大习武，自狂打；首次在父母房自煮宵夜；雨歌知情；"哀莫大于心死"；"本来是风景，终于走上了一条绝路"；利俐 M。

【第拾章】

与世有争

第壹回

苦笑

　　——但幸而还是能暂时停战；就算
和平是暂时的，也总胜却只有争战，没有
和平。

"四大名捕"各有他们的联系方法。

追命参与了制止破板门的厮斗。

冷血赶上了劝止"回春堂"前的血战。

争战一开，不易止息。

——但幸而还是能暂时停战：就算和平是暂时的，也总胜却只有争战，没有和平。

崔略商和冷凌弃即把他们的情报，用他们最特殊的方法，迅速传达了开来。

铁手几乎是马上收到了这两个消息。

他一旦收齐了两项讯息，就立即进入了"别野别墅"。

没有人敢拦截他。

——因为蔡京的命"似乎"还在王小石手里。

用"似乎"二字是因为：

王小石那三箭一旦发了出去，是不是就能要了蔡京的命，还是他自己就得立即血溅"别野别墅"，这点大家都很怀疑。

铁游夏大步而入。

大家都望着他。

当中有不少是在朝在野在武林在江湖中名动天下的大人物：蔡京、王小石、"天下第七"、一爷、神油爷爷、詹别野、童贯、王黼（他刚与另两名亲信、高手赶至）、蔡攸……

他们就等他一句话：

这句话好像只是有关于两名钦犯的性命，但也同样关乎堂堂当朝丞相的生死。

铁手一进大厅，沉着脸，神目如电，睃视全场，然后长吸了

一口气，说：

"唐宝牛、方恨少都没死，且已释放，劫囚者都在撤退中，官兵没有追击。"

铁手说话，一向一言九鼎，重逾千钧，无论是他的朋友，还是敌人，全都会听信他的话。

当一个人平生过去都重然诺、守信义，言行一致，别人自然会尊重他的话，甚至比法规条文的约束更为有效。

铁游夏显然就是这种人。

蔡京暗地里长舒了一口气。

但又提起了一颗心。

王小石也是这样。

——甚至在"别野别墅"里所有的虎视眈眈的高手，都人同此心，心同此感。

蔡京哈哈一笑，故作潇洒地道："解决了。幸好你要的人都没死，没真的酿成悲惨下场。——我们这下大可化干戈为玉帛，成为朋友了吧？"

王小石笑了。

笑容很有点苦涩。

"虽然停了手，人也救了出来，但牺牲只怕极巨；"王小石苦笑道，"蔡元长，你作的孽还不够深重吗？你身为宰相，普天之下，一人之下，万人之上，为善则名传千古，万民感戴；为恶则臭名远播，民愤难平——你要为善为恶，且好自为之吧！"

说着，忽把左右十指一扣，弩本已拉得够满了，这一拉，居然又强自拉张成十四夜半的九成满月开来，更满，且绷得死紧的，不即断弦就要迸崩了。

蔡京和一众府内高手均大惊失色。

蔡京急嚷道："慢着慢着，王小石，你你你你这可不能不守信诺，我可是什么都答允了，也什么都办到了……你你可可可不可不能不守信信信用——"

王小石长叹一声，苦笑了一下，双目一闭即开，目绽神光，清澈动人：

"你会守信?"

"我当然守守守信……"蔡京说，"不守信不得好死——"

"好!"

王小石吆喝了一声。

"我放了你——"

话未说完，就射出了他的箭!

一弩三矢：

太阳神箭!

这三箭骤发，急射蔡京，众皆失色，岂料射到半途，三箭分道折射，竟分三个方向射了出去：

一射"天下第七"!

一射"黑光上人"!

一射一爷!

骤变遽然来!

"天下第七"的手上本来是一个将解未释、要开未开的包袱。

突然间，他手上变得光芒万丈！

——就像千个太阳在手里！

那一道箭芒，本如午阳当空飞射出来的金矢，一旦射入了"天下第七"手里光芒中，就像消失了、不见了，既似同化了，也似是根本融化了。

"黑光上人"詹别野却整个人好像变成一团黑气。

妖气。

他全身就像一条扭动的龙卷风，那光芒万丈的神箭一旦射入这"黑色地带"，立即就失去了原来的光芒，失去了原先的威风，也失去了力量。

一爷则不然。

他突然仰天打了一个喷嚏。

那一支箭瞬间射到，他突拔刀，刀长，那一把看来温柔多于凌厉、媚俗大于杀气的刀，一刀就斩断了箭。

箭一断，就像是一个疾行的老虎霍然失去了头，也就失去了生命，失却了力气。

箭落于地。

失却了杀伤力。

王小石发出三箭。

三箭都是射场中高手：

但三箭都落了空。

伤不了人。

是伤不了人。

更杀不了人。

但王小石的目的，不是杀人伤人，而是阻人：

——阻止敌人截杀他！

第贰回

虎笑

他知道必经努力和磨难，才能等到最好的。

发出三箭的王小石，遽然向天虎笑。

他的笑不再苦。

而是虎。

虎虎生风、虎啸龙吟的虎。

他一拳击飞别墅总管孙收皮，一脚撑开要抢攻占便宜的"托"派领袖黎井塘，他虎笑声把截着他去路的"顶"派老大屈完震退七八步后再意犹未足又退七八步，别的围攻上来的人全给他手上的太阳神弩迫退。

这时，童贯、王黼（及他两名手下）立即护着惊魂未定的蔡京。

王小石立即就走。

"黑光上人"、"天下第七"、一爷正分别在应付那三支要命的改道折射的箭。

王小石忽而急走。

——要是他要突围而去，他再怎么厉害，轻功如何高明，都给这期间内至少调来的三千侍卫和大内高手封死了、堵住了。

他断然是走不掉的。

不过王小石不是往外走。

而是往内闯。

这是"别野别墅"。

也是蔡京的行宫。

——他往内闯，闯入了也只是死路一条。

因为那儿没有路。

绝路。

可是王小石照闯不误。

他似乎不要活了。

在这时际，他居然不是退，而是进。

——进，且攻进蔡京大本营的中心与核心！

这一下，倒大大出乎蔡京和他党羽的意料之外，一时没拦得着他。

却只有一人例外：

"神油爷爷"叶云灭！

他恨死了王小石。

他一直盯住王小石的一举一动，乃至目不转睛。

他认准王小石是他前程的障碍石：要不是王小石，蔡京准已任用他为高官要职了。

但他认为时机仍未失。

他认准了王小石：只要他抓了王小石，或杀了王小石，这天大的功勋，依然是他的，任何人都不能与他并比。

所以，王小石愈是耗费时间心力，愈是耗损得蔡京心惊神竭，他便知道自己的功会立得愈大，日后地位更加不可忽视，故此他更聚精会神，全力只待必得必杀之一击。

终于，他，等到了。

王小石箭射一爷、詹别野、"天下第七"三大高手。

却独遗漏了他。

所以他立即出手。

出手一拳。

一拳往王小石背门擂去！

情况非常明显：

他要是能一拳把王小石打倒、打死，他就能在蔡相面前立下不世之功绩；要是不能，他只要能稍稍绊住王小石一下、一瞬、一阵子，那么，王小石在众多强敌联手之下也绝逃不了命，这功劳他也必少不了。

所以他一拳就飞了过去。

——这蓄势已久、待发甚矣的一拳，竟只像是一失手、一失足间便自然而然地打了出来。

这一拳，像没什么。

其实，世上所有的事物，都只像是"没什么"的：你随便拿起地上一颗石子，它也没什么，只不过，如果你仔细研究、分析，其实，这样一枚没什么的石子，通常都经过亿年万载地壳的演变、风霜的侵蚀、火山熔岩的淬炼，历经过多少时代的演变，看尽多少人情世态、梦幻空花，今日，才能成为你手上轻易拿着随便拾起一颗看来"并没有什么"的小石头！

叶云灭自从练成了"失手拳"，他自己就是一把神兵，无须再倚仗利器。

他一直在等着要打这一拳。

现在他便打出了这一拳。

叶神油一向都认为：每一次发奋努力的结果，通常都有加倍的补偿。

所以他肯等。

等待着一施所长的时机。

所以他敢试。

尝试各种不同的方式和招式，一次不成，再一次，直让自己全盘获得胜利为止。

他也跟一般人一样，饱尝着失败的考验和试炼。大多数的时候，大家都嘲弄和讪笑他的失败与挫折，而不是鼓励与同情。他也跟大多数人一样，在那种孤立无援而又得面对彻头彻尾严峻考验之际，他觉得是上天亏待了他。

他每次遇上这些重大挑战、重要关头之时，都想放弃，但最终都没有放弃。

因为在那种时候，他总是在想：

——近日的"天机"龙头老大张三爸在壮年时曾一度给人打得一败涂地，惶惶然如丧家之犬，天下虽大，几乎无容身之所，他带着几个徒弟到处流亡，但终于仍能在绝境中重新屹立，且把"天机"组织得更壮大强盛。

张三爸是以"奋斗"来抵抗失败。

——昨日的"金风细雨楼"总楼主苏梦枕，一身患疾七十二，病得半死不活，而且还断了一条腿子，更因对抗强敌"六分半堂"而分心，给亲信手下白愁飞所趁，先中了毒，还着了埋伏，以致大权全失，但居然能隐忍潜伏，保住性命，一直到有一日能眼见目睹及一手造成仇人白愁飞败亡之后，他才自尽而殁。

苏梦枕乃以"不屈"来败中求胜。

叶神油觉得在人生里，在面对考验的那一刻：自怨自艾、退缩畏惧，是毫无意义的。有的人能通过这些磨炼，有的人则不。有的人能克服各种困境，且以困境为淬炼自己刚强锐烈的火焰，而有的人只能终日彷徨、绝望、沮丧、愤世而活。

他不管了。

他可不顾一切，挣扎到底。——不死不屈，奋斗无畏。

他坚信：只要能坚持最好的并且坚持到底，最后往往都能如愿以偿。

他一厢情愿地坚信这个。

所以，他能忍耐、等待，用恒心和毅力，一种武功练不好，他改另一种；一样绝招练不成，他改练另一样。

他知道必经努力和磨难，才能等到最好的。

所以他忍。

他等。

他等着忍着来打这一拳。

他这一拳的目的是要把王小石打下来。

他要打倒王小石。

要不是还有一个人和他的手掌，突然、遽然、倏然、忽然、猛然、蓦然、骤然、霍然、兀然地就夹在叶云灭和王小石中间，神油爷爷说不定——谁也不知道真正的结果——就真的可以一拳把王小石打倒。

第叁回

笑死

以铁游夏向来沉潜、谦抑的性子，他很少会发动那么声势浩荡、气势高昂的内功和掌功的。

挡在他们之间的是名捕铁手：

铁游夏。

铁游夏看似也是要在此时抢攻并且进袭王小石。

他并且还发出一声怒喝：

"呔！王小石，你逃不了的！"

然后一个虎步，跨前，一掌冲出！

他那一掌是拍向王小石背门。

这一掌之势，足以山摇地动——至少，他的掌一起，掌风已满溢了整个大厅，而掌劲也充斥于"别野别墅"中，游荡回冲，震震不已。

以铁游夏向来沉潜、谦抑的性子，他很少会发动那么声势浩荡、气势高昂的内功和掌功的。

可能，他今天是因为恨绝了气绝了王小石，所以才发那么大的脾气，发出那么巨大的功力。

不过，王小石可没有因为他叫他不要走他就真的不走了。

他反而还"溜"得更快一些。

——王小石原来"逃"的时候可比"追"来得更快一些：简直像一枚给人大力掷出去的石子，劲，而且急；速，还十分快。

铁手一掌拍不着，却不知怎的，却迎上了叶神油的那一拳。

——不，看去是神油爷爷那一拳正好打在他掌上，仿佛是要故意替王小石挡去这一击似的！

"轰"的一声，一掌一拳，击在一起！

两人一个身子一晃，一个退了一步。

都没有事。

当天晚上，叶云灭吃的喝的，全都吐了出来，什么都吃不下、喝不进胃里去。

有一次呕吐的时候，他还发现里边夹着一只牙齿。

如是者三次。

他总共掉了三只牙齿。

——因为那一掌。

他心里明白：

他不愿意有铁手这样的敌人。

他一定要杀掉像铁手那样的敌人。

铁手好像也没有什么事。

但从那一天晚上起，他的头发一天至少掉落一百根，一直延续了三个月。

那一段日子，他几乎成为半个秃子。

而且，那一夜开始，他只要闭上眼睛，都在做噩梦：

梦见自己陷身在浮沙里。

沙很浮，他挣扎不得，渐往下沉……

一连七夜，都做这种梦。

所以他也心里清楚：

他也不想有像叶云灭那样的敌人。

他一定要克服像叶神油这样的敌人和他的拳劲。

就在铁游夏和叶云灭对了这一拳和这一掌之际，王小石已迅速冲破了包围。

冲进了内堂。

冲入了堂内第一间房子。

大房子。

他踢开了门，闯了进去。

这时，他的追兵"天下第七"、一爷、"黑光上人"等人也追到了。

但谁都没有立即冲进去。

因为门只有一个。

王小石在里头。

尽管这三人武功高绝天下，但要做第一个要单独去对付负隅顽抗的王小石，大家都没意思要首当其冲。

所以大家都望向蔡京，等他下令。

蔡京惊魂未定。

蔡京惊魂初定。

铁手已向叶云灭叱喝道：

"咄！你怎么挡开了我对王小石之一击——！"

叶神油正想回叱，但张口一甜，真力激荡，元气大伤，一时说不出话来。

童贯扶着蔡京，他是武官出身，皇帝赵佶是先宠爱他而后因他引介而宠信蔡京，所以更恃势行凶，目中无人，改而向铁手叱道："你干吗放那厮逃命！你这小子衔差不要活了？！"

铁手索性一负双手，淡然道："你们可都看见了，是我出手对付王小石，没他那一拳，王小石早就倒下了。"

童贯也眼见"实情"如此，所以更气上头来："哼，嘿，诸葛老儿的走狗捕快也会追捕王小石？笑死我了！"

　　铁手气定神闲，道："童将军勿笑，更千万莫要笑死，否则，童家军一定会诬构在下多一罪状：那就是将军是遭在下点了笑穴而笑死的了。"

　　童贯气煞，眼暴瞪若铜铃，正要发作，王黼怕遭铁手声东击西、移花接木，忙安慰道："童将军别恼！王小石走得入'别野别墅'，便插翅也难飞。他现在自投罗网，困死房中，如此更好，这儿铜墙铁壁，咱们就来个瓮中捉鳖，他死定了，才犯不着跟些衙差杂役怄心怄气！"

　　蔡京这回惊魂始定，忽喊："不行！"

　　众皆不明。

　　蔡京这时惊魂已定，叱道："不能让他在房中！"

　　"黑光上人"詹别野第一个醒悟，叱道："对！这房里——"

　　话未说完，他身上黑光大作。

　　如一道黑云，遮星掩月。

　　同其时，"天下第七"手上发出一道极其夺目炫眼灿烂乱神的强光。

　　同一时间，一爷出刀。

　　长刀一挥。

　　那房间登时倒了。

　　塌了。

　　房门也没了。

　　——没了房门的房间，一切遮蔽家具都给震碎、震倒，王小石这时难道还能不现形、现身么？

第肆回

哭不得

在权位上，连笑和泪，都只是一场戏、一次演出，除了为争取政治的本钱，都不该有任何大喜大悲的。

可是势必也理应无所遁形的王小石却还是遁了形。

这一回，连蔡京一向擅于控制的表情也哭笑难分了起来。

笑不出：是因为王小石竟然潜入了自己的居所，胁持了他，还逼他下令释放钦犯、不再对劫囚者追究格杀，之后还居然在自己身边多名高手截击下，公然逃离得了"别野别墅"！

——以自己一贯小心慎重，身边高手如云，加上起居之处向以守卫森严著称，而今这权威和形象都赫然给王小石一手打翻、一脚踢破，这还了得！

权威这回事就是这样：只要给人攻破了一个缺口、打倒了一次，立即，它就威信大失，它必须不断地复加上去，权才有威，威而有权，一旦开始倒减，那么，就冰消瓦解，兵败如山倒，很快很快地，恐怕就连最后一点的权力和威信也涓滴不剩了。

所以，权威的拥有者一定要一寸山河一寸血，寸步不让，退一步便无死所，只能维护他的权威，而且还愈要巩固权和威，不能让它有任何缺口；因为一旦有了破绽，很容易便完全崩溃瓦解，所以权威是只进不退、没有回头路、走向不归路的玩意儿，但又是人人都最爱玩的玩意儿。

——或许直至权崩威灭为止。

蔡京同时也哭不得：

尽管他刚才也许怕得几乎泪涕交进，在皇帝龙颜大怒之时也曾涕泪纷纷求恕不已，但在他一干手下和拥护者面前，他是不能哭的。

一哭，就给人觑出了虚实。

在权位上，连笑和泪，都只是一场戏、一次演出，除了为争取政治上的本钱，都不该有任何大喜大悲的。

对蔡京这种老经世故的"大佬"而言，喜怒不形于色，是当官从政者的第一道不可有失的防线。

——尽管王小石刚才是胁持了他，而且自出自入，如进退于无人之境，且不管在场的人如何惊诧、惊疑，他自己也一样震动、震撼，但就一定不能先露了形迹。

因为这是危机，他一定要跨越过去。

这么多年来，在政治上的翻云覆雨，在朝廷中的尔虞我诈，使他知道遇上困难的时候，第一个步骤，是先冷却它。

——困境是有热力的，那"热力"使人难受，而且有一种爆炸的迫人，令人神眩目昏，要对付它，先要让它冷却下来。

一旦冷却，它便回到"本来面目"，无论问题、困难有多大，只要呈现了原来的形迹，便不太难对付、应付。

要使问题冷却，首先要自己冷静下来；要自己冷静，那就一定不能有任何惊慌，心要安静，人才能冷静。

要解决困境第一要害是：

绝对、绝对、绝对不可惊慌。

因惊慌于事无补，而危机往往趁惊怕和慌乱时乘虚而入，而且，一个紧张不安的人，易为这种心理而崩溃，不可能尽展所长。唯有冷静，才能认准困难所在，抓住问题核心，甚至即时解决了问题。

蔡京现在就是这样：

一、他先是怕、惊疑和生气。

——他的命曾悬于王小石手中，不由贪生怕死的他不怕。

——他在大房中确有秘道，那是用来以备有日自己若遭亲信手下叛变时，亦有逃遁的后路，王小石而今居然先行利用了这隧

道，令他惊疑极了！

——究竟王小石是怎么知道这秘密甬道的？谁出卖了自己？谁告诉了他？这都令蔡京愤怒难抑。

二、当他一旦发现王小石已利用地道逃逸后，他立即表现得神逸气定，好像早就知道了王小石必然能逃得了出去似的，微微笑道：

"果然给他快了一步！"他不慌不忙地吩咐道，"文世侄，一爷，你们带人到万岁山的嘻嘻亭截他去——看还截不截得着？"

"天下第七"和一爷领命便去。

三、他接着下来马上思考了两个问题：

——王小石既知这内堂第一间房"心震轩"有秘道，那么，"别野别墅"里一定有卧底，自己身边也一定有内奸！

——他马上联想起当日王小石借受自己之令杀诸葛先生其实是要借机狙杀自己一事；以及昨日才真相大白，但他却一早已暗中擘划的：苏梦枕原来没有死，却受敌人包庇保护，倒戈一击逼死了出卖和背叛他的白愁飞！

两件事加起来，蔡京心里立即产生了一个疑问：

——王小石是不是还没有走？

——他会不会还留在地道里，俟自己尽遣人手追杀他时，才反扑出来攻袭他？

于是，他立刻改换了人手。

他要"神油爷爷"去取代"天下第七"。

他的身边一定要留下忠心且绝无二心的亲信。

而且还得要武功超卓、高强。

他信得过"天下第七"和"黑光上人"。

——因为"天下第七"对外的关系很不好：他父亲也曾是朝廷命官，但太工于心计，害过不少人，后来终给敌对派系"六扇门"里的高手杀了；"天下第七"一向跟他父亲不和，所以早无相干，但受过他父亲迫害的人只要知道他们分属父子关系，对他也不见得有好感，深恶痛绝的，还大有人在。

世事本就这样：好事不出门，坏事传千里。

何况，"天下第七"的武功很高，做人功夫却很不足，他在蔡京手下行了不少恶事，若失去了这个靠山，他就什么也不是，必遭人追杀于江湖——虽然要把他杀了也还真不容易。

"黑光上人"则更信得过。

——因为詹别野现在"国师"的地位，得要靠他一手扶植。

他们俩唇齿相依、血肉相连。蔡京若有了这位国师为他造势，更加可以为所欲为，如虎添翼；而"黑光上人"若失去了蔡京的支持，只怕变的种种戏法很快就要给戳破，一切神迹都要不灵了。

——像赵佶这种好玩、荒淫的皇帝，今天会相信这位法师神通广大，明天却可能去拜奉另一位活佛法力高深了。如果没有蔡京作为稳实的后台，詹上人不见得能够超然了那么久、权威了那么长的一段日子的。

何况，这地方本来就是送给詹别野的，甚至以他为名，现在丢了人，最丢脸的，第一个仍要算是这位"黑光上人"。

所以他先留住了詹别野和"天下第七"。

他派叶云灭和一爷去追击，临行前还握着叶神油的手，鼓舞而且关心地说：

"你虽然才跟我，今天也没成功截杀王小石，但我还是信任你。"他恳切得每一句如出肺腑，"天涯海角，你给我把他抓了回来，不然，杀了也是一样。"

叶云灭颔首。

用力。

很用力。

他要做到这件事。

他一定要做到这一件事：

——以报答蔡相对他的"知遇之恩"。

第伍回

笑不出

　　要知道，这种人反而不擅于外争，但一定善于内斗，他们最怕的是身边的敌人，而不是远在天边的外敌。这实在跟他们的所作所为，如同盗贼有本性上的休戚相关，难免会特别忌讳。

一爷和神油爷爷领人才去，蔡京立即着"天下第七"率人撬开柜旁那大黄铜镜后地道入口，着童贯的亲兵"五虎将"下去好好扫荡一番，生怕王小石就潜伏在里面。

这时，他就跟童贯、王黼、詹别野以及蔡攸等迅速商议出一个头绪来：

"王小石能懂得从这儿逃走，一定有内应。"

于是，他们要马上找出那"内奸"来。

要知道，这种人虽然不一定擅于外争，但一定善于内斗，他们最怕的是身边的敌人，而不是远在天边的外敌。这实跟他们的所作所为，如同盗贼有本性上的休戚相关，难免会特别忌讳。

他们找出蛛丝马迹，推理寻由，点清人数，剔除可能，在那所谓的五"虎"将回报地道并无敌踪，而留下的痕迹直达皇宫的万岁山雁池之时，他们已约略得出了个结论，有了一个极可怀疑的对象：

蔡璇！

在找出这个"线索"之前，蔡京一直非常慎重地要"天下第七"和"黑光上人"守在他身边——要是有一个派遣出去，另一个也定必在他左右环视。

例如在"天下第七"率人进入地道寻索王小石的时候，"黑光上人"就在蔡京身旁；当"黑光上人"到处去搜查蔡璇下落之际，"天下第七"便护着蔡京。

怀疑蔡璇是王小石的内应，"黑光上人"詹别野是第一个警醒到的。

但他并没有马上道破。

他侍候像皇帝赵佶、宰相蔡京这些人已多年了，十分清楚这种人爱听什么、不爱听什么，各人脾胃，早已摸得一清二楚；他也有不少徒子徒孙，他要收服这些三山五岳的人，自然都有非凡手段，且得要对症下药，对各人的心态喜恶，亦了如指掌。

他看透了这些所谓宫廷侯爵、达官贵人的威严嘴脸、大义凛然，但私底下却什么好事都干过。通奸、乱伦、凌弱、欺贫，从勾结私营到强占妇女、收养娈童，无所不为。

所以，当皇帝忽然心血来潮、良心发现的时候，忽然祭了那么一次神，就责问他为何不马上风调雨顺、天下太平？公卿大臣、宦官上将，莫不如此希冀。他只好找些好听的话搪塞过去了，但事实上，他心里想说的是：

——你们做尽这些丧尽天良的事，没马上有现眼报，上天已经很不公允的了。

他当然不会这样说。

宫里的人都当他是活神仙；朝中大臣对他又敬又畏。蔡京期许他做好一名活仙人，百姓希望他是一个好神仙——他不知道自己是否能一一胜任，但他却肯定自己是个对人情世故遍历、通透的人。

因此，他看出了蔡京与蔡璇有暧昧——当然也不只是蔡璇，蔡京跟他的好几个女儿与亲眷，都有不清不楚的关系。

但他只是留意。

没有说破。

他一直都很留意蔡璇这个女子，因为她很特别。

她当然相当漂亮。

可是这个并不是詹别野特别留意她的原因——虽然"黑光上

人"也相当好色；色即是空，空即是色，既然空色不分家，他好色也只不过是好空而已，不犯戒，不破律。

他留意蔡璇是因为她在蔡京的女眷里，是很懂潜藏的一个。

"黑光上人"留意到蔡璇的舞姿，必须要轻功非常好的高手才能舞得出来的；她的力气也很大，有次府里有位婢女不小心滚下井里去了，她单人用一个桶子就把对方凭空吊上来了；她的应变也很快，"黑光上人"曾派人试过她。

可以这样说，蔡璇除了对自己爱唱歌并且把歌唱得相当好一事全不遮瞒之外，其实她的潜质全部隐忍不发，一点也不透露出来，形之于外的，反而是她那种官家小姐的脾气、挑剔、火性儿。

"黑光上人"因而觉得很有趣：

蔡璇为啥要隐瞒这些呢？

——这不仅是一个双十年华女子的娇憨无邪。

詹别野却只心里思疑，口里不说。

——谁知道蔡璇这样的举止，是不是来自蔡京私下授意的？

他要是先行点破了，万一蔡京恼羞成怒，认为自己多事碍事，岂不功讨不着，反而惹人烦、讨人厌？

所以他不说。

只观察。

留心。

也留意。

而今王小石居然在别墅的重重包围下逃出生天，詹别野知道一定有内应，他很快便想到了蔡璇：她受何小河胁持之后，便走入了内堂，詹上人曾留神，见她走入的正是之后王小石遁走的那间房子！

他马上去找蔡璇。

蔡璇已不在。

谁也没再见着她。

她，走了。

——跟王小石一道儿离开了！

"黑光上人"知道再也不能缄默了。

——再不作声，就得要背黑锅了。

所以他马上通知了蔡京。

收到这消息之后的蔡京，一时真是笑不出来。

他跟蔡璇确有暧昧关系——他特别疼爱这个女儿，但由于他行事十分小心谨慎，他跟她也并没有太多独处的机会。

他也故意让"黑光大师"隐隐约约地知道他们的事，他对詹别野的聪明和善解人意，有着绝对的把握，他知道"黑光上人"是既不会问，也不会说予人听的——就算说了，他也不怕，他已只手遮天，打个喷嚏就能翻云覆雨，他还怕什么！

只不过，一听是蔡璇，他心道好险，也真有点不是味道。

他马上去查蔡璇的一切资料。

在这同时，孙总管发现有两名亲兵，给点了穴道，软倒在帐幔之后。他们外服尽去，孙总管初还疑为是敌。

蔡京即命人解开他们的穴道，才知道他们本是守在"心震轩"的，但就在王小石欺入房门之前给点倒了。

蔡京看到他们，跌足道：

"一爷他们那一趟万岁山是白跑了。"

童贯不明："怎么说？不一定追不上呀！"

蔡京道："王小石和阿璇刚才真的没有走，还留在屋里，声东击西，故布疑阵，让我们以为他从地道遁走，害我们分散人手，白追了一趟。"

童贯大吃一惊，王黼忙按刀锷四顾道："他……他在这里？他……他在哪里？"

蔡京道："不。刚才他是在的，但现在却已真的走了。"

王黼狐疑地道："你怎么知道他已走了？"

蔡京道："他才不会留在这儿等我们发现。他见我身边一直有高手护着，没把握杀我，就一定走，绝不会待在这儿让我们发现。"

童贯瞪着铜铃般大目，顾盼虎吼："他在哪？叫他滚出来！本将军要他死得好惨好惨！"

蔡京的长眼尾眯了一眯，微笑下令，到处彻底搜索。

王黼兀自不肯相信："他走了？他怎么走的？他怎能从我们眼前大咧咧地走过去？不可能吧？他会隐身法不成？"

蔡京道："他确是明目张胆地走出去的。刚才一爷领的兵，其中有两个便是由他们乔装打扮的。大家都忙着去追他，却不知追他的人便就是他。"

王黼这才放了心，怒道："他好大的狗胆！"

蔡京还没说话，却听詹别野呈来他所发现的：在蔡京刚才坐着接见叶云灭的太师椅下有一张纸。那纸上写着几个字：

狗头暂且寄下

信约不守必亡

蔡京看得怒哼一声，劈手将信纸一甩，"噗"的一声，纸沿竟直嵌入台面里去。

众皆大震，知蔡京功力高深。

蔡京向"黑光法师"略微点头，表示嘉许：刚才他长时间为王小石持箭所挟，颜面全失，现至少捞回了个彩头。

不过他也确心寒骨悚：

王小石刚才确在这里，且在自己身后不远处，要取自己性命，着实不难，幸好自己一直留有高手候在身边，否则，只把重将全派去追捕，后果不堪设想。

更可怕的是蔡璇。

——一个就常在自己身边的人！

他想到王小石和蔡璇这两个"危机"，就警醒到：自己日后一定要更小心、更慎重，更要有万全的防范，不可以有轻微的疏失。

——一失足成千古恨啊！

何况这样子的"失足"，也得一失足成千古笑呢！

第陆回

哭笑

难分

一个好的助理当然懂得什么时候挺身出来替主人当"恶人"。

　　蔡璇的"资料"，很快便送上来了：

　　这些"来龙去脉"的记录，在这儿都有孙姓总管为他编排整理。孙收皮在"别野别墅"里的身份一如苏梦枕身边有个杨无邪一样。

　　蔡京一看，却顿时哭笑难分。

　　原来蔡璇竟不是他亲生女儿！

　　这当然十分荒诞，一个人怎会连自己儿女是不是亲生的都不记得？更何况以蔡京之精明机心，更不致如此糊涂。

　　——一个大奸大恶的人，通常都要比忠诚正直的人聪明。

　　也就是说，奸臣往往比忠臣更有机心。

　　但世事偏就有这样不可思议的事。当时虽然男女分际森严，对伦常纲纪，亦十分注重，不过因为皇帝本身就荒淫奢靡，乃致上行下效，大家说一套，做一套，到头来，反而是民间百姓，严守纲常，但对当朝得势有权者而言，只要兴之所至，淫心一起，什么伦常分际，早抛到九霄云外去了。许多豪门大室，根本就是沆瀣一气，胡来一通。

　　蔡京可谓是当时得令的人物。除了皇帝，谁能节制他的权力？就算天子，也未必不听他的，因为失去了这个人，当皇帝就当得没那么快意了。是以，蔡京更为所欲为，肆无禁忌，妻妾成群，仆从如云。

　　妻妾一多，儿女更多得不可胜数了。

　　多得甚至连蔡京本人也搞不大清楚。

　　他不清楚，但他并不迷糊，就像宫廷里自有太监对发生大小事皆有记录一样，他的起居生活，家庭细节，都有人详作记录。

监督和搜集这些记录的是总管孙收皮。

蔡璇便是这样一个"畸形"的特例。

她原来根本就是狱吏章绛之后。章绛因上书向皇帝陈情，提出蔡京私改"盐钞法"，印钞废钞，全为谋私，危害天下，宜以禁止约制。赵佶不办此事，却交给了蔡京。蔡京一怒，削其官，把他黥面刺字，发配充军，中途毒死。王小石刚才在怒斥蔡京尽除异己的时候，就提过这个人。

至于这清官章绛全家，都贬为奴隶。其中章璇儿及其胞妹章香姑，因长得雪玉可爱，恰巧给蔡京的五妾陈氏看中，陈氏又并无所出，故就纳了来当干女儿。

当时，章璇儿和章香姑年纪还小。一个八岁，一个七岁，大家都以为她们都未懂事，也不怎么为意。事实上，蔡京家族已无限膨胀，财雄势大，人丁旺盛，他也搞不懂哪个儿子、女儿是干的还是湿的，亲生的还是过继的。

其实，章璇儿、香姑已懂事。她们眼见父亲全家遭受迫害，而今又卖身蔡家，受种种苦，为求生存，她们只好忍辱吞声。

陈氏让这对姊妹花改姓蔡，把名字的最后一字去掉，于是就成了蔡璇、蔡香；蔡京于是乎又多了一对"女儿"。

日子久了，蔡京也忘了这对宝贝儿是不是真的自己所生了。——何况，他为争权，不惜斥弟杀子；为淫欲，也不怕乱伦通奸——蔡璇、蔡香，到底是不是"女儿"，已不重要了。

问题是：

——是不是仇家的女儿，却非常重要。

还十分地重要。

因为这是要命的事。

现在已查出了个"究竟"：

——蔡璇竟是章绛的女儿！

难怪在这重要关头上，会给自己倒上一耙了。蔡京心道好险。他是个善于自惕的人。一个人已手握大权，又有足够的聪明，他却用来思虑筹划如何巩固自己的权力和财富上，另一个他所注重的，就是怎样保命、延寿。

他再次想到自己日后得要多加提防：王小石能混进别墅里来，蔡璇居然是常年在身边的卧底……自己再要是大意下去，只怕就得要老命不保了。

——没有了命，还有什么富贵？哪提什么享受？

所以，他日后对自身安全防范，更是讲究，更做足了功夫，致使日后谋刺他的侠客志士，都不能顺利得手。

这不啻王小石这次箭逼蔡京，要他下令放囚的反面效果。

蔡京也立即下令孙收皮追查另一名"奸细"：蔡香的下落。

孙收皮立即领命。

一直以来，因为他觉察蔡京跟蔡璇有暧昧，故不便对蔡璇来历作仔细审究，而今发生了这样的事，他知道蔡京难免会迁怒于他，他为保家安命，所以查得分外落力，连蔡京五妾陈氏的家世来历也一并清查了。

不过，蔡香却在七年前，已"神秘失踪"了。

蔡璇跟王小石跑了。

蔡香失踪了。

——章绛一家的后人下落，到此就断了线。

蔡京知道在这些人面前，不可以有受挫的表情。

所以他想笑。

笑总代表了成功和胜利。

不过他的笑容未免有点哭笑难分。

——无论是谁，忽然发现自己的女儿竟背叛了自己，都不会好受。

何况这个他养了多年的居然不是自己的"女儿"！

还好，总管老孙是一个很聪明、机警且善解人意的人：

他呈报那些不利于他的资料，都是私下的。

当蔡京审阅那些资料之时，孙收皮就拼命地跟大家说话——说话不是肉搏，也许不是拼命，但孙收皮的确说得十分"卖命"。

他要吸引住大家的注意力，好让蔡京可以回复、掩饰过来。

——也就是为了孙收皮有这个特点，蔡京不惜重金礼聘，把他从原"山东大口神枪孙家"的总管一职，挖来了当自己府邸的大总管。

一个好的助理当然懂得什么时候挺身出来替主人当"恶人"。

——大家都想暗中观察蔡京看"报告"时的脸色，但却给孙收皮东问一句、西笑两声扰乱了心神。

一位好的主管自然知道替自己的老板在重要关头争取"歇一口气"的机会。

——孙收皮在这关节眼上，宁可自己缓不过来一口气，也得让主子先透七八口气再说。

他成功了。

蔡京已转过了脸色。

其实他也不需要太辛苦、太刻意。

因为他有一个一向喜怒不形于色，万一形诸于外，也能迅速恢复、莫测高深的主公。

蔡京一手把"资料"和"报告"掷于地（当然，孙收皮立即便收了起来），不在乎似的哈哈笑道："我好心好意，替贪官章绰养大了女儿，而今她竟恩将仇报，勾结王小石这等逆党，真是知人知面难知心。我早知她暗怀祸心，但总予她改过自新，她三次害杀我不成，没想到还勾结了王小石，今日来个倒耙一招！"

童贯悻悻然道："太可恶了。相爷真是宅心仁厚，以德报怨，什么东西嘛，敢在太岁头上动土！我们该怎么对付这些逆贼是好？"

"我会请皇上颁诏天下，请各路英雄好汉、衙差捕役，务必要缉杀王小石毋赦！我，王兄、童将军，各派高手千里追杀王小石和他在逃的同党！"蔡京说杀人的时候脸上眯眯的笑纹看来竟有些儿慈祥，"我会向京畿路传下命令，不许再给王小石踏入京城半步！"

王黼忽问："王小石当然罪不可恕，但这次在菜市口和破板门二处官兵俱受乱党劫囚冲击，这些暴民恶贼，一日不诛，京城岂有平静之日？"

蔡京嘿嘿一笑，欲言又止。

他当然更想一气把反对他的人全都铲除，一个不剩。

但他也记起王小石的话：

——你要追究，只能追究主谋。

——我就是主谋人。

——你至少有七道伪诏矫旨落在我手里！

——只要你一不守信，我自会着人呈到圣上那儿去，就算你有通天本领，看皇上这次还信你不！

是以蔡京垂着目，像看到自己须角有只小蜘蛛在结网，嘿嘿地只笑着，孙收皮即接道：

"这个当然，但擒贼先擒王，先把乱贼群寇的首领拿下了，其余的还怕不一一授首吗！"

童贯、王黼是何等人物，官场已混到成了精，做人已做到入了妖，一听明了三四分，再看更白了五六成，都说：

"对，先格杀了王小石这罪魁祸首再谈其他的！"

"便是！王小石不除，其余小兵小卒宰一千一万个也没意思！"

蔡京这才笑了，跟大家离开了"别野别墅"，商议如何一齐上奏天子，请皇帝亲自下令，格杀王小石，并顺势参诸葛小花一本，说他勾结乱党，谋叛造反，残害朝中大臣：留在"别野别墅"里的太阳神箭，就是最好的罪证。

蔡京与其说恨王小石，不如说他"怕"王小石。

——像他那么一个神威莫测、向来高高在上的人，王小石却每次都能迫近他、威胁他，让他丢尽了颜面。

虽然说，以他堂堂"相爷"之尊，居然会怕一个市井游民王小石，实在是一件说不过去的事。

但他更恨的，却是诸葛正我。

他"怕"王小石，只要设法把王小石拒之于千里，就不愁他来对付自己。

可是真正能威胁自己的，却是诸葛小花！

——铲除诸葛老儿才是当务之急！

这点他很清楚。

十分明白。

他们都离开了"别野别墅"之后，孙收皮开始着人收拾"残局"，重整"场面"。

其实所有的"大场面"，不管是之前还是之后，还必须有他这种人来料理打点，才可以"上场""完场"。

他特别小心谨慎地把有关蔡（章）氏姊妹的资料一一收起。

他知道蔡京必然还会再审阅这些"资料"，但又不许除了他自己之外有任何人会看到它。

这点很重要。

不明白这点的人，根本帮不上任何"大人物"的忙，也不会允许让他靠近身边，成为亲信。

孙收皮还特别亲自去收起了那张王小石留下的、由"黑光上人"发现的纸条。

他拿到字条的时候，还特别用手称了称，留心看了看。

纸条是稍微沉重了一些。

——果然在纸沿上，给嵌套上了一圈刃锋。

刃锋一旦镶嵌在纸沿，自然就有了重量：就算这纸张随便往地上一落，只要不是石板地，就一定像一支飞镖似的，钉插于地。

蔡京当然不会写一张字条来如此侮辱自己：

敌人在他府邸里出入自如、横行恣肆，毕竟是件极不光彩的事。

但纸条却是"黑光上人"先发现的。

是他递给蔡京的。

蔡京阅后，就往宽大檀木桌上一摔，卟的一声，纸张都嵌入台面里去了。

　　蔡京露了一手。

　　大家都看到了。

　　叹为观止之余，大家也颇佩服蔡京的深藏不露，内力深厚，咸认为就算王小石真的放箭射他，也未必伤得了丞相大人！

　　孙收皮看到这张字条，却佩服另一个人：

　　"黑光上人"！

　　——难怪他能当上国师，而自己还只不过是相府的总管而已！

第柒回 欲笑反成泣

一个聪明人当然会只看见他该见的事,

而“看不见”一切他不该看见的事物。

王小石三箭各射堂上保护蔡京的三大高手后，并得铁手及时反挫化解叶云灭之一击，他不往外闯，却冲入内堂。

一入内堂，即见蔡璇向他招手。

他逸入"心震轩"，并见蔡璇已点倒了两名守卫，飞身上床，示意叫他过来。

王小石没有犹疑。

蔡璇打开床上秘道。

她往下跳，并叫他也往下跳。

王小石也不迟疑。

秘道很窄。

两人声息相闻，肌肤相贴。

王小石亦不避嫌。

蔡璇没往秘道里走。

她只停在那儿，微乜着眼，相当媚。

"我叫你下来你就下来？"

"是。"

"我不走你也不走？"

"是。"

"你相信我？"

"是。"

"你凭什么信我？"

"我相信诸葛师叔。他叫我相信你，我就相信你。何况，你刚才唱的歌，很好听，坏人是唱不出那种歌的。"

蔡璇对王小石后半段的说法无疑感到十分讶异，但禁不住问："舞我跳得不好吗？"

"也好。但还有更好的。"他在这时候居然还有心谈起这个来，"我认识一个女子，她跳得就比你更好。"

他说的当然是朱小腰。

——他当然不知道朱小腰已在不久前、在一场舞后丧失了性命。

蔡璇听了，有一阵子不高兴，但随即又对这不说伪饰话的汉子另眼相看起来；她也是个妙女子，居然在这时候仍有闲情谈歌论舞，还幽幽地说了一句：

"希望有机会我也能见见她。"

她以为那是王小石的情人。

然后她下令："我们已把气息留在秘道里，现在可以出去了！"

因为秘道太暗，敌人太强，以至王小石当然没有注意到她本来孕育笑意的玉靥，却掠过一阵奈何奈何莫奈何的欲泣来。

她跃出了密道。

王小石没问为什么。

他也溜出了秘道。

两人伏于梁上，一路匍行，回到厅上来，不出半声一息。

王小石还掏出了一张早已准备的字条，弹指使之飘于刚才蔡京所坐的太师椅下——这时候，蔡京正与一众高手攻入"心震轩"。

王小石却与蔡璇伏于梁上，未趁这乱时逸去。

他们以近乎腹语的低声对了几句话：

璇："你先走。"

石："你呢？"

璇："我在看还有没有机会。"

石："我也是。"

"只要他把身边的高手都遣去追我们，我就有机会下手。"

"我看他不会这样不小心。"

蔡璇听了，白了王小石一眼。

那眼色很美。

——这么紧张的关头，眼意仍是慵慵的，似对世情有点不屑、相当厌倦。

无奈。

更特别的是无奈的感觉。

蔡京本来已把身边高手都派去追杀王小石，但忽然改变了主意。

他留下了"天下第七"和"黑光上人"。

这回蔡璇没有说话。

她是用眼色。

用眼波表达。

她的眼很小。

细而长。

但很会说话。

她好像是说：

"你对了。他果然没有疏忽。"

然后她的眼波又在示意：

"该走了。再不走，就走不掉了。"

王小石明白她眼里的话，仿佛也听到了她心里的声音。

他们的行动配合得天衣无缝。

他们混在一爷所带领追击他们两人的部队中一起浩浩荡荡地迈了出去。

当然，那要经过易容。

还需点倒了两个相府的亲兵。

王小石这才发现：蔡璇堪称"易容高手"。

——她在这短短的时刻里，在极不方便但她显然有备而战的情况下，既替她也替他匆匆易了容，居然一时还没给人瞧得出来。

叶云灭没瞧破，那是当然的。

因为神油爷爷根本还没熟知军队人马、谁是谁不是相爷手上的兵卒。

但一爷好像也完全没发现。

这位御前带刀侍卫大概只习惯"带刀"，并不怎么"带眼"——要知道精擅于"易容术"的高手是绝对有办法把人改头换面，使熟人相见难辨的，但要在这么仓促急迫的情形下化装成一名军士，躲过"别野别墅"众多高手与侍卫的眼力，这就不是件容易的事了，尤其蔡璇是个纤纤女子，要扮成雄赳赳的军人，可更不易欺人耳目了。不过，看来蔡璇的"易容术"确是高明，加上有部分禁军是一爷率统，并由他带入别墅里来保护蔡京的；他既没发现，大家也就无法指出其伪了。何况，在禁宫里，手掌大权的太监梁师成、大将军童贯、宦官王黼等手下有不少侍卫、奴仆都专挑长相俊美的，大家也不引为异。

既然"一爷"没有发现，大家就更没发现了。

——尽管蔡京足智多谋、算无遗策，但他毕竟高官厚禄、养尊处优惯了，并不是江湖中人出身，不知道江湖人有的是天大的胆子，贲腾的血气，远不是他那种胆小如鼠，但只大胆地贪财蠹

国的社鼠奸臣可以揣想得出来的。

或者，一爷是个聪明人。他能在极聪明机诈、擅于偷窃权柄、蠹政于朝、呼风唤雨、以权谋私的检校太尉梁师成手上成为三大红人、高手之一，并指派他跟从保护皇帝，地位自非比寻常。他若不是也极聪明、机智，在这样的位子上，是绝活不长、耐不久的。

一个聪明人当然会只看见他该见的事，而"看不见"一切他不该看见的事物。

可不是吗？

——这年月里，连清廉明断的包拯也给毒杀了数十年矣。

忠臣良相，图的是万古流芳，名传万代，但唯利是图、急功好名的人，只嫌百年太长，只争朝夕。

其实对一招半式定死生成败的武林中人而言，朝夕也太缓，争的是瞬息。

只是皇帝徽宗送给蔡京的这一座"西苑"（"别野别墅"只是蔡京用以巴结、招纳詹别野为他尽心尽力、鞠躬尽瘁的"雅称"），大得不可置信。

他这一座西花园，本就几乎跟皇帝的"东苑"相媲毫不逊色，但他还要重新扩建，拆毁四周民屋数百间，还代皇帝下诏，要开封府内靠近他别墅的七条街全统归于他田产名下，任意处置。一时间，这数百丈方圆之地的居民全都流离失所，无家可归，沦为乞丐、饥民，乞食求施于道，京城比屋皆怨。

这一来，西苑更见其大，珍禽异兽，琼草奇花，尽收苑里。王小石和章璇要混在军队中溜出去，想做得不动声色，当然要相当时间才能办到。

王小石心悬于菜市口和破板门的兄弟安危，但心焦归心焦，却急不得。

——他若是自身一人，或可说走便走，得脱围而出，但身边有了章璇（这女子还有恩于他，替他解了劫围，还一齐落难），他可不想轻举妄动。

他是个不想牺牲自己身边任何亲朋戚友的人。

他是个武林人，必要时，可以斩恶锄奸，以暴易暴。

到大情大节、大是大非上，他伤人杀敌，可以毫不手软。

但他却不也决不为一己之利、一心之私而伤害任何人，就算朋友、敌人乃至不相识的人也都一视同仁。

他自认这些是他性格上的坏处和弱点：

所以他成不了大事。

他自觉并非成大业的人才；只不过，他来人生走这一趟，只求尽一个人的本分，能帮多少人就帮多少人，能做多少好事就做多少好事，他却没想要成大事、立大业。

——如果要伤害许许多多无辜无罪的人才能成功立业，他岂可安心？他只想快乐、自在地过此一生，不安心又岂能惬意？

这种功业，对他而言，不干也罢。

所以他入开封、赴京师，只为了完成他那么一个自小地方出来的人到大地方龙蛇混杂之所在闯一闯的心愿。之后，加入"金风细雨楼"，是为了报答楼主苏梦枕的识重，而他也认准了透过"风雨楼"，就能或多或少地牵制住横暴肆虐的奸臣佞官勾结黑道人物鱼肉百姓、毫无惮忌的祸患。他后来退出"风雨楼"，就是不想与自己的兄弟争权夺利；他逃亡江湖，为的是要格杀贪婪残忍、

横征暴敛的蔡京。他流亡天下，也不觉失意；重回京师，第一件事便是要打探结义兄长下落，然后为他复仇，重振"风雨楼"声誉。而今他直闯西苑，胁持蔡京，为的是营救两位拜把兄弟、好友：毕竟，他是一个见不得有人为他牺牲，也忍不得有人牺牲在他面前的人。

这些年来，经过创帮、立道、逃亡、流离，他未变初衷，亦不改其志。

别看他那么个武功盖世、血洒江湖、大风大浪几许江山多少刀剑当等闲的不世人物，他却连猫狗鸡鱼也疼惜，虽未食长斋（但嗜吃蔬果），偶也吃肉，但对一切为他杀生的动物（不管豕牛羊鹿）一概谢绝。

没有必要的话，他也绝不杀生。

——何必呢？大家活着，何苦杀伤对方而让自己逞一时之快？如果不是非这般不可活，又何苦不让他人（甚或畜牲）好好地活下去？

这种事，他不干。

他虽急于知晓一众兄弟是否已然脱险，但他再急也不想牵累章璇涉险——何况，刚才她已为了救他而暴露了身份，再也不能待在蔡京门中卧底。

所以他忍着。

等着。

终于等到一爷率领着队伍出了西苑，他才示意章璇，趁隙脱队，但章璇却早一步已混入街外人群里去。

王小石生怕章璇出事，所以蹑后追去，又因不敢太过张扬，只好在人群拥挤中闪身、漫步，不敢施展轻功。

在西苑外的大街店铺林立，行人如梭。这儿的大宅自然是蔡京的府邸，靠近他住所之地，全给他老实不客气一人独占了，但离开别墅范围外的店户、百姓，本都对这权倾天下的人物有避之则吉的心理，避之还犹恐不及，却非但避不了，连逃也不可以。那是因为蔡京要他住处兴旺热闹，繁华威风，以显他富贵本色，便下令不许商贾百姓作任何搬徙，还把一些在别处营业的生意迁过来这儿开业，不管赔蚀亏损，一概都得赋重税，否则将财产充公（入蔡京库府），重则杀头破家。

这样一来，就算明知亏蚀，一般商家也只好过来开店，不敢迁往别处；蔡京令下，只有这一带买得到别的市肆所买不到的绢、麦、盐、茶、米等货品，把价格定得奇高，但人们不得不借贷赊求，所赚的都落入蔡京口袋里。

是以，这一带虽旺，但却只旺了蔡京。本来，要看某地有无太平盛世的繁华气象，只须观察在市肆做买卖的和游人是否一片和祥、欢颜之色，否则，那再靡华也不过是虚饰之象。

第捌回

翻笑红雨

落纷纷

一个真正的人物才会有担当的勇色。

这一带行人，便无欢容。

但他们仍好奇。

尤其当他们知道，他们咸认为神憎鬼厌、权倾天下的人物，就在这儿跟群奸众小对全国子民作竭泽而渔、焚林而猎的大搜刮，他们更想远走高飞——但却不是人人都走得了，避得掉的，不平的不一定可以起而鸣，不服的不一定能反而抗，他们只能逆来顺受、卑屈求存。

只不过，他们虽失去了期待，但仍有希望。

人们虽然无奈，但仍有好奇心。

尤其好奇的是：

看这些挟邪坏法、祸国殃民的人，最终是个什么样的下场！

今天他们一旦得悉西苑出了事，更有消息传来：丞相还给人胁持了！大家无不屏息以待，引颈相盼。

——当他们知悉以一弓三矢单人独力胁持住权相蔡京的人，竟是他们一向仰仪的王小石；而王小石孤身犯难，是力救前时打了皇帝和相爷的两名好汉而义不容辞，更令他们钦敬不已，喜在心头。

——他们也听说菜市口和破板门都有人劫囚，冲击蔡党、阉党的人，莫不是天下好汉，一起造反？如是，那就太好了。

可惜，结果好像不是。

东、南两面的劫囚者已退走，听说还死伤枕藉。

蔡京好像也没死。

——王小石呢？

他在哪里？

——为何不杀了蔡京，为国家社稷除一大害？

但大多数的人并不怨怪，他们只希望王小石能无事就好，反正：留得青山在，不怕没柴烧嘛！他们都极担心他的安危。

他们有所不知的是：

王小石已经潜出了西苑。

——那号称极奢穷侈、铜墙铁壁的"别野别墅"，却留不住这一个来自远方小地方的"小人物"：小石头。

而今，王小石就在他们眼前。

他们都认不出来。

这样也好：世上有些大人物，你听他们平生事迹、功勋、所作、所为，大可仰仪、艳羡，思慕平生，但却不一定须见得才了平生夙愿。

——大部分了不起的人物，如以真实面目、原来本性相见、相交，不见得也如他名气或你所想象中那么不得了。

何况，王小石根本就不认为自己是什么"大人物"。

他一向乐于做"小人物"：唯有小人物才可以自由、自在，不必拘束、了无牵挂，这该多好，这才好！

——当"大人物"太辛苦了。

不过，人物不管大小，他仍有志、立志且坚志不移地当一名"人物"。

做人不可不当"人物"。

—— 一个真正的人物才会有担当的勇色。

没有肩负正义的铁肩，算不上是个"人物"。

是以，在王小石心目中：大人物或小人物都不重要，他只求自己"是个人物"，而且，他交友不论名位、富贵，只希望对方最好也是个"人物"。

此际，民众都没把王小石这个"人物"辨识出来，这使得他渐能追上章璇。

章璇的背姿很好看。

瘦小得很好看。

她扮成男装，另有一种灵气，这使得王小石忽而想起了一个人：

郭东神!

雷媚!

这是一个王小石永远也不能理解，既猜不透也摸不清楚的女子。

他不明白她为何要叛杀雷损。

也不知道她因何要背叛苏梦枕。

他甚至也不清楚到后来她到底为什么要倒过来杀了白愁飞。

为啥?

——伊好像是一个天生叛逆、独嗜暗杀的女子!

想到那样的女子，王小石不觉有点不寒而栗。

但却又偏想起她。

章璇走得很机灵，但走得不算太快。

她好像有意在等他。

等他追上来。

他追上来的时候，她也没理会他，而且蜂拥而至来看"热闹"和"乱子"的民众仍多，他们仍不便交谈。

俟章璇的身子转过了一方破旧的墙角后，走到一棵正飘落着绯红色花朵的树旁，这才停下来，半掩着脸，咇咇地笑着，一张笑靥在白脸飞红成两片红云。

王小石看了一回，痴了一会，忙左右回顾。

章璇不悦，问："看什么？"

王小石道："怕人看见。"

章璇道："怕什么？他们没发现。"

王小石道："不是怕敌人、军队，怕老百姓。"

章璇道："老百姓也好怕？"

王正色道："怕，当然怕。老百姓是水，大江大河大海，皇帝赵佶、奸相蔡京他们只不过是船、是舟，再凶也只能一时乘风破浪，总有一天水能载舟、亦能覆舟。"

他顿了顿，才又笑道："我怕的倒跟这些无关……而是你笑得那么好看，那么美，旁人看了，以为蔡京、一爷麾下都有着这么出色的人物，可都去投靠他们去了，岂不害人？"

章璇眯眯地笑开了。

她撷掉了自己的帽子，一种二八年华迫人的清和俊，以及不怕阳光耀面的俏，尽现眼前。

"没想到。"

她说。

"没想到什么？"

王小石问。

"没想到你堂堂大侠，还那么会逗我这小女子开心，嘿。"她似笑非笑，但只要一眯起眼，两个蒸包子似的玉颊立即现出个浅浅的梨涡儿来，"我没救错你，看不出你还有点良心，懂得逗我喜欢。"

王小石近年流亡多地，也跟市井布衣打成一片，笑谑惯了，看这女子笑起来时双颊涨扑扑的，一片雪意，又像蒸熟透了的包子，便也调笑了一句："小心救错了，有时，我的良心小得连自己也险些儿找不到。"

章璇正是笑着、笑着，酒涡忽深、忽浅，遽尔两颊雪意玉色一寒，笑容就不见了，酒涡也马上填平了、消失了，只听她峻然道："你可别骗我，我为了你，可失去一个报父母家人血海深仇的大好机会！"

王小石听得一怔，心一寒，一抬头，只见章璇本来满腮都孕育的笑意里，挂上了两行清泪，还正簌簌地加速坠落了下来。

王小石心头更是一震：

（这）女子怎么这么易哭！

——才笑，却已翻成了悲泣！

他忙道："你，你别着恼，我是说笑的，你今天仗义相救，我，我很——"

章璇冷哼了一声，脸上严霜只盛不消，截断道："我不爱听假话。"

"不是假的，"王小石边留意这一带的平民百姓，有没往这儿瞧，"你虽然救了我，但总得讲理呀！"

他压低了语音抗声道。那些熙熙攘攘的人群，来来往往，却恰好把他们遮挡了。

他本来是想多谢章璇相救之恩的，要不是为了章璇安危，他刚才在蔡京已下令释放唐宝牛、方恨少及劫囚群豪之后，就想放手一搏，看能不能格杀蔡京这个祸国殃民的奸雄再说；若能，则能为民除一大害；若不能，最多身死当堂。

可是王小石不能。

他不是个让朋友因他或为他而牺牲的人。

他不能把章璇牺牲掉。

所以他只好强忍下来。

甚至不能快意地痛快地杀出这耗尽民脂民膏的蔡京府邸。

他本来也想好好地谢一谢章璇，但他看这女子，忽而笑，忽而泣，动辄怨人，动辄不悦，他反而把谢意吞回肚子里去了，很想说些硬话。

这一来，反惹得章璇跺足、蹙眉（但眼儿仍媚，就算是忿忿时也睁不大）、叉腰（叉腰的动作对女人而言就像是位大家闺秀却忽然成了八婆，但这女子这样一叉腰却又出了一种舞蹈般的拧腰折柳的风姿）、叱道：

"原来你感激我的，就是这句话！"她竟悲从中来，又珠泪盈眶：

"你说我不讲理？！"

她又想哭了。

忽然一阵风过。

她身后的花树，哗啦啦地落了一片花雨，翻笑成红雪，纷纷落在坡上、瓦上、垣上、地上、坡上。

王小石和她的衣上、发上、肩上。

仿佛心上也落了一些。

落花如雨花

　　落

　　满

　　地

　　。

　　两人本正要起冲突，却为这一阵风和花，心中都有了雪的冷静和月的明净。

　　好一会，王小石才说："我不是那个意思。"

　　章璇一笑，说："那又是什么意思，难道我讲理了吗？你也没说错，只是，怎么说话老是慌慌张张的，老往人群里望？"

　　她带点轻蔑（仿佛对自己还多于对对方）地说：

　　"也许，我是个不值你专心一致的女子。"

第玖回 未明 是他苦笑 却未停

生命很短，所以特别美，人应该加紧脚步，尽速前进，沿途不忘观赏风景，自寻快乐。

这一句，可说重了，王小石忙不迭地说："我不是不专心……"

章璇轻笑一声，"你又何必安慰我？我跟你素昧平生，你本来就不必对我说话专心。"

王小石可急了："我是怕这些老百姓。"

章璇倒有点奇："怕他们？有高手混在里边么？"

王小石道："这倒不是。我只怕百姓好奇，万一看到我们脱了军队，而且你原是女子，必定过来看看，一旦围观，那就不好了。"

章璇眯着媚丝细眼在长长的睫毛底下一转，就说：

"我知道了。你名头大，管过事。不少小老百姓都跟你朝过相，你是生怕他们认出你，居然和我这样一个小女子在一起……"

王小石这回可真要跌足长叹道："你好聪明，但心眼可太那个了……前面都说中了，但后头却偏了。"

章璇抿着嘴笑。

她喜欢看男人急。

——尤其王小石这样干净、明朗的男子，一急就很好看。

（本来一点都不忧郁的他，一急就忧郁起来了。）

"你倒说说看。"她好整以暇地说。

"老百姓一好奇，就会惊动一爷和叶神油，他们一旦发现，就会在这儿开打，我个人生死早豁出去了，但老百姓可有多娘有妻儿的，一个也不该让他们为我给误伤了。我就担心这个。"

王小石这番话说得很急，也很直。

因为那真的是他肺腑之言。

他天性喜欢热闹，但却是平民的那种喜乐熙攘，而不是奢华淫靡的那种追声逐色。他还喜欢去买菜、逛市场、找新鲜好玩的

乐子，边吃着个梨子边趿着破鞋走，这对他而言，端的是无比地舒服、自在。

他还喜欢跟人讨价还价，跟他老姊王紫萍一样，减价他最在行。他曾试过磨地烂一样地跟一个开高价的奸贾减价减了两个时辰，他赖着不走，到头来他还是成功了：把三十缗的东西他用一个半缗就买下来了。而他也心知那奸商还是赚了——该赚的他总会让对方赚的。

后来他可名震京师了，见过他的人认出是他，他去酒馆不必付账，他买烤肉不必给钱，水果、名酒、山珍、海味、绸缎、宝刀全送到他跟前，他可全都拒收。

不要。

要不得。

——要了就没意思了。

他也是个好奇的人，以前他只要见两三个人聚着，谈话的声音高了一些，或都往下（上）望时，他也跑过来，上望就仰脖子，俯视就低头。人要是抓贼，他一定眼尖心热，穷贼他就夺回失物把他赶走算了，恶盗则要一把揪住，往衙里送。人要是出了事，他一定第一个揹上背负，往跌打药局里冲，要不然，把人摊开来，他自己来医。

而且，做这些事儿，他都不留名。

——有什么好留的？纵留得丹心照汗青，也不是一样万事云烟忽过！还真不如任凭风吹雨打，胜似闲庭信步。

有时，他看小孩儿在脏兮兮的水畔旁弹石子，用柴刀、菜刀、破盆、烘皿反映着日光比亮芒，也如此过了一日。

只觉好玩。

有时，在乡间忽听一只鸟在枝头啁啾，一头牛在田间呻吟，也十分充实地过了一个懒洋洋的下午。

有时他看几个人围在一起骂架，你骂他一句，他骂你一句，你推他一下，他推你一下，忽然，收手了，没趣了，各自散去，他还觉不过瘾、没意思，恨不得搂大家聚拢起来再大打大骂一场才痛快呢！

这就是王小石。

他自认为：

——不是做大事、当大人物的人才！

（可是真正当大人物、做大事的到底是些什么人？名人不都是从无名的来么？大人物未"大"之前谁都是小人物，大事其实都从小事堆叠上来的。）

他深明人们这种看热闹的习性。

所以他怕大家发现他和章璇。

——在这种地方展开厮杀，很难不伤及无辜。

章璇却没想到这个汉子顾虑的、想到的，全不是自身安危，而是这些：

——这不是忠臣烈士、大人物、大英雄才干的事吗？但那些名人高士，多年也只嘴里说说，却从来没有也不敢做过的事。

章璇长年在蔡京府邸里，这种人和这种事可见得太多太多了。

——没想到现在还有这样的人。

——眼前居然还有一个。

——看他样子愣愣的，却愣得好潇洒，愣得好漂亮！

是以，章璇只耸了耸肩、嘴儿牵了牵，淡淡地说："是吗？这又怎样？毕竟，没酿成伤亡就是了。"

她好像已开始忘怀了，至少不再计较这件事了。

看来，她是个恼得快但也喜得速的女子。

"你能不介怀，那就好了。"王小石这才放下了一半的心，另一半仍不敢怠慢，"我也有事不明白。"

"嗯？"

章璇在看着落花。

每一朵落花是一次失足：

她看见土坡下有一湾清清浅浅的水渠，载落花如此远去，使她想起一首歌，竟不禁幽幽地在心里头哼唱了起来：

> 想当日梢头独占一枝春
>
> 嫩绿嫣红何等媚人
>
> 不幸攀折惨遭无情手
>
> 未随流水转堕风尘
>
> 莫怀薄幸惹伤心
>
> 落花无主任飘零
>
> 可怜鸿鱼望断无踪影
>
> 向谁去呜咽诉不平
>
> 乍辞枝头别恨新
>
> 和风和泪舞盈盈
>
> 堪叹世人未解侬心苦
>
> 翻笑红雨落纷纷
>
> 愿逐洪流葬此身
>
> 天涯何处是归程
>
> 且让玉销香逝无踪影

也不求世间予同情

她随意哼起这首歌，所以对王小石问的、说的是什么话，她也没好生去注意。

王小石正问："你混在蔡京身边，已好些时日了，尽管今朝杀不了他，但人总有疏失的时候，你总有机会杀他的……你为救我出来而牺牲了这报仇良机，是不是有点——你会不会后悔呢？"

章璇没听清楚。

她又"嗯？"了一声。

随后，她依稀听到了"后悔"两个字，就随意地说：

"后悔？才不。"

然后又加了一句：

"落花都失去了下落，世事还有什么可悔的？"

王小石当然不以为然她那不以为意的回答。

他只有苦笑。

他试着说："那你不再恼我了？"

章璇漫不经心地问："恼你？恼啥？"

王小石一怔："恼我没专心听你的呀！"

章璇蹙了蹙眉："专心？为什么要专心？"她倒是真的想不起来了。

王小石又只好苦笑：看来，这女子可不光是恼得快消得也快，遗忘功夫比记忆能耐还到家，说时迟那时快，晴时多云偶阵雨，只怕比温柔还多变难耐。

他试探着说："既然你不恼，咱们好不好走了？"

"走？"章璇四顾，只见墙前左右来往穿插的都是陌生人，想墙垣之后的行人也不少，但没有一个是她识得的。这么多年来，她窝在"不见天日"（其实天日仍是可见的，而且那儿还有许多宫灯彩烛、珍禽异兽、奇花怪石、达官贵人，但那对章璇而言，无异于行尸走肉，她向来视同不见，只小心周旋）深宫后院一般的"西苑"里，向往着外边的世界，外边的人，却很少机会可以看得见、加得入。而今自由、自在、回复自身了，她见到这些互不相识的人，只觉得防范大于亲切。

"走去哪里？"

她不禁茫然反问。

"我不能再待在这儿了，"王小石可真有点急了，"我要赶去和刚脱逃和露了相的兄弟们会合，先离开京城这是非之地再说。"

章璇听了就说："我听明白了，你要逃亡。不过，你也最好能明白一件事。"

王小石眨眨眼睛："你说。"

章璇眯眯地笑开了。王小石看着她的笑容，觉得这笑笑得实在非常旋转：要换作是个好色之徒，只怕得要晕晕的呢。

"你得要记住，我为救你而败露了身份，失去了伺机杀蔡贼的机会，我要你欠我一个情。"她说得非常直截，"我要你记得报答我。"

王小石本来想说：救人何苦望报？帮人也不必图谢。像他这次全面策动拯救方恨少、唐宝牛，也没指望谁会感激他感谢他的。不过，他回心一想，他是这个想法，但别人可不一定这样想呢。何况是章璇如此身在坎坷，且历经长年伺伏敌侧的弱女子呢？他又何必把想法强加诸对方呢？是以，他忍住了不说什么了，只说：

"我听明白了，记清楚了。"

章璇展颜一笑："你明白就最好。告诉你，我是个孤苦无依的女子，我只能用我有限的力量去办几乎是不自量力的事。你别怪我自私，我不顾惜自己，又有谁顾惜我？女人本来就应该自私的。我觉得这上天欠了我许多、许许多多。"

王小石苦笑道："其实谁也没欠谁的，谁都不欠什么。天予人万物，人无一物予天，是你欠天的还是天欠你的？要说欠的，只是人欠你的。"

章璇薄唇儿一撇下来，又翘边儿不服气地道："你说得好听。你还不是在争雄斗胜吗？谁在这俗世洪流里争强逞能，谁就免不了人间断定成王败寇的规律，你要救朋友、杀蔡京、帮诸葛先生，就未能免俗。"

王小石想自己无论如何，都得要在跟她分手之前劝她几句，所以道："说得也是。一个人当然不该白来世间走一趟。人尽其才，物尽其用，得展所长，不负初衷。若是只修行了一辈子，无甚作为，岂不如同木石？木石尚且有用，人则吃的是白米饭，闻的是稻米香，岂非连木石都不如？所以真正的佛，是同体大悲，无缘大慈的，不是只躲在佛庙寺院里念经拜神敲木鱼，就可以成佛的。"

章璇眯眯地看着眼前这个人，她开始眯着眼只想勾引勾引这个青年，就像她在蔡府别墅里，只要她想勾引的人，就必定能成事，但她勾着引着，却忽然听到了些道理，反而觉得自己正给一种前所未有的力量所勾引过去了。

她不禁有些震动，几乎以为自己面前站着说话的，并不是一个"人"，所以她忍不住问："什么是同体大慈？什么是无缘大悲？既然上天没有慈悲、世间没有慈悲，我为什么要大慈大悲？"

王小石决定把话说完了就走。他常常听人把"慈悲"之义误解，而今也一吐为快。

"无缘大慈是一种真正的、没有利害关系的爱。我爱他，他爱不爱我，都不重要，我依然是爱他的。我跟他无缘无故，我爱他全不求回报。这就是大慈。"王小石说，"苍生众人与我们非亲非故，但我当他们的痛如同己痛，视其苦如同己苦；伤他痛我，人苦我忧。这便是大悲。"

章璇欲言又止。

王小石知道自己还是应该说下去："你别看这种想法傻，其实，有了这种大慈大悲的爱，在感情上反而不会有得失，既没生收回之念，就不会有烦恼心。没有发生什么事的时候，对人好，那只是应该的；但当人家对你不好的时候，你还一样地待人，这才是功夫。"

章璇"哈"的一声，"你是要我不求你回报罢了，却说了那么多的话！"

她本来还要说下去，却见王小石一双清澈如水的大眼睛正端视她，那么友善、真诚、真挚，一点敌意和怒气都没有，她说了一半，已觉理亏，竟说不下去了。

"生命很短，所以特别美。人应该加紧脚步，尽速前进，沿途不忘观赏风景，自寻快乐。记住，'前脚走，后脚放'，要是前脚已跨出去了，后足就不要拖泥带水，顾惜不前。你而今的处境就是这样：既已离蔡京魔掌，你已是自由身了。昨天的事应该让它过去、消失，且把心神力量放在今天的事情上。"

章璇涩声道："我……我该做什么？"王小石这种话，她虽聪明过人，在相府里形形色色的人见遍、各种各样的书览遍，一早就通晓如何防人、整人甚至怎样害人、杀人，但王小石这种话，她却从未听说过。

"你不要轻视自己的力量。世上并非绝无难事，有些确是很难办到的。但很难办成并不是办不成。一个人若办不成，很多个一个人就能水到渠成了。只有不肯为的人，才会做不到。我们若是一滴清水，滴到水缸里，就是一缸水了，因为已分不清哪一滴是你、哪一滴是我。同样地，滴到臭沟渠里和汪洋大海中，都是一样的结果。'你自己的力量'，本来就是可以大到这样没有制限的。"王小石平和地说，"我们不应该为自己付出的心血和劳苦，而画地自限、迷恋着过去的成就。施予人者，莫论回报，莫图人情。过去的，过去吧；未来的，反正犹未来。守住现在，当下即是，可贵可珍，自重自爱。"

章璇缄默了半晌，幽幽问了一句："你所说的种种，你自己可能做到？"

王小石哈哈一笑："我？还差得远哩！我道行哪有这么高！我要做到，还用得着这阵子忙来忙去，却仍是，一场空！"

他坦然道：

"我还是与世有争的。"

他这样爽然一笑，使章璇也与之释然了，轻松了，也开心了起来：

"好，你说了这么多，使我决定了一件事。"

"什么事？"

"我决定——"

"嗯？"

"跟你们一起走。"

"什——什么？！"

"你不欢迎吗？"

"我？"

王小石只觉一个头有七个大。

"你看我现在若不跟你一起逃走，我还有地方可去吗？天下虽大，无可容身，你能不顾我死活吗？"

——说得也对，可是，我这是逃亡啊……

"有你在，可以保护我呀。何况，你说话那么好听，我想听下去嘛。"

——哎呀呀，谁叫自己一时口快猛说了那么多那么久那么长篇大套的"金刚经"！

"怎么啦你？却又反悔了不是！什么'无缘大慈，同体大悲'的，全都是骗人的！你就忍心让我送死了吗？"

"当然不，可是——"

"可别可是了，赶快去跟你的朋友会合吧！"

"——不过……"

"什么不过嘛！你说话好听，我唱歌好听，咱一路上可就不寂寞了。"

"但……"

"但你的头，走！"

章璇再不理会，扯着王小石就走。

王小石本能反应，略一挣动，一不小心，却使得章璇头上盔帽落了下来，露出了乌云般的长发，王小石自己也扯落了一些脸上的易容之物。

他们正防有人发现，唯一发现的是人们簇拥过这边来，一名

行人走近之时低声道:

"王楼主,你走你走,我们掩护你。"

王小石一怔,在众人掩饰下,与章璇相扶而行,不数步,有一老太婆佝偻着蹒跚地走过他们身前,悄声道:

"小石别往那儿走,那儿狗腿子多。"

王小石忙折了方向,又走了一回,只见人多穿插于身前,一替人磨菜刀的大汉一面故意快力磨刀,一面沉声道:

"小石头,快走快走,我们支持你。"

王小石跟章璇相觑戚然。走出了西城门,那守门的一名领队也不搜查他们,只细声疾道:

"王少侠,保重,好走。跟那运柴的队伍走,较易掩人耳目。"

王小石二人走近那走在碎石路上的运柴队伍,一名背着山柴而且也骨瘦如柴的老头儿,对他咧开黄黑不齐的牙跟他"喀"地一笑。

这回王小石不待他先开腔,已问:"怎么你们都知道我是王小石?"

那老者一笑,"咳"地吐出一口浓痰:"谁不认得你?天下谁人不识君?一双石头般的眼睛、石头般的颜面,还有大石头般的胆子,你不是王小石,谁是王小石!"他指着地上给他们踩得喀啦喀啦的石头,"你铺的路,我们好走;今天你要走了,咱们不要命了,也得让你好好地走。"

王小石只觉一阵热血冲上喉头,只觉自己所做的,都没有白做;所活的,都没有白活;上天对他煞是慈悲,给了他多于他所应得的。

章璇却悄声道:"你又多愁善感了?是怪我易容术不精吧?"

王小石这才省了过来，忙道不是，才要开口，章璇退了一步，怯生生地说：

"你你你……你不是又要讲长篇未完完不了的金刚经吧？"

王小石只好苦笑。

"你看。"

章璇忽又叫道。

王小石随她指尖看去，只见路边又有那样一棵开着红花的树，风过的时候，花瓣正一个旋一个旋地转降下来，忧伤，美艳，煞是好看。

王小石苦笑：他觉得自己像在旅游多于逃亡。

"我还不明白一件事。"

章璇忽又狐媚和狐疑且带点狐惑地睨睇着他眯眯笑：

"你为什么老是苦笑未停？"

——吓？

"嗯？"

章璇侧了侧头，用鼻音问。

阳光突破了阴云，映照下，鼻尖和颈，很白。

像只狐。

白狐。

稿于一九九三年六月廿五：访商报见冯时能、黄桑发、陈和锦、柯金德、林水莲、麦惠兰等。《南洋商报》现场访问、拍照。与何七定计邀姊上首都。方电意动来 K-K 会合。廿六日：素为文相提。秀芳、素馨会于吉隆坡，游 Yaohan、Corona Concord Hotel。海已证实心脏血管栓塞。芬脑部瘀血须开刀。廿七日：与天冲突折腾，对方终表歉意。与秀芳姐难得亲情相聚，旋又分手。

校于七月廿八日：一日连环三访问；《新生活报》编辑部访。《风采》即时访；蔡园新潮访；晤雪梨、惠霞、国清、佳陵、圆凤等；与海和解。廿九日：会郭隆生夫妇赴四季乐园看音乐喷泉喂鱼乐，食于 Sakura，遇王阶等三大杏林、气功、针灸高手及导演、女声乐家等，甚欢；悉燊事，甚憾；写作新低点。三十日：大菠萝殁，"大圈仔"病重；首由 Kevin 主持 C。近期会 Miss Wong、Mei、Apple、Sweet 诸子。七月一日：三人近五年来十二次回马行返港，机场会合方等；与小方久别重逢；庆均多喜讯；荣德鸿雁动人情；大可信意诚；永成急联络出版事；E 告急；H 来港发展；收到四册新出版的《少年铁手》《游侠纳兰》（友谊版）等书。

修订于一九九四年十一月十一日至廿五日：二字 SX 幸无事；蔡讯可喜；D 华；闻大陆版《棍》大捷；《少年无情》合约疑云；余舒展超传真好玩；旋 Fax 可爱；何文盲安然；三水读者郭庆阳可爱书迷；云舒舒然；"纵横"已定分可法；MH 华十祖；读友沈柏（鸿滨）信：重视回目章法；与众定版税法；大配眼镜；重订行程；秀夫专制惹火我；怡自澳电，尽释前嫌，甚欢；恢复处事。

修订于二〇〇四年八月初：香港漫画节，在香港会展中心首次在港举行签名会，由于人数多要配额，反应热烈，读者热情。

图书在版编目（CIP）数据

朝天一棍 . 1 / 温瑞安著 . -- 北京：作家出版社，2022.5
（说英雄·谁是英雄）
ISBN 978 - 7 - 5212 - 1890 - 9

Ⅰ . ①朝… Ⅱ . ①温… Ⅲ . ①侠义小说 - 中国 - 当代
Ⅳ . ① I247.5

中国版本图书馆 CIP 数据核字（2022）第 067821 号

说英雄·谁是英雄：朝天一棍（第一卷）

作　　者：温瑞安
责任编辑：李宏伟　秦　悦
装帧设计：合和工作室
出版发行：作家出版社有限公司
社　　址：北京农展馆南里 10 号　　　邮　　编：100125
电话传真：86 - 10 - 65067186（发行中心及邮购部）
　　　　　86 - 10 - 65004079（总编室）
E – mail: zuojia@zuojia. net. cn
http: // www. zuojiachubanshe. com
印　　刷：三河市紫恒印装有限公司
成品尺寸：142 × 210
字　　数：320 千
印　　张：14.625
版　　次：2022 年 5 月第 1 版
印　　次：2022 年 5 月第 1 次印刷
ISBN 978 - 7 - 5212 - 1890 - 9
定　　价：58.00 元